Wilhelm Hauff Das kalte Herz

Wilhelm Hauff

DAS KALTE HERZ und andere Märchen

Illustriert von
Wolfgang Würfel

Der Kinderbuchverlag Berlin

Die Texte wurden dem von Anneliese Kocialek herausgegebenen Band Hauffscher Märchen im Kinderbuchverlag entnommen, der auf der von Jürgen Jahn besorgten Ausgabe des Aufbau-Verlages Berlin und Weimar basiert.

ISBN 3-358-00512-7

Inhalt

Die Geschichte von Kalif Storch

I

Der Kalif Chasid zu Bagdad saß einmal an einem schönen Nachmittag behaglich auf seinem Sofa; er hatte ein wenig geschlafen, denn es war ein heißer Tag, und sah nun nach seinem Schläfchen recht heiter aus. Er rauchte aus einer langen Pfeife von Rosenholz, trank hie und da ein wenig Kaffee, den ihm ein Sklave einschenkte, und strich sich allemal vergnügt den Bart, wenn es ihm geschmeckt hatte. Kurz, man sah dem Kalifen an, daß es ihm recht wohl war. Um diese Stunde konnte man gar gut mit ihm reden, weil er da immer recht mild und leutselig war, deswegen besuchte ihn auch sein Großwesir Mansor alle Tage um diese Zeit. An diesem Nachmittag nun kam er auch, sah aber sehr nachdenklich aus, ganz gegen seine Gewohnheit. Der Kalif tat die Pfeife ein wenig aus dem Mund und sprach: «Warum machst du ein so nachdenkliches Gesicht, Großwesir?»

Der Großwesir schlug seine Arme kreuzweise über die Brust, verneigte sich vor seinem Herrn und antwortete: «Herr, ob ich ein nachdenkliches Gesicht mache, weiß ich nicht, aber da drunten am Schloß steht ein Krämer, der hat so schöne Sachen, daß es mich ärgert, nicht viel überflüssiges Geld zu haben.»

Der Kalif, der seinem Großwesir schon lange gern eine Freude gemacht hätte, schickte seinen schwarzen Sklaven hinunter, um den Krämer heraufzuholen. Bald kam der Sklave mit dem Krämer zurück. Dieser war ein kleiner, dikker Mann, schwarzbraun im Gesicht und in zerlumptem Anzug. Er trug einen Kasten, in welchem er allerhand Waren hatte: Perlen und Ringe, reichbeschlagene Pistolen, Becher und Kämme.

Der Kalif und sein Wesir musterten alles durch, und der Kalif kaufte endlich für sich und Mansor schöne Pistolen, für die Frau des Wesirs aber einen Kamm. Als der Krämer seinen Kasten schon wieder zumachen wollte, sah der Kalif eine kleine Schublade und fragte, ob da auch noch Waren seien. Der Krämer zog die Schublade heraus und zeigte darin eine Dose mit schwärzlichem Pulver und ein Papier mit sonderbarer Schrift, die weder der Kalife noch Mansor lesen konnten.

«Ich bekam einmal diese zwei Stücke von einem Kaufmann, der sie in Mekka auf der Straße fand», sagte der Krämer, «ich weiß nicht, was sie enthalten; Euch stehen sie um geringen Preis zu Dienst, ich kann doch nichts damit anfangen.»

Der Kalif, der in seiner Bibliothek gerne alte Manuskripte hatte, wenn er sie auch nicht lesen konnte, kaufte Schrift und Dose und entließ den Krämer. Der Kalif aber dachte, er möchte gerne wissen, was die Schrift enthalte, und fragte den Wesir, ob er keinen kenne, der es entziffern könnte.

«Gnädigster Herr und Gebieter», antwortete dieser, «an der großen Moschee wohnt ein Mann, er heißt Selim der Gelehrte, der versteht alle Sprachen, laß ihn kommen, vielleicht kennt er diese geheimnisvollen Züge.»

Der Gelehrte Selim war bald herbeigeholt.

«Selim», sprach zu ihm der Kalif, «Selim, man sagt, du seiest sehr gelehrt; guck einmal ein wenig in diese Schrift, ob du sie lesen kannst. Kannst du sie lesen, so bekommst du ein neues Festkleid von mir, kannst du es nicht, so bekommst du zwölf Backenstreiche und fünfundzwanzig auf die Fußsohlen, weil man dich dann umsonst Selim den Gelehrten nennt.»

Selim verneigte sich und sprach: «Dein Wille geschehe, o Herr!» Lange betrachtete er die Schrift, plötzlich aber rief er aus: «Das ist Lateinisch, o Herr, oder ich laß mich hängen.»

«Sag, was drin steht», befahl der Kalif, «wenn es Lateinisch ist.»

Selim fing an zu übersetzen: «Mensch, der du dieses findest, preise Allah für seine Gnade. Wer von dem Pulver in dieser Dose schnupft und dazu spricht ‹Mutabor›, der kann sich in jedes Tier verwandeln und versteht auch die Sprache der Tiere. Will er wieder in seine menschliche Gestalt zurückkehren, so neige er sich dreimal gen Osten und spreche jenes Wort; aber hüte dich, wenn du verwandelt bist, daß du nicht lachest, sonst verschwindet das Zauberwort gänzlich aus deinem Gedächtnis, und du bleibst ein Tier.»

Als Selim der Gelehrte also gelesen hatte, war der Kalif über die Maßen vergnügt. Er ließ den Gelehrten schwören, niemand etwas von dem Geheimnis zu sagen, schenkte ihm ein schönes Kleid und entließ ihn.

Zu seinem Großwesir aber sagte er: «Das heiß ich gut einkaufen, Mansor! Wie freue ich mich, bis ich ein Tier bin. Morgen früh kommst du zu mir; wir gehen dann miteinander aufs Feld, schnupfen etwas weniges aus meiner Dose und belauschen dann, was in der Luft und im Wasser, im Wald und Feld gesprochen wird!»

II

Kaum hatte am andern Morgen der Kalif Chasid gefrühstückt und sich angekleidet, als schon der Großwesir erschien, ihn, wie er befohlen, auf dem Spaziergang zu begleiten. Der Kalif steckte die Dose mit dem Zauberpulver in den Gürtel, und nachdem er seinem Gefolge befohlen, zurückzubleiben, machte er sich mit dem Großwesir ganz allein auf den Weg. Sie gingen zuerst durch die weiten Gärten des Kalifen, spähten aber vergebens nach etwas Lebendigem, um ihr Kunststück zu probieren. Der Wesir schlug endlich vor, weiter hinaus an einen Teich zu gehen, wo er schon oft viele Tiere, namentlich Störche, gesehen habe, die durch ihr gravitätisches Wesen und ihr Geklapper immer seine Aufmerksamkeit erregt haben.

Der Kalif billigte den Vorschlag seines Wesirs und ging mit ihm dem Teich zu. Als sie dort angekommen waren, sahen sie einen Storch ernsthaft auf und ab gehen, Frösche suchend und hie und da etwas vor sich hin klappernd. Zugleich sahen sie auch weit oben in der Luft einen anderen Storch dieser Gegend zuschweben.

«Ich wette meinen Bart, gnädigster Herr», sagte der Großwesir, «wenn nicht diese zwei Langfüßler ein schönes Gespräch miteinander führen werden. Wie wäre es, wenn wir Störche würden?»

«Wohl gesprochen!» antwortete der Kalif. «Aber vorher wollen wir noch einmal betrachten, wie man wieder Mensch wird. Richtig! Dreimal gen Osten geneigt und ‹Mutabor› gesagt, so bin ich wieder Kalif und du Wesir. Aber nur um's Himmels willen nicht gelacht, sonst sind wir verloren!»

Während der Kalif also sprach, sah er den andern Storch über ihrem Haupte schweben und langsam sich zur Erde lassen. Schnell zog er die Dose aus dem Gürtel, nahm eine gute Prise, bot sie dem Großwesir dar, der gleichfalls schnupfte, und beide riefen: «Mutabor!»

Da schrumpften ihre Beine ein und wurden dünn und rot, die schönen gelben Pantoffel des Kalifen und seines Begleiters wurden unförmliche Storchfüße, die Arme wurden zu Flügeln, der Hals fuhr aus den Achseln und ward eine Elle lang, der Bart war verschwunden, und den Körper bedeckten weiche Federn.

«Ihr habt einen hübschen Schnabel, Herr Großwesir», sprach nach langem Erstaunen der Kalif. «Beim Bart des Propheten, so etwas habe ich in meinem Leben nicht gesehen.»

«Danke untertänigst», erwiderte der Großwesir, indem er sich bückte, «aber wenn ich es wagen darf zu behaupten, Eure Hoheit sehen als Storch beinahe noch hübscher aus denn als Kalif. Aber kommt, wenn es Euch gefällig ist, daß wir unsere Kameraden dort belauschen und erfahren, ob wir wirklich Storchisch können.»

Indem war der andere Storch auf der Erde angekommen; er putzte sich mit dem Schnabel seine Füße, legte seine Federn zurecht und ging auf den ersten Storch zu.

Die beiden neuen Störche aber beeilten sich, in ihre Nähe zu kommen, und vernahmen zu ihrem Erstaunen folgendes Gespräch:

«Guten Morgen, Frau Langbein, so früh schon auf der Wiese?»

«Schönen Dank, liebe Klapperschnabel! Ich habe mir nur ein kleines Frühstück geholt. Ist Euch vielleicht ein Viertelchen Eidechs gefällig oder ein Froschschenkelein?»

«Danke gehorsamst; habe heute gar keinen Appetit. Ich komme auch wegen etwas ganz anderem auf die Wiese. Ich soll heute vor den Gästen meines Vaters tanzen, und da will ich mich im stillen ein wenig üben.»

Zugleich schritt die junge Störchin in wunderlichen Bewegungen durch das Feld. Der Kalif und Mansor sahen ihr verwundert nach; als sie aber in malerischer Stellung auf einem Fuß stand und mit den Flügeln anmutig dazu wedelte, da konnten sich die beiden nicht mehr halten, ein unaufhaltsames Gelächter brach aus ihren Schnäbeln hervor, von dem sie sich erst nach langer Zeit erholten. Der Kalif faßte sich zuerst wieder.

«Das war einmal ein Spaß», rief er, «der nicht mit Gold zu bezahlen ist; schade, daß die dummen Tiere durch unser Gelächter sich haben verscheuchen lassen, sonst hätten sie gewiß auch noch gesungen!»

Aber jetzt fiel es dem Großwesir ein, daß das Lachen während der Verwandlung verboten war. Er teilte seine Angst deswegen dem Kalifen mit.

«Potz Mekka und Medina! Das wäre ein schlechter Spaß, wenn ich ein Storch bleiben müßte! Besinne dich doch auf das dumme Wort, ich bringe es nicht heraus.»

«Dreimal gen Osten müssen wir uns bücken und dazu sprechen: ‹Mu-Mu-Mu-›»

Sie stellten sich gegen Osten und bückten sich in einem fort, daß ihre Schnäbel beinahe die Erde berührten; aber, o Jammer! das Zauberwort war ihnen entfallen, und sooft sich auch der Kalif bückte, so sehnlich auch sein Wesir «Mu-Mu» dazu rief, jede Erinnerung daran war verschwunden, und der arme Chasid und sein Wesir waren und blieben Störche.

III

Traurig wandelten die Verzauberten durch die Felder, sie wußten gar nicht, was sie in ihrem Elend anfangen sollten. Aus ihrer Storchenhaut konnten sie nicht heraus, in die Stadt zurück konnten sie auch nicht, um sich zu erkennen zu geben, denn wer hätte einem Storch geglaubt, daß er der Kalif sei, und wenn man es auch geglaubt hätte, würden die Einwohner von Bagdad einen Storch zum Kalifen gewollt haben?

So schlichen sie mehrere Tage umher und ernährten sich kümmerlich von Feldfrüchten, die sie aber wegen ihrer langen Schnäbel nicht gut verspeisen konnten. Zu Eidechsen und Fröschen hatten sie übrigens keinen Appetit, denn sie befürchteten, mit solchen Leckerbissen sich den Magen zu verderben. Ihr einziges Vergnügen in dieser traurigen Lage war, daß sie fliegen konnten, und so flogen sie oft auf die Dächer von Bagdad, um zu sehen, was darin vorging.

In den ersten Tagen bemerkten sie große Unruhe und Trauer in den Straßen; aber ungefähr am vierten Tag nach ihrer Verzauberung saßen sie auf dem Palast des Kalifen, da sahen sie unten in der Straße einen prächtigen Aufzug; Trommeln und Pfeifen ertönten, ein Mann in einem goldgestickten Scharlachmantel saß auf einem geschmückten Pferd, umgeben von glänzenden Dienern, halb Bagdad sprang ihm nach, und alle schrien: «Heil Mizra, dem Herrscher von Bagdad!»

Da sahen die beiden Störche auf dem Dache des Palastes einander an, und der Kalif Chasid sprach: «Ahnst du jetzt, warum ich verzaubert bin, Großwesir? Dieser Mizra ist der Sohn meines Todfeindes, des mächtigen Zauberers Kaschnur, der mir in einer bösen Stunde Rache schwur. Aber noch gebe ich die Hoffnung nicht auf. Komm mit mir, du treuer Gefährte meines Elends, wir wollen zum Grab des Propheten wandern, vielleicht daß an heiliger Stätte der Zauber gelöst wird.»

Sie erhoben sich vom Dach des Palastes und flogen der

Gegend von Medina zu. Mit dem Fliegen wollte es aber nicht gar gut gehen, denn die beiden Störche hatten noch wenig Übung.

«O Herr», ächzte nach ein paar Stunden der Großwesir, «ich halte es, mit Eurer Erlaubnis, nicht mehr lange aus, Ihr fliegt gar zu schnell! Auch ist es schon Abend, und wir täten wohl, ein Unterkommen für die Nacht zu suchen.»

Chasid gab der Bitte seines Dieners Gehör; und da er unten im Tale eine Ruine erblickte, die ein Obdach zu gewähren schien, so flogen sie dahin. Der Ort, wo sie sich für diese Nacht niedergelassen hatten, schien ehemals ein Schloß gewesen zu sein. Schöne Säulen ragten unter den Trümmern hervor, mehrere Gemächer, die noch ziemlich erhalten waren, zeugten von der ehemaligen Pracht des Hauses. Chasid und sein Begleiter gingen durch die Gänge umher, um sich ein trockenes Plätzchen zu suchen; plötzlich blieb der Storch Mansor stehen.

«Herr und Gebieter», flüsterte er leise, «wenn es nur nicht töricht für einen Großwesir, noch mehr aber für einen Storch wäre, sich vor Gespenstern zu fürchten! Mir ist ganz unheimlich zumut, denn hier neben hat es ganz vernehmlich geseufzt und gestöhnt.»

Der Kalif blieb nun auch stehen und hörte ganz deutlich ein leises Weinen, das eher einem Menschen als einem Tiere anzugehören schien. Voll Erwartung wollte er der Gegend zugehen, woher die Klagetöne kamen, der Wesir aber packte ihn mit dem Schnabel am Flügel und bat ihn flehentlich, sich nicht in neue unbekannte Gefahren zu stürzen. Doch vergebens! Der Kalif, dem auch unter dem Storchenflügel ein tapferes Herz schlug, riß sich mit Verlust einiger Federn los und eilte in einen finstern Gang. Bald war er an einer Tür angelangt, die nur angelehnt schien und woraus er deutliche Seufzer, mit ein wenig Geheul, vernahm.

Er stieß mit dem Schnabel die Türe auf, blieb aber überrascht auf der Schwelle stehen. In dem verfallenen Gemach, das nur durch ein kleines Gitterfenster spärlich erleuchtet war, sah er eine große Nachteule am Boden sitzen. Dicke Tränen rollten ihr aus den großen runden Augen, und mit heiserer Stimme stieß sie ihre Klagen zu dem krummen Schnabel heraus. Als sie aber den Kalifen und seinen Wesir, der indes auch herbeigeschlichen war, erblickte, erhob sie ein lautes Freudengeschrei. Zierlich wischte sie mit dem braungefleckten Flügel die Tränen aus dem Auge, und zu großem Erstaunen der beiden rief sie in gutem menschlichem Arabisch: «Willkommen, ihr Störche, ihr seid mir ein gutes Zeichen meiner Errettung, denn durch Störche werde mir ein großes Glück kommen, ist mir einst prohezeit worden!»

Als sich der Kalif von seinem Erstaunen erholt hatte, bückte er sich mit seinem langen Hals, brachte seine dünnen Füße in eine zierliche Stellung und sprach: «Nachteule, deinen Worten nach darf ich glauben, eine Leidensgefährtin in dir zu sehen. Aber ach! Deine Hoffnung, daß durch uns deine Rettung kommen werde, ist vergeblich. Du wirst unsere Hilflosigkeit selbst erkennen, wenn du unsere Geschichte hörst.»

Die Nachteule bat ihn zu erzählen, der Kalif aber hub an und erzählte, was wir bereits wissen.

IV

Als der Kalif der Eule seine Geschichte vorgetragen hatte, dankte sie ihm und sagte: «Vernimm auch meine Geschichte und höre, wie ich nicht weniger unglücklich bin als du. Mein Vater ist der König von Indien, ich, seine einzige, unglückliche Tochter, heiße Lusa. Jener Zauberer Kaschnur, der euch verzauberte, hat auch mich ins Unglück gestürzt. Er kam eines Tags zu meinem Vater und begehrte mich zur Frau für seinen Sohn Mizra. Mein Vater aber, der ein hitziger Mann ist, ließ ihn die Treppe hinunterwerfen. Der Elende wußte sich unter einer andern Gestalt wieder in meine Nähe zu schleichen, und als ich einst in meinem Garten Erfrischungen zu mir nehmen wollte, brachte er mir, als

Sklave verkleidet, einen Trank bei, der mich in diese abscheuliche Gestalt verwandelte. Vor Schrecken ohnmächtig, brachte er mich hierher und rief mir mit schrecklicher Stimme in die Ohren: ‹Da sollst du bleiben, häßlich, selbst von den Tieren verachtet, bis an dein Ende, oder bis einer aus freiem Willen dich, selbst in dieser schrecklichen Gestalt, zur Gattin begehrt. So räche ich mich an dir und deinem stolzen Vater.›

Seitdem sind viele Monate verflossen. Einsam und traurig lebe ich als Einsiedlerin in diesem Gemäuer, verabscheut von der Welt, selbst den Tieren ein Greuel; die schöne Natur ist vor mir verschlossen, denn ich bin blind am Tage, und nur wenn der Mond sein bleiches Licht über dies Gemäuer ausgießt, fällt der verhüllende Schleier von meinem Auge.» Die Eule hatte geendet und wischte sich mit dem Flügel wieder die Augen aus, denn die Erzählung ihrer Leiden hatte ihr Tränen entlockt.

Der Kalif war bei der Erzählung der Prinzessin in tiefes Nachdenken versunken.

«Wenn mich nicht alles täuscht», sprach er, «so findet zwischen unserem Unglück ein geheimer Zusammenhang statt; aber wo finde ich den Schlüssel zu diesem Rätsel?»

Die Eule antwortete ihm: «O Herr, auch mir ahnet dies; denn es ist mir einst in meiner frühesten Jugend von einer weisen Frau prophezeit worden, daß ein Storch mir ein großes Glück bringen werde, und ich wüßte vielleicht, wie wir uns retten könnten.»

Der Kalif was sehr erstaunt und fragte, auf welchem Wege sie meine.

«Der Zauberer, der uns beide unglücklich gemacht hat», sagte sie, «kommt alle Monate einmal in diese Ruinen. Nicht weit von diesem Gemach ist ein Saal. Dort pflegt er dann mit vielen Genossen zu schmausen. Schon oft habe ich sie dort belauscht. Sie erzählen dann einander ihre schändlichen Werke, vielleicht daß er dann das Zauberwort, das ihr vergessen habt, ausspricht.»

«Oh, teuerste Prinzessin», rief der Kalif, «sag an, wann kommt er, und wo ist der Saal?»

Die Eule schwieg einen Augenblick und sprach dann: «Nehmet es nicht ungütig, aber nur unter einer Bedingung kann ich Euern Wunsch erfüllen.»

«Sprich aus! Sprich aus!» schrie Chasid. «Befiehl, es ist mir jede recht—»

«Nämlich ich möchte auch gerne zugleich frei sein, dies kann aber nur geschehen, wenn einer von euch mir seine Hand reicht.»

Die Störche schienen über den Antrag etwas betroffen zu sein, und der Kalif winkte seinem Diener, ein wenig mit ihm hinauszugehen.

«Großwesir», sprach vor der Türe der Kalif, «das ist ein dummer Handel, aber Ihr könntet sie schon nehmen.»

«So?» antwortete dieser, «daß mir meine Frau, wenn ich nach Hause komme, die Augen auskratzt? Auch bin ich ein alter Mann, und Ihr seid noch jung und unverheiratet und könnet eher einer jungen schönen Prinzeß die Hand geben.»

«Das ist es eben», seufzte der Kalif, indem er traurig die Flügel hängenließ, «wer sagt dir denn, daß sie jung und schön ist? Das heißt eine Katze im Sack kaufen!»

Sie redeten einander gegenseitig noch lange zu, endlich aber, als der Kalif sah, daß sein Wesir lieber Storch bleiben als die Eule heiraten wollte, entschloß er sich, die Bedingung lieber selbst zu erfüllen. Die Eule war hocherfreut. Sie gestand ihnen, daß sie zu keiner besseren Zeit hätten kommen können, weil wahrscheinlich in dieser Nacht die Zauberer sich versammeln werden.

Sie verließ mit den Störchen das Gemach, um sie in jenen Saal zu führen; sie gingen lange in einem finstern Gang hin, endlich strahlte ihnen aus einer halb verfallenen Mauer ein heller Schein entgegen. Als sie dort angelangt waren, riet ihnen die Eule, sich ganz ruhig zu verhalten. Sie konnten von der Lücke, an welcher sie standen, einen großen Saal übersehen. Er war ringsum mit Säulen geschmückt und prachtvoll verziert. Viele farbige Lampen ersetzten das Licht des Tages. In der Mitte des Saales stand ein runder Tisch, mit vielen und ausgesuchten Speisen besetzt. Rings um den Tisch zog sich ein Sofa, auf welchem acht Männer saßen. In einem dieser Männer erkannten die Störche jenen Krämer wieder, der ihnen das Zauberpulver verkauft hatte. Sein Nebensitzer forderte ihn auf, ihnen seine neuesten Taten zu erzählen. Er erzählte unter anderem auch die Geschichte des Kalifen und seines Wesirs.

«Was für ein Wort hast du ihnen denn aufgegeben?» fragte ihn ein anderer Zauberer.

«Ein recht schweres lateinisches, es heißt ‹Mutabor›.»

V

Als die Störche an ihrer Mauerlücke dieses hörten, kamen sie vor Freude beinahe außer sich. Sie liefen auf ihren langen Füßen so schnell dem Tor der Ruine zu, daß die Eule kaum folgen konnte.

Dort sprach der Kalif gerührt zu der Eule: «Retterin meines Lebens und des Lebens meines Freundes, nimm zum ewigen Dank für das, was du an uns getan, mich zum Gemahl an.»

Dann aber wandte er sich nach Osten. Dreimal bückten die Störche ihre langen Hälse der Sonne entgegen, die soeben hinter dem Gebirge heraufstieg; «Mutabor!»riefen sie, im Nu waren sie verwandelt, und in der hohen Freude des neugeschenkten Lebens lagen Herr und Diener lachend und weinend einander in den Armen. Wer beschreibt aber ihr Erstaunen, als sie sich umsahen. Eine schöne Dame, herrlich geschmückt, stand vor ihnen. Lächelnd gab sie dem Kalifen die Hand.

«Erkennt Ihr Eure Nachteule nicht mehr?» sagte sie.

Sie war es; der Kalif war von ihrer Schönheit und Anmut so entzückt, daß er ausrief, es sei sein größtes Glück, daß er Storch geworden sei.

Die drei zogen nun miteinander auf Bagdad zu. Der Kalif fand in seinen Kleidern nicht nur die Dose mit dem Zauberpulver, sondern auch seinen Geldbeutel. Er kaufte daher im nächsten Dorfe, was zu ihrer Reise nötig war, und so kamen sie bald an die Tore von Bagdad.

Dort aber erregte die Ankunft des Kalifen großes Erstaunen. Man hatte ihn für tot ausgegeben, und das Volk war daher hocherfreut, seinen geliebten Herrscher wiederzuhaben.

Um so mehr aber entbrannte ihr Haß gegen den Betrüger Mizra. Sie zogen in den Palast und nahmen den alten Zauberer und seinen Sohn gefangen. Den Alten schickte der Kalif in dasselbe Gemach der Ruine, das die Prinzessin als Eule bewohnt hatte, und ließ ihn dort aufhängen. Dem Sohn aber, welcher nichts von den Künsten des Vaters verstand, ließ der Kalif die Wahl, ob er sterben oder schnupfen wolle. Als er das letztere wählte, bot ihm der Großwesir die Dose an. Eine tüchtige Prise, und das Zauberwort des Kalifen verwandelte ihn in einen Storch. Der Kalif ließ ihn in einen eisernen Käfig sperren und in seinem Garten aufstellen.

Lange und vergnügt lebte der Kalif Chasid mit seiner Frau, der Prinzessin; seine vergnügtesten Stunden waren immer die, wenn ihn der Großwesir nachmittags besuchte; da sprachen sie dann oft von ihrem Storchenabenteuer, und wenn der Kalif recht heiter war, ließ er sich herab, den Großwesir nachzuahmen, wie er als Storch aussah. Er stieg dann ernsthaft, mit steifen Füßen im Zimmer auf und ab, klapperte, wedelte mit den Armen wie mit Flügeln und zeigte, wie jener sich vergeblich nach Osten geneigt und «Mu - Mu -» dazu gerufen habe. Für die Frau Kalifin und ihre Kinder war diese Vorstellung allemal eine große Freude; wenn aber der Kalif gar zu lange klapperte und nickte und «Mu - Mu -»schrie, dann drohte ihm lächelnd der Wesir, er wolle das, was vor der Türe der Prinzessin Nachteule verhandelt worden sei, der Frau Kalifin mitteilen.

Die Geschichte von dem Gespensterschiff

Mein Vater hatte einen kleinen Laden in Balsora; er war weder arm noch reich und war einer von jenen Leuten, die nicht gerne etwas wagen, aus Furcht, das wenige zu verlieren, das sie haben. Er erzog mich schlicht und recht und brachte es bald so weit, daß ich ihm an die Hand gehen konnte. Gerade als ich achtzehn Jahr alt war, als er die erste größere Spekulation machte, starb er, wahrscheinlich aus Gram, tausend Goldstücke dem Meere anvertraut zu haben. Ich mußte ihn bald nachher wegen seines Todes glücklich preisen, denn wenige Wochen hernach lief die Nachricht ein, daß das Schiff, dem mein Vater seine Güter mitgegeben hatte, versunken sei. Meinen jugendlichen Mut konnte aber dieser Unfall nicht beugen. Ich machte alles vollends zu Geld, was mein Vater hinterlassen hatte, und zog aus, um in der Fremde mein Glück zu probieren, nur von einem alten Diener meines Vaters begleitet, der sich aus alter Anhänglichkeit nicht von mir und meinem Schicksal trennen wollte.

Im Hafen von Balsora schifften wir uns mit günstigem Winde ein. Das Schiff, auf dem ich mich eingemietet hatte, war nach Indien bestimmt. Wir waren schon fünfzehn Tage auf der gewöhnlichen Straße gefahren, als uns der Kapitän einen Sturm verkündete. Er machte ein bedenkliches Gesicht, denn es schien, er kenne in dieser Gegend das Fahrwasser nicht genug, um einem Sturm mit Ruhe begegnen zu können. Er ließ alle Segel einziehen, und wir trieben ganz langsam hin. Die Nacht war angebrochen, war hell und kalt, und der Kapitän glaubte schon, sich in den Anzeichen des Sturmes getäuscht zu haben. Auf einmal schwebte ein Schiff, das wir vorher nicht gesehen hatten, dicht an dem unsrigen vorbei. Wildes Jauchzen und Geschrei erscholl aus dem Verdeck herüber, worüber ich mich zu dieser angstvollen Stunde, vor einem Sturm, nicht wenig wunderte. Aber der Kapitän an meiner Seite wurde blaß wie der Tod.

«Mein Schiff ist verloren», rief er, «dort segelt der Tod!»

Ehe ich ihn noch über diesen sonderbaren Ausruf befragen konnte, stürzten schon heulend und schreiend die Matrosen herein: «Habt ihr ihn gesehn?» schrien sie. «Jetzt ist's mit uns vorbei!»

Der Kapitän aber ließ Trostsprüche aus dem Koran vorlesen und setzte sich selbst ans Steuerruder. Aber vergebens! Zusehends brauste der Sturm auf, und ehe eine Stunde verging, krachte das Schiff und blieb sitzen. Die Boote wurden ausgesetzt, und kaum hatten sich die letzten Matrosen gerettet, so versank das Schiff vor unsern Augen, und als ein Bettler fuhr ich in die See hinaus. Aber der Jammer hatte noch kein Ende. Fürchterlicher tobte der Sturm, das Boot war nicht mehr zu regieren. Ich hatte meinen alten Diener fest umschlungen, und wir versprachen uns, nie voneinander zu weichen.

Endlich brach der Tag an; aber mit dem ersten Blick der Morgenröte faßte der Wind das Boot, in welchem wir saßen, und stürzte es um. Ich habe keinen meiner Schiffsleute mehr gesehen. Der Sturz hatte mich betäubt; und als ich aufwachte, befand ich mich in den Armen meines alten Dieners, der sich auf das umgeschlagene Boot gerettet und mich nachgezogen hatte. Der Sturm hatte sich gelegt. Von unserem Schiff war nichts mehr zu sehen, wohl aber entdeckten wir, nicht weit von uns, ein anderes Schiff, auf das die Wellen uns hintrieben. Als wir näher hinzukamen, erkannte ich das Schiff als dasselbe, das in der Nacht an uns vorbeifuhr und welches den Kapitän so sehr in Schrecken gesetzt hatte. Ich empfand ein sonderbares Grauen vor diesem Schiffe. Die Äußerung des Kapitäns, die sich so furchtbar bestätigt hatte, das öde Aussehen des Schiffes, auf dem sich, so nahe wir auch herankamen, so laut wir schrien, niemand zeigte, erschreckten mich. Doch es war unser einziges Rettungsmittel, darum priesen wir den Propheten, der uns so wundervoll erhalten hatte.

Am Vorderteil des Schiffes hing ein langes Tau herab. Mit Händen und Füßen ruderten wir darauf zu, um es zu erfassen. Endlich glückte es. Noch einmal erhob ich meine

Stimme, aber immer blieb es still auf dem Schiff. Da klimmten wir an dem Tau hinauf, ich als der Jüngste voran. Aber Entsetzen! Welches Schauspiel stellte sich meinem Auge dar, als ich das Verdeck betrat. Der Boden war mit Blut gerötet, zwanzig bis dreißig Leichname in türkischen Kleidern lagen auf dem Boden, am mittleren Mastbaum stand ein Mann, reich gekleidet, den Säbel in der Hand, aber das Gesicht war blaß und verzerrt, durch die Stirne ging ein großer Nagel, der ihn an den Mastbaum heftete, auch er war tot. Schrecken fesselte meine Schritte, ich wagte kaum zu atmen. Endlich war auch mein Begleiter heraufgekommen. Auch ihn überraschte der Anblick des Verdeckes, das gar nichts Lebendiges, sondern nur so viele schreckliche Tote zeigte.

Wir wagten es endlich, nachdem wir in der Seelenangst zum Propheten gefleht hatten, weiter vorzuschreiten. Bei jedem Schritte sahen wir uns um, ob nicht etwas Neues, noch Schrecklicheres sich darbiete; aber alles blieb, wie es war; weit und breit nichts Lebendiges als wir und das Weltmeer. Nicht einmal laut zu sprechen wagten wir, aus Furcht, der tote, am Mast angespießte Capitano möchte seine starren Augen nach uns hindrehen oder einer der Getöteten möchte seinen Kopf umwenden. Endlich waren wir bis an eine Treppe gekommen, die in den Schiffsraum führte. Unwillkürlich machten wir dort halt und sahen einander an, denn keiner wagte es recht, seine Gedanken zu äußern.

«O Herr», sprach mein treuer Diener, «hier ist etwas Schreckliches geschehen. Doch wenn auch das Schiff da unten voll Mörder steckt, so will ich mich doch lieber auf Gnade und Ungnade ergeben als längere Zeit unter diesen Toten zubringen.»

Ich dachte wie er, wir faßten uns ein Herz und stiegen voll Erwartung hinunter. Totenstille war aber auch hier, und nur unsere Schritte hallten auf der Treppe. Wir standen an der Tür der Kajüte. Ich legte mein Ohr an die Türe und lauschte, es war nichts zu hören. Ich machte auf. Das Gemach bot einen unordentlichen Anblick dar. Kleider, Waffen und anderes Geräte lagen untereinander. Nichts in Ordnung. Die Mannschaft, oder wenigstens der Capitano, mußte vor kurzem gezecht haben, denn es lag alles noch umher. Wir gingen weiter von Raum zu Raum, von Gemach zu Gemach, überall fanden wir herrliche Vorräte in Seide, Perlen, Zucker usw. Ich war vor Freude über diesen Anblick außer mir, denn da niemand auf dem Schiff war, glaubte ich, alles mir zueignen zu dürfen, Ibrahim aber machte mich aufmerksam darauf, daß wir wahrscheinlich noch sehr weit vom Land seien, wohin wir allein und ohne menschliche Hilfe nicht kommen können.

Wir labten uns an den Speisen und Getränken, die wir in reichlichem Maß vorfanden, und stiegen endlich wieder aufs Verdeck. Aber hier schauderte uns immer die Haut ob dem schrecklichen Anblick der Leichen. Wir beschlossen, uns davon zu befreien und sie über Bord zu werfen; aber wie schauerlich ward uns zumut, als wir fanden, daß sich keiner aus seiner Lage bewegen ließ. Wie festgebannt lagen sie am Boden, und man hätte den Boden des Verdecks ausheben müssen, um sie zu entfernen, und dazu gebrach es uns an Werkzeugen. Auch der Capitano ließ sich nicht von seinem Mast losmachen, nicht einmal seinen Säbel konnten wir der starren Hand entwinden.

Wir brachten den Tag in trauriger Betrachtung unserer Lage zu, und als es Nacht zu werden anfing, erlaubte ich dem alten Ibrahim, sich schlafen zu legen, ich selbst aber wollte auf dem Verdeck wachen, um nach Rettung auszuspähen. Als aber der Mond heraufkam und ich nach den Gestirnen berechnete, daß es wohl um die elfte Stunde sei, überfiel mich ein so unwiderstehlicher Schlaf, daß ich unwillkürlich hinter ein Faß, das auf dem Verdeck stand, zurückfiel. Doch war es mehr Betäubung als Schlaf, denn ich hörte deutlich die See an der Seite des Schiffes anschlagen und die Segel vom Winde knarren und pfeifen.

Auf einmal glaubte ich Stimmen und Männertritte auf dem Verdeck zu hören. Ich wollte mich aufrichten, um danach zu schauen; aber eine unsichtbare Gewalt hielt meine Glieder gefesselt, nicht einmal die Augen konnte ich aufschlagen. Aber immer deutlicher wurden die Stimmen, es war mir, als wenn ein fröhliches Schiffsvolk auf dem Verdeck sich umhertriebe; mitunter glaubte ich die kräftige Stimme eines Befehlenden zu hören, auch hörte ich Taue und Segel deutlich auf- und abziehen. Nach und nach aber schwanden mir die Sinne, ich verfiel in einen tieferen Schlaf, in dem ich nur noch ein Geräusch von Waffen zu hören glaubte, und erwachte erst, als die Sonne schon hoch stand und mir aufs Gesicht brannte. Verwundert schaute ich mich um, Sturm, Schiff, die Toten, und was ich in dieser Nacht gehört hatte, kam mir wie ein Traum vor, aber als ich aufblickte, fand ich alles wie gestern. Unbeweglich lagen die Toten, unbeweglich war der Capitano an den Mastbaum geheftet. Ich lachte über meinen Traum und stand auf, um meinen Alten zu suchen.

Dieser saß ganz nachdenklich in der Kajüte.

«O Herr!» rief er aus, als ich zu ihm hereintrat, «ich wollte lieber im tiefsten Grunde des Meeres liegen als in diesem verhexten Schiff noch eine Nacht zubringen.»

Ich fragte ihn nach der Ursache seines Kummers, und er antwortete mir: «Als ich einige Stunden geschlafen hatte, wachte ich auf und vernahm, wie man über meinem Haupt hin und her lief. Ich dachte zuerst, Ihr wäret es, aber es waren wenigstens zwanzig, die oben umherliefen, auch hörte ich rufen und schreien. Endlich kamen schwere Tritte die Treppe herab. Da wußte ich nichts mehr von mir, nur hie und da kehrte auf einige Augenblicke meine Besinnung zurück, und da sah ich dann denselben Mann, der oben am Mast angenagelt ist, an jenem Tisch dort sitzen, singend und trinkend, aber der, der in einem roten Scharlachkleid nicht weit von ihm am Boden liegt, saß neben ihm und half ihm trinken.»

Also erzählte mir mein alter Diener.

Ihr könnt es mir glauben, meine Freunde, daß mir gar nicht wohl zumute war; denn es war keine Täuschung, ich hatte ja auch die Toten gar wohl gehöret. In solcher Gesellschaft zu schiffen war mir greulich. Mein Ibrahim aber versank wieder in tiefes Nachdenken.

«Jetzt hab ich's», rief er endlich aus; es fiel ihm nämlich ein Sprüchlein ein, das ihn sein Großvater, ein erfahrener, weitgereister Mann, gelehrt hatte und das gegen jeden Geister- und Zauberspuk helfen sollte; auch behauptete er, jenen unnatürlichen Schlaf, der uns befiel, in der nächsten Nacht verhindern zu können, wenn wir nämlich recht eifrig Sprüche aus dem Koran beteten. Der Vorschlag des alten Mannes gefiel mir wohl. In banger Erwartung sahen wir die Nacht herankommen. Neben der Kajüte war ein kleines Kämmerchen, dorthin beschlossen wir uns zurückzuziehen. Wir bohrten mehrere Löcher in die Tür, hinlänglich groß, um durch sie die ganze Kajüte zu überschauen; dann verschlossen wir die Türe, so gut es ging, von innen, und Ibrahim schrieb den Namen des Propheten in alle vier Ecken. So erwarteten wir die Schrecken der Nacht.

Es mochte wieder ungefähr elf Uhr sein, als es mich gewaltig zu schläfern anfing. Mein Gefährte riet mir daher, einige Sprüche des Korans zu beten, was mir auch half. Mit einem Male schien es oben lebhaft zu werden, die Taue knarrten, Schritte gingen über das Verdeck, und mehrere Stimmen waren deutlich zu unterscheiden. Mehrere Minuten hatten wir so in gespannter Erwartung gesessen, da hörten wir etwas die Treppe der Kajüte herabkommen. Als dies der Alte hörte, fing er an, seinen Spruch, den ihm sein Großvater gegen Spuk und Zauberei gelehrt hatte, herzusagen:

«Kommt ihr herab aus der Luft,
Steigt ihr aus tiefem Meer,
Schlieft ihr in dunkler Gruft,
Stammt ihr vom Feuer her:

Allah ist euer Herr und Meister,
Ihm sind gehorsam alle Geister.»

Ich muß gestehen, ich glaubte gar nicht recht an diesen Spruch, und mir stieg das Haar zu Berg, als die Türe aufflog. Herein trat jener große, stattliche Mann, den ich am Mastbaum angenagelt gesehen hatte. Der Nagel ging ihm auch jetzt mitten durchs Hirn, das Schwert aber hatte er in die Scheide gesteckt, hinter ihm trat noch ein anderer herein, weniger kostbar gekleidet; auch ihn hatte ich oben liegen sehen. Der Capitano, denn dies war er unverkennbar, hatte ein bleiches Gesicht, einen großen schwarzen Bart, wildrollende Augen, mit denen er sich im ganzen Gemach umsah. Ich konnte ihn ganz deutlich sehen, als er an unserer Türe vorüberging; er aber schien gar nicht auf die Türe zu achten, die uns verbarg.

Beide setzten sich an den Tisch, der in der Mitte der Kajüte stand, und sprachen laut und fast schreiend miteinander in einer unbekannten Sprache. Sie wurden immer lauter und eifriger, bis endlich der Capitano mit geballter Faust auf den Tisch hineinschlug, daß das Zimmer dröhnte. Mit wildem Gelächter sprang der andere auf und winkte dem Capitano, ihm zu folgen. Dieser stand auf, riß seinen Säbel aus der Scheide, und beide verließen das Gemach. Wir atmeten freier, als sie weg waren; aber unsere Angst hatte noch lange kein Ende. Immer lauter und lauter ward es auf dem Verdeck. Man hörte eilends hin und her laufen und schreien, lachen und heulen. Endlich ging ein wahrhaft höllischer Lärm los, so daß wir glaubten, das Verdeck mit allen Segeln komme zu uns herab, Waffengeklirr und Geschrei – auf einmal aber tiefe Stille.

Als wir es nach vielen Stunden wagten, hinaufzugehen, trafen wir alles wie sonst; nicht einer lag anders als früher, alle waren steif wie Holz.

So waren wir mehrere Tage auf dem Schiffe, es ging immer nach Osten, wohin zu, nach meiner Berechnung, Land liegen mußte, aber wenn es auch bei Tag viele Meilen zurückgelegt hatte, bei Nacht schien es immer wieder zurückzukehren, denn wir befanden uns immer wieder am nämlichen Fleck, wenn die Sonne aufging. Wir konnten uns dies nicht anders erklären, als daß die Toten jede Nacht mit vollem Winde zurücksegelten. Um nun dies zu verhüten, zogen wir, ehe es Nacht wurde, alle Segel ein und wandten dasselbe Mittel an wie bei der Türe in der Kajüte; wir schrieben den Namen des Propheten auf Pergament und auch das Sprüchlein des Großvaters dazu und banden es um die eingezogenen Segel. Ängstlich warteten wir in unserem Kämmerchen den Erfolg ab. Der Spuk schien diesmal noch ärger zu toben, aber siehe, am anderen Morgen waren die Segel noch aufgerollt, wie wir sie verlassen hatten. Wir spannten den Tag über nur so viele Segel auf, als nötig waren, das Schiff sanft fortzutreiben, und so legten wir in fünf Tagen eine gute Strecke zurück.

Endlich, am Morgen des sechsten Tages, entdeckten wir in geringer Ferne Land, und wir dankten Allah und seinem Propheten für unsere wunderbare Rettung. Diesen Tag und die folgende Nacht trieben wir an einer Küste hin, und am siebenten Morgen glaubten wir in geringer Entfernung eine Stadt zu entdecken; wir ließen mit vieler Mühe einen Anker in die See, der alsobald Grund faßte, setzten ein kleines Boot, das auf dem Verdeck stand, aus und ruderten mit aller Macht der Stadt zu. Nach einer halben Stunde liefen wir in einen Fluß ein, der sich in die See ergoß, und stiegen ans Ufer.

Im Stadttor erkundigten wir uns, wie die Stadt heiße, und erfuhren, daß es eine indische Stadt sei, nicht weit von der Gegend, wohin ich zuerst zu schiffen willens war. Wir begaben uns in eine Karawanserei und erfrischten uns von unserer abenteuerlichen Reise. Ich forschte daselbst auch nach einem weisen und verständigen Mann, indem ich dem Wirt zu verstehen gab, daß ich einen solchen haben möchte, der sich ein wenig auf Zauberei verstehe. Er führte mich in eine abgelegene Straße, an ein unscheinbares Haus, pochte an, und man ließ mich eintreten, mit der Weisung, ich solle nur nach Muley fragen.

In dem Hause kam mir ein altes Männlein mit grauem Bart und langer Nase entgegen und fragte nach meinem Begehr. Ich sagte ihm, ich suche den weisen Muley, und er antwortete mir, er sei es selbst. Ich fragte ihn nun um Rat, was ich mit den Toten machen solle und wie ich es angreifen müsse, um sie aus dem Schiff zu bringen. Er antwortete mir, die Leute des Schiffes seien wahrscheinlich wegen irgendeines Frevels auf das Meer verzaubert; er glaube, der Zauber werde sich lösen, wenn man sie ans Land bringe; dies könne aber nicht geschehen, als wenn man die Bretter, auf denen sie liegen, losmache. Mir gehöre, von Gott und Rechts wegen, das Schiff samt allen Gütern, weil ich es gleichsam gefunden habe; doch solle ich alles sehr geheimhalten und ihm ein kleines Geschenk von meinem Überfluß machen, er wolle dafür mit seinen Sklaven mir behilflich sein, die Toten wegzuschaffen. Ich versprach, ihn reichlich zu belohnen, und wir machten uns mit fünf Sklaven, die mit Sägen und Beilen versehen waren, auf den Weg. Unterwegs konnte der Zauberer Muley unseren glücklichen Einfall, die Segel mit den Sprüchen des Korans zu umwinden, nicht genug loben. Er sagte, es sei dies das einzige Mittel gewesen, uns zu retten.

Es war noch ziemlich früh am Tage, als wir beim Schiff ankamen. Wir machten uns alle sogleich ans Werk, und in einer Stunde lagen schon vier in dem Nachen. Einige der Sklaven mußten sie ans Land rudern, um sie dort zu verscharren. Sie erzählten, als sie zurückkamen, die Toten haben ihnen die Mühe des Begrabens erspart, indem sie, sowie man sie auf die Erde gelegt habe, in Staub zerfallen seien. Wir fuhren fort, die Toten abzusägen, und bis vor Abend waren alle ans Land gebracht. Es war endlich keiner mehr an Bord als der, welcher am Mast angenagelt war. Umsonst suchten wir den Nagel aus dem Holze zu ziehen, keine Gewalt vermochte ihn auch nur ein Haarbreit zu verrücken.

Ich wußte nicht, was anzufangen war, man konnte doch nicht den Mastbaum abhauen, um ihn ans Land zu führen. Doch aus dieser Verlegenheit half Muley. Er ließ schnell einen Sklaven ans Land rudern, um einen Topf mit Erde zu bringen. Als dieser herbeigeholt war, sprach der Zauberer geheimnisvolle Worte darüber aus und schüttete die Erde auf das Haupt des Toten. Sogleich schlug dieser die Augen auf, holte tief Atem, und die Wunde des Nagels in seiner Stirne fing an zu bluten. Wir zogen den Nagel jetzt leicht heraus, und der Verwundete fiel einem der Sklaven in die Arme.

«Wer hat mich hierher geführt?» sprach er, nachdem er sich ein wenig erholt zu haben schien. Muley zeigte auf mich, und ich trat zu ihm. «Dank dir, unbekannter Fremdling, du hast mich von langen Qualen errettet. Seit fünfzig Jahren schifft mein Leib durch diese Wogen, und mein Geist war verdammt, jede Nacht in ihn zurückzukehren. Aber jetzt hat mein Haupt die Erde berührt, und ich kann versöhnt zu meinen Vätern gehen.»

Ich bat ihn, uns doch zu sagen, wie er zu diesem schrecklichen Zustand gekommen sei, und er sprach: «Vor fünfzig Jahren war ich ein mächtiger, angesehener Mann und wohnte in Algier; die Sucht nach Gewinn trieb mich, ein Schiff auszurüsten und Seeraub zu treiben. Ich hatte dieses Geschäft schon einige Zeit fortgeführt, da nahm ich einmal auf Zante einen Derwisch an Bord, der umsonst reisen wollte. Ich und meine Gesellen waren rohe Leute und achteten nicht auf die Heiligkeit des Mannes, vielmehr trieb ich mein Gespött mit ihm. Als er aber einst in heiligem Eifer mir meinen sündigen Lebenswandel verwiesen hatte, übermannte mich nachts in meiner Kajüte, als ich mit meinem Steuermann viel getrunken hatte, der Zorn. Wütend über das, was mir ein Derwisch gesagt hatte und was ich mir von keinem Sultan hätte sagen lassen, stürzte ich aufs Verdeck und stieß ihm meinen Dolch in die Brust. Sterbend verwünschte er mich und meine Mannschaft, nicht sterben und nicht leben zu können, bis wir unser Haupt auf die Erde legen. Der Derwisch starb, und wir warfen ihn in die See und verlachten seine Drohungen; aber noch in derselben Nacht erfüllten sich seine Worte.

Ein Teil meiner Mannschaft empörte sich gegen mich. Mit fürchterlicher Wut wurde gestritten, bis meine Anhänger unterlagen und ich an den Mast genagelt wurde. Aber auch die Empörer unterlagen ihren Wunden, und bald war mein Schiff nur ein großes Grab. Auch mir brachen die Augen, mein Atem hielt an, und ich meinte zu sterben. Aber es war nur eine Erstarrung, die mich gefesselt hielt; in der nächsten Nacht, zur nämlichen Stunde, da wir den Derwisch in die See geworfen, erwachte ich und alle meine Genossen, das Leben war zurückgekehrt, aber wir konnten nichts tun und sprechen, als was wir in jener Nacht gesprochen und getan hatten. So segeln wir seit fünfzig Jahren, können nicht leben, nicht sterben; denn wie konnten wir das Land erreichen? Mit toller Freude segelten wir allemal mit vollen Segeln in den Sturm, weil wir hofften, endlich an einer Klippe zu zerschellen und das müde Haupt, auf dem Grund des Meeres, zur Ruhe zu legen. Es ist uns nicht gelungen. Jetzt aber werde ich sterben. Noch einmal meinen Dank, unbekannter Retter, wenn Schätze dich lohnen können, so nimm mein Schiff, als Zeichen meiner Dankbarkeit.»

Der Capitano ließ sein Haupt sinken, als er so eben gesprochen hatte, und verschied. Sogleich zerfiel er auch, wie seine Gefährten, in Staub. Wir sammelten diesen in ein Kästchen und begruben ihn am Lande; aus der Stadt nahm ich aber Arbeiter, die mir mein Schiff in guten Zustand setzten. Nachdem ich die Waren, die ich an Bord hatte, gegen andere mit großem Gewinn eingetauscht hatte, mietete ich Matrosen, beschenkte meinen Freund Muley reichlich und schiffte mich nach meinem Vaterland ein. Ich machte aber einen Umweg, indem ich an vielen Inseln und Ländern landete und meine Waren zu Markt brachte. Der Prophet seg-

nete mein Unternehmen. Nach dreiviertel Jahren lief ich noch einmal so reich, als mich der sterbende Kapitän gemacht hatte, in Balsora ein.
Meine Mitbürger waren erstaunt, über meine Reichtümer und mein Glück, und glaubten nicht anders, als ich habe das Diamantental des berühmten Reisenden Sindbad gefunden. Ich ließ sie auf ihrem Glauben, von nun an aber mußten die jungen Leute von Balsora, wenn sie kaum achtzehn Jahre alt waren, in die Welt hinaus, um gleich mir ihr Glück zu machen. Ich aber lebte ruhig und in Frieden, und alle fünf Jahre machte ich eine Reise nach Mekka, um dem Herrn, an heiliger Stätte, für seinen Segen zu danken und für den Capitano und seine Leute zu bitten, daß er sie in sein Paradies aufnehme.

Die Geschichte von dem kleinen Muck

In Nicea, meiner lieben Vaterstadt, wohnte ein Mann, den man den kleinen Muck hieß. Ich kann mir ihn, ob ich gleich damals noch sehr jung war, noch recht wohl denken, besonders weil ich einmal von meinem Vater wegen seiner halbtot geprügelt wurde. Der kleine Muck nämlich war schon ein alter Geselle, als ich ihn kannte, doch war er nur drei bis vier Schuh hoch; dabei hatte er eine sonderbare Gestalt, denn sein Leib, so klein und zierlich er war, mußte einen Kopf tragen, viel größer und dicker als der Kopf anderer Leute. Er wohnte ganz allein in einem großen Haus und kochte sich sogar selbst, auch hätte man in der Stadt nicht gewußt, ob er lebe oder gestorben sei, denn er ging nur alle vier Wochen einmal aus, wenn nicht um die Mittagsstunde ein mächtiger Dampf aus dem Hause aufgestiegen wäre; doch sah man ihn oft abends auf seinem Dache auf und ab gehen, von der Straße aus glaubte man aber, nur sein großer Kopf allein laufe auf dem Dache umher.

Ich und meine Kameraden waren böse Buben, die jedermann gerne neckten und belachten, daher war es uns allemal ein Festtag, wenn der kleine Muck ausging; wir versammelten uns an dem bestimmten Tage vor seinem Haus und warteten, bis er herauskam. Wenn dann die Türe aufging und zuerst der große Kopf mit dem noch größeren Turban herausguckte, wenn dann das übrige Körperlein nachfolgte, angetan mit einem abgeschabten Mäntelein, weiten Beinkleidern und einem breiten Gürtel, an welchem ein langer Dolch hing, so lang, daß man nicht wußte, ob Muck an dem Dolch oder der Dolch an Muck stak, wenn er so heraustrat, da ertönte die Luft von unserem Freudengeschrei, wir warfen unsere Mützen in die Höhe und tanzten wie toll um ihn her. Der kleine Muck aber grüßte uns mit ernsthaftem Kopfnicken und ging mit langsamen Schritten die Straße hinab, dabei schlurfte er mit den Füßen, denn er hatte große, weite Pantoffeln an, wie ich sie noch nie gesehen. Wir Knaben liefen hinter ihm her und schrien immer: «Kleiner Muck, kleiner Muck!»

Auch hatten wir ein lustiges Verslein, das wir, ihm zu Ehren, hie und da sangen, es hieß:

«Kleiner Muck, kleiner Muck,
Wohnst in einem großen Haus,
Gehst nur all' vier Wochen aus,
Bist ein braver, kleiner Zwerg,
Hast ein Köpflein wie ein Berg,
Schau dich einmal um und guck,
Lauf und fang uns, kleiner Muck.»

So hatten wir schon oft unser Kurzweil getrieben, und zu meiner Schande muß ich es gestehen, ich trieb's am ärgsten, denn ich zupfte ihm oft am Mäntelein, und einmal trat ich ihm auch von hinten auf die großen Pantoffel, daß er hinfiel. Dies kam mir nun höchst lächerlich vor, aber das Lachen verging mir, als ich den kleinen Muck auf meines Vaters Haus zugehen sah. Er ging richtig hinein und blieb einige Zeit dort. Ich versteckte mich an der Haustüre und sah den Muck wieder herauskommen, von meinem Vater begleitet, der ihn ehrerbietig an der Hand hielt und an der Türe unter vielen Bücklingen sich von ihm verabschiedete. Mir war gar nicht wohl zumut, ich blieb daher lange in meinem Versteck; endlich aber trieb mich der Hunger, den ich ärger fürchtete als Schläge, heraus, und demütig und mit gesenktem Kopf trat ich vor meinen Vater.

«Du hast, wie ich höre, den guten Muck geschimpft?» sprach er in sehr ernstem Tone. «Ich will dir die Geschichte dieses Muck erzählen, und du wirst ihn gewiß nicht mehr auslachen; vor- und nachher aber bekommst du das Gewöhnliche.»

Das Gewöhnliche aber waren fünfundzwanzig Hiebe, die er nur allzurichtig aufzuzählen pflegte. Er nahm daher sein langes Pfeifenrohr, schraubte die Bernsteinmundspitze ab und bearbeitete mich ärger als je zuvor.

Als die fünfundzwanzig voll waren, befahl er mir aufzumerken und erzählte mir von dem kleinen Muck:

Der Vater des kleinen Muck, der eigentlich Mukrah

heißt, war ein angesehener, aber armer Mann, hier in Nicea. Er lebte beinahe so einsiedlerisch als jetzt sein Sohn. Diesen konnte er nicht wohl leiden, weil er sich seiner Zwerggestalt schämte, und ließ ihn daher auch in Unwissenheit aufwachsen. Der kleine Muck war noch in seinem sechzehnten Jahr ein lustiges Kind, und der Vater, ein ernster Mann, tadelte ihn immer, daß er, der schon längst die Kinderschuhe zertreten haben sollte, noch so dumm und läppisch sei.

Der Alte aber tat einmal einen bösen Fall, an welchem er auch starb und den kleinen Muck arm und unwissend zurückließ. Die harten Verwandten, denen der Verstorbene mehr schuldig war, als er bezahlen konnte, jagten den armen Kleinen aus dem Hause und rieten ihm, in die Welt hinauszugehen und sein Glück zu suchen. Der kleine Muck antwortete, er sei schon reisefertig, bat sich aber nur noch den Anzug seines Vaters aus, und dieser wurde ihm auch bewilligt. Sein Vater war ein großer starker Mann gewesen, daher paßten die Kleider nicht. Muck aber wußte bald Rat; er schnitt ab, was zu lang war, und zog dann die Kleider an. Er schien aber vergessen zu haben, daß er auch in der Weite davon schneiden müsse, daher sein sonderbarer Aufzug, wie er noch heute zu sehen ist; der große Turban, der breite Gürtel, die weiten Hosen, das blaue Mäntelein, alles dies sind Erbstücke seines Vaters, die er seitdem getragen; den langen Damaszenerdolch seines Vaters aber steckte er in den Gürtel, ergriff ein Stöcklein und wanderte zum Tor hinaus.

Fröhlich wanderte er den ganzen Tag, denn er war ja ausgezogen, um sein Glück zu suchen; wenn er einen Scherben auf der Erde im Sonnenschein glänzen sah, so steckte er ihn gewiß zu sich, im Glauben, daß er sich in den schönsten Diamant verwandeln werde; sah er in der Ferne die Kuppel einer Moschee wie Feuer strahlen, sah er einen See wie einen Spiegel blinken, so eilte er voll Freude darauf zu, denn er gedachte in einem Zauberland angekommen zu sein. Aber ach! jene Trugbilder verschwanden in der Nähe, und nur allzubald erinnerte ihn seine Müdigkeit und sein vor Hunger knurrender Magen, daß er noch im Lande der Sterblichen sich befinde. So war er zwei Tage gereist, unter Hunger und Kummer, und verzweifelte, sein Glück zu finden; die Früchte des Feldes waren seine einzige Nahrung, die harte Erde sein Nachtlager. Am Morgen des dritten Tages erblickte er von einer Anhöhe eine große Stadt. Hell leuchtete der Halbmond auf ihren Zinnen, bunte Fahnen schimmerten auf den Dächern und schienen den kleinen Muck zu sich herzuwinken.Überrascht stand er stille und betrachtete Stadt und Gegend.

Ja, dort wird Klein Muck sein Glück finden, sprach er zu sich und machte trotz seiner Müdigkeit einen Luftsprung, dort oder nirgends. Er raffte alle seine Kräfte zusammen und schritt auf die Stadt zu. Aber obgleich sie ganz nahe schien, konnte er sie doch erst gegen Mittag erreichen, denn seine kleinen Glieder versagten ihm beinahe gänzlich ihren Dienst, und er mußte sich oft in den Schatten einer Palme setzen, um auszuruhen. Endlich war er an dem Tor der Stadt angelangt. Er legte sein Mäntelein zurecht, band den Turban schöner um, zog den Gürtel noch breiter an und steckte den langen Dolch schiefer; dann wischte er den Staub von den Schuhen, ergriff sein Stöcklein und ging mutig zum Tor hinein. Er war schon einige Straßen durchwandert, aber nirgends öffnete sich eine Türe, nirgends rief man, wie er sich vorgestellt hatte: «Kleiner Muck, komm herein und iß und trink und laß deine Füßlein ausruhen.»

Er schaute gerade auch wieder recht sehnsüchtig an einem großen schönen Haus hinauf, da öffnete sich ein Fenster, eine alte Frau schaute heraus und rief mit singender Stimme:

«Herbei, herbei,
Gekocht ist der Brei,
Den Tisch ließ ich decken,
Drum laßt es euch schmecken;

Ihr Nachbarn herbei,
Gekocht ist der Brei.»

Die Türe des Hauses öffnete sich, und Muck sah viele Hunde und Katzen hineingehen. Er stand einige Augenblicke in Zweifel, ob er der Einladung folgen solle, endlich aber faßte er sich ein Herz und ging in das Haus. Vor ihm her gingen ein paar junge Kätzlein, und er beschloß, ihnen zu folgen, weil sie vielleicht die Küche besser wüßten als er.

Als Muck die Treppe hinaufgestiegen war, begegnete er jener alten Frau, die zum Fenster herausgeschaut hatte. Sie sah ihn mürrisch an und fragte nach seinem Begehr.

«Du hast ja jedermann zu deinem Brei eingeladen», antwortete der kleine Muck, «und weil ich so gar hungrig bin, bin ich auch gekommen.»

Die Alte lachte laut und sprach: «Woher kommst du denn, wunderlicher Gesell? Die ganze Stadt weiß, daß ich für niemand koche als für meine lieben Katzen, und hie und da lade ich ihnen Gesellschaft aus der Nachbarschaft ein, wie du siehest.»

Der kleine Muck erzählte der alten Frau, wie es ihm nach seines Vaters Tod so hart ergangen sei, und bat sie, ihn heute mit ihren Katzen speisen zu lassen. Die Frau, welcher die treuherzige Erzählung des Kleinen wohl gefiel, erlaubte ihm, ihr Gast zu sein, und gab ihm reichlich zu essen und zu trinken. Als er gesättigt und gestärkt war, betrachtete ihn die Frau lange und sagte dann: «Kleiner Muck, bleibe bei mir in meinem Dienste, du hast geringe Mühe und sollst gut gehalten sein.»

Der kleine Muck, dem der Katzenbrei geschmeckt hatte, willigte ein und wurde also der Bediente der Frau Ahavzi. Er hatte einen leichten, aber sonderbaren Dienst. Frau Ahavzi hatte nämlich zwei Kater und vier Katzen, diesen mußte der kleine Muck alle Morgen den Pelz kämmen und mit köstlichen Salben einreiben; wenn die Frau ausging, mußte er auf die Katzen Achtung geben, wenn sie aßen, mußte er ihnen die Schüsseln vorlegen, und nachts mußte er sie auf seidene Polster legen und sie mit samtenen Decken einhüllen. Auch waren noch einige kleine Hunde im Haus, die er bedienen mußte, doch wurden mit diesen nicht so viele Umstände gemacht wie mit den Katzen, welche Frau Ahavzi wie ihre eigenen Kinder hielt. Übrigens führte Muck ein so einsames Leben wie in seines Vaters Haus, denn außer der Frau sah er den ganzen Tag nur Hunde und Katzen.

Eine Zeitlang ging es dem kleinen Muck ganz gut, er hatte immer zu essen und wenig zu arbeiten, und die alte Frau schien recht zufrieden mit ihm zu sein; aber nach und nach wurden die Katzen unartig; wenn die Alte ausgegangen war, sprangen sie wie besessen in den Zimmern umher, warfen alles durcheinander und zerbrachen manches schöne Geschirr, das ihnen im Weg stand. Wenn sie aber die Frau die Treppe heraufkommen hörten, verkrochen sie sich auf ihre Polster und wedelten ihr mit den Schwänzen entgegen, wie wenn nichts geschehen wäre. Die Frau Ahavzi geriet dann in Zorn, wenn sie ihre Zimmer so verwüstet sah, und schob alles auf Muck, er mochte seine Unschuld beteuern, wie er wollte, sie glaubte ihren Katzen, die so unschuldig aussahen, mehr als ihrem Diener.

Der kleine Muck war sehr traurig, daß er auch hier sein Glück nicht gefunden habe, und beschloß bei sich, den Dienst der Frau Ahavzi zu verlassen. Da er aber auf seiner ersten Reise erfahren hatte, wie schlecht man ohne Geld lebt, so beschloß er, den Lohn, den ihm seine Gebieterin immer versprochen, aber nie gegeben hatte, sich auf irgendeine Art zu verschaffen. Es befand sich in dem Hause der Frau Ahavzi ein Zimmer, das immer verschlossen war und dessen Inneres er nie gesehen hatte, doch hatte er die Frau oft darin rumoren gehört, und er hätte oft für sein Leben gern gewußt, was sie dort versteckt habe. Als er nun an sein Reisegeld dachte, fiel ihm ein, daß dort die Schätze der Frau versteckt sein könnten; aber immer war die Türe fest verschlossen, und er konnte daher den Schätzen nie beikommen.

Eines Morgens, als die Frau Ahavzi ausgegangen war, zupfte ihn eines der Hundlein, welches von der Frau immer sehr stiefmütterlich behandelt wurde, dessen Gunst er sich aber durch allerlei Liebesdienste in hohem Grade erworben hatte, an seinen weiten Beinkleidern und gebärdete sich dabei, wie wenn Muck ihm folgen sollte. Muck, welcher gerne mit den Hunden spielte, folgte ihm, und siehe da, das Hundlein führte ihn in die Schlafkammer der Frau Ahavzi, vor eine kleine Türe, die er nie zuvor dort bemerkt hatte. Die Türe war halb offen. Das Hundlein ging hinein, und Muck folgte ihm, und freudig war er überrascht, als er sah, daß er sich in dem Gemach befinde, das schon lange das Ziel seiner Wünsche war. Er spähte überall umher, ob er kein Geld finden könnte, fand aber nichts, nur alte Kleider und wunderlich geformte Geschirre standen umher. Eines dieser Geschirre zog seine besondere Aufmerksamkeit auf sich; es war von Kristall, und schöne Figuren waren darauf ausgeschnitten. Er hob es auf und drehte es nach allen Seiten; aber, o Schrecken! er hatte nicht bemerkt, daß es einen Deckel hatte, der nur leicht darauf hingesetzt war; der Deckel fiel herab und zerbrach in tausend Stücken.

Lange stand der kleine Muck vor Schrecken leblos; jetzt war sein Schicksal entschieden, jetzt mußte er entfliehen, sonst schlug ihn die Alte tot. Sogleich war auch seine Reise beschlossen, und nur noch einmal wollte er sich umschauen, ob er nichts von den Habseligkeiten der Frau Ahavzi zu seinem Marsch brauchen könnte. Da fielen ihm ein Paar mächtig große Pantoffel ins Auge, sie waren zwar nicht schön, aber seine eigenen konnten keine Reise mehr mitmachen, auch zogen ihn jene wegen ihrer Größe an, denn hatte er diese am Fuß, so mußten ihm hoffentlich alle Leute ansehen, daß er die Kinderschuhe vertreten habe. Er zog also schnell seine Töffelein aus und fuhr in die großen hinein; ein Spazierstöcklein mit einem schön geschnittenen Löwenkopf schien ihm auch hier allzu müßig in der Ecke zu stehen, er nahm es also mit und eilte zum Zimmer hinaus.

Schnell ging er jetzt auf seine Kammer, zog sein Mäntelein an, setzte den väterlichen Turban auf, steckte den Dolch in den Gürtel und lief, so schnell ihn seine Füße trugen, zum Haus und zur Stadt hinaus.

Vor der Stadt lief er, aus Angst vor der Alten, immer weiter fort, bis er vor Müdigkeit beinahe nicht mehr konnte. So schnell war er in seinem ganzen Leben nicht gegangen, ja, es schien ihm, als könne er gar nicht aufhören zu rennen, denn eine unsichtbare Gewalt schien ihn fortzureißen. Endlich bemerkte er, daß es mit den Pantoffeln eine eigene Bewandtnis haben müsse, denn diese schossen immer fort und führten ihn mit sich. Er versuchte auf allerlei Weise stillzustehen, aber es wollte nicht gelingen; da rief er in der höchsten Not, wie man den Pferden zuruft, sich selbst zu: «Oh – oh, halt, oh!»

Da hielten die Pantoffel, und Muck warf sich erschöpft auf die Erde nieder.

Die Pantoffel freuten ihn ungemein; so hatte er sich denn doch durch seine Dienste etwas erworben, das ihm in der Welt, auf seinem Weg, das Glück zu suchen, forthelfen konnte. Er schlief, trotz seiner Freude, vor Erschöpfung ein, denn das Körperlein des kleinen Muck, das einen so schweren Kopf zu tragen hatte, konnte nicht viel aushalten. Im Traum erschien ihm das Hundlein, welches ihm im Hause der Frau Ahavzi zu den Pantoffeln verholfen hatte, und sprach zu ihm: «Lieber Muck, du verstehst den Gebrauch der Pantoffeln noch nicht recht; wisse, daß wenn du dich in ihnen dreimal auf dem Absatz herumdrehst, so kannst du hinfliegen, wohin du nur willst, und mit dem Stöcklein kannst du Schätze finden, denn wo Gold vergraben ist, da wird es dreimal auf die Erde schlagen, bei Silber aber zweimal.»

So träumte der kleine Muck; als er aber aufwachte, dachte er über den wunderbaren Traum nach und beschloß, alsbald einen Versuch zu machen. Er zog die Pantoffel an, lupfte einen Fuß und begann sich auf dem Absatz umzudrehen. Wer es aber jemals versucht hat, in einem ungeheuer weiten Pantoffel dieses Kunststück dreimal hintereinander zu machen, der wird sich nicht wundern, wenn es dem kleinen Muck nicht gleich glückte, besonders wenn man bedenkt, daß ihn sein schwerer Kopf bald auf diese, bald auf jene Seite hinüberzog.

Der arme Kleine fiel einigemal tüchtig auf die Nase, doch ließ er sich nicht abschrecken, den Versuch zu wiederholen, und endlich glückte es. Wie ein Rad fuhr er auf seinem Absatz herum, wünschte sich in die nächste große Stadt, und – die Pantoffel ruderten hinauf in die Lüfte, liefen mit Windeseile durch die Wolken, und ehe sich der kleine Muck noch besinnen konnte, wie ihm geschah, befand er sich schon auf einem großen Marktplatz, wo viele Buden aufgeschlagen waren und unzählige Menschen geschäftig hin und her liefen. Er ging unter den Leuten hin und her, hielt es aber bald für ratsamer, sich in eine einsamere Straße zu begeben, denn auf dem Markt trat ihm bald da einer auf die Pantoffel, daß er beinahe umfiel, bald stieß er mit seinem weithinausstehenden Dolch einen oder den anderen an, daß er mit Mühe den Schlägen entging.

Der kleine Muck bedachte nun ernstlich, was er wohl anfangen könnte, um sich ein Stück Geld zu verdienen; er hatte zwar ein Stäblein, das ihm verborgene Schätze anzeigte, aber wo sollte er gleich einen Platz finden, wo Gold oder Silber vergraben wäre? Auch hätte er sich zur Not für Geld sehen lassen können, aber dazu war er doch zu stolz. Endlich fiel ihm die Schnelligkeit seiner Füße ein: Vielleicht, dachte er, können mir meine Pantoffel Unterhalt gewähren, und er beschloß, sich als Schnelläufer zu verdingen. Da er aber hoffen durfte, daß der König dieser Stadt solche Dienste am besten bezahle, so erfragte er den Palast. Unter dem Tor des Palastes stand eine Wache, die ihn fragte, was er hier zu suchen habe. Auf seine Antwort, daß er einen Dienst suche, wies man ihn zum Aufseher der Sklaven. Diesem trug er sein Anliegen vor und bat ihn, ihm einen

Dienst unter den königlichen Boten zu besorgen. Der Aufseher maß ihn mit seinen Augen von Kopf bis zu den Füßen und sprach: «Wie, mit deinen Füßlein, die kaum so lang als eine Spanne sind, willst du königlicher Schnelläufer werden? Hebe dich weg, ich bin nicht dazu da, mit jedem Narren Kurzweil zu machen.»

Der kleine Muck versicherte ihn aber, daß es ihm vollkommen ernst sei mit seinem Antrag und daß er es mit dem Schnellsten auf eine Wette ankommen lassen wollte. Dem Aufseher kam die Sache gar lächerlich vor; er befahl ihm, sich bis auf den Abend zu einem Wettlauf bereitzuhalten, führte ihn in die Küche und sorgte dafür, daß ihm gehörig Speis und Trank gereicht wurde; er selbst aber begab sich zum König und erzählte ihm vom kleinen Muck und seinem Anerbieten. Der König war ein lustiger Herr, daher gefiel es ihm wohl, daß der Aufseher der Sklaven den kleinen Menschen zu einem Spaß behalten habe. Er befahl ihm, auf einer großen Wiese hinter dem Schloß Anstalten zu treffen, daß das Wettlaufen mit Bequemlichkeit von seinem ganzen Hofstaat könnte gesehen werden, und empfahl ihm nochmals, große Sorgfalt für den Zwerg zu haben. Der König erzählte seinen Prinzen und Prinzessinnen, was sie diesen Abend für ein Schauspiel haben werden, diese erzählten es wieder ihren Dienern, und als der Abend herankam, war man in gespannter Erwartung, und alles, was Füße hatte, strömte hinaus auf die Wiese, wo Gerüste aufgeschlagen waren, um den großsprecherischen Zwerg laufen zu sehen.

Als der König und seine Söhne und Töchter auf dem Gerüst Platz genommen hatten, trat der kleine Muck heraus auf die Wiese und machte vor den hohen Herrschaften eine überaus zierliche Verbeugung. Ein allgemeines Freudengeschrei ertönte, als man des Kleinen ansichtig wurde; eine solche Figur hatte man dort noch nie gesehen. Das Körperlein mit dem mächtigen Kopf, das Mäntelein und die weiten Beinkleider, der lange Dolch in dem breiten Gürtel, die kleinen Füßlein in den weiten Pantoffeln – nein! es war zu drollig anzusehen, als daß man nicht hätte laut lachen sollen. Der kleine Muck ließ sich aber durch das Gelächter nicht irremachen; er stellte sich stolz, auf sein Stöcklein gestützt, hin und erwartete seinen Gegner. Der Aufseher der Sklaven hatte, nach Mucks eigenem Wunsche, den besten Läufer ausgesucht; dieser trat nun heraus, stellte sich neben den Kleinen, und beide harrten auf das Zeichen. Da winkte die Prinzessin Amarza, wie es ausgemacht war, mit ihrem Schleier, und wie zwei Pfeile, auf dasselbe Ziel abgeschossen, flogen die beiden Wettläufer über die Wiese hin.

Von Anfang hatte Mucks Gegner einen bedeutenden Vorsprung, aber dieser jagte ihm auf seinem Pantoffelfuhrwerk nach, holte ihn ein, überfing ihn und stand längst am Ziele, als jener noch, nach Luft schnappend, daherlief. Verwunderung und Staunen fesselte einige Augenblicke die Zuschauer, als aber der König zuerst in die Hände klatschte, da jauchzte die Menge, und alle riefen: «Hoch lebe der kleine Muck, der Sieger im Wettlauf!»

Man hatte indes den kleinen Muck herbeigebracht, er warf sich vor dem König nieder und sprach: «Großmächtigster König, ich habe dir hier nur eine kleine Probe meiner Kunst gegeben, wolle nur gestatten, daß man mir eine Stelle unter deinen Läufern gebe.»

Der König aber antwortete ihm: «Nein, du sollst mein Leibläufer und immer um meine Person sein, lieber Muck, jährlich sollst du hundert Goldstücke erhalten als Lohn, und an der Tafel meiner ersten Diener sollst du speisen.»

So glaubte denn Muck, endlich das Glück gefunden zu haben, das er so lange suchte, und war fröhlich und wohlgemut in seinem Herzen. Auch erfreute er sich der besonderen Gnade des Königs, denn dieser gebrauchte ihn zu seinen schnellsten und geheimsten Sendungen, die er dann mit der größten Genauigkeit und mit unbegreiflicher Schnelle besorgte.

Aber die übrigen Diener des Königs waren ihm gar nicht zugetan, weil sie sich ungern durch einen Zwerg, der nichts verstand, als schnell zu laufen, in der Gunst ihres Herrn zurückgesetzt sahen. Sie veranstalteten daher manche Verschwörung gegen ihn, um ihn zu stürzen, aber alle schlugen fehl an dem großen Zutrauen, das der König in seinen geheimen Oberleibläufer (denn zu dieser Würde hatte er es in so kurzer Zeit gebracht) setzte.

Muck, dem diese Bewegungen gegen ihn nicht entgingen, sann nicht auf Rache, dazu hatte er ein zu gutes Herz, nein, auf Mittel dachte er, sich bei seinen Feinden notwendig und beliebt zu machen. Da fiel ihm sein Stäblein, das er in seinem Glück außer acht gelassen hatte, ein; wenn er Schätze finde, dachte er, werden ihm die Herren schon geneigter werden. Er hatte schon oft gehört, daß der Vater des jetzigen Königs viele seiner Schätze vergraben habe, als der Feind sein Land überfallen, man sagte auch, er sei darüber gestorben, ohne daß er sein Geheimnis habe seinem Sohn mitteilen können. Von nun an nahm Muck immer sein Stöcklein mit, in der Hoffnung, einmal an einem Ort vorüberzugehen, wo das Gold des alten Königs vergraben sei. Eines Abends führte ihn der Zufall in einen entlegenen Teil des Schloßgartens, den er wenig besuchte, und plötzlich fühlte er das Stäblein in seiner Hand zucken, und dreimal schlug es gegen den Boden. Nun wußte er schon, was dies zu bedeuten hatte. Er zog daher seinen Dolch heraus, machte Zeichen in die umstehenden Bäume und schlich sich wieder in das Schloß; dort verschaffte er sich einen Spaten und wartete die Nacht zu seinem Unternehmen ab.

Das Schatzgraben selbst machte übrigens dem kleinen Muck mehr zu schaffen, als er geglaubt hatte. Seine Arme waren gar schwach, sein Spaten aber groß und schwer; und er mochte wohl schon zwei Stunden gearbeitet haben, ehe er ein paar Fuß tief gegraben hatte. Endlich stieß er auf etwas Hartes, das wie Eisen klang. Er grub jetzt emsiger, und bald hatte er einen großen eisernen Deckel zutage gefördert. Er stieg selbst in die Grube hinab, um nachzuspähen, was wohl der Deckel könnte bedeckt haben, und fand richtig einen großen Topf, mit Goldstücken angefüllt. Aber seine schwachen Kräfte reichten nicht hin, den Topf zu heben, daher steckte er in seine Beinkleider und seinen Gürtel, soviel er zu tragen vermochte, und auch sein Mäntelein füllte er damit, bedeckte das übrige wieder sorgfältig, und lud es auf den Rücken. Aber wahrlich, wenn er die Pantoffel nicht an den Füßen gehabt hätte, er wäre nicht vom Fleck gekommen, so zog ihn die Last des Goldes nieder. Doch unbemerkt kam er bis auf sein Zimmer und verwahrte dort sein Gold unter den Polstern seines Sofas.

Als der kleine Muck sich im Besitz so vielen Goldes sah, glaubte er, das Blatt werde sich jetzt wenden und er werde sich unter seinen Feinden am Hofe viele Gönner und warme Anhänger erwerben. Aber schon daran konnte man erkennen, daß der gute Muck keine gar sorgfältige Erziehung genossen haben mußte, sonst hätte er sich wohl nicht einbilden können, durch Gold wahre Freunde zu gewinnen. Ach! daß er damals seine Pantoffel geschmiert und sich mit seinem Mäntelein voll Gold aus dem Staub gemacht hätte! Das Gold, das der kleine Muck von jetzt an mit vollen Händen austeilte, erweckte den Neid der übrigen Hofbedienten.

Der Küchenmeister Ahuli sagte: «Er ist ein Falschmünzer.» Der Sklavenaufseher Achmet sagte: «Er hat's dem König abgeschwatzt.» Archaz, der Schatzmeister, aber, sein ärgster Feind, der selbst hie und da einen Griff in des Königs Kasse tun mochte, sagte geradezu: «Er hat's gestohlen.»

Um nun ihrer Sache gewiß zu sein, verabredeten sie sich, und der Obermundschenk Korchuz stellte sich eines Tages recht traurig und niedergeschlagen vor den Augen des Königs. Er machte seine traurigen Gebärden so auffallend, daß ihn der König fragte, was ihm fehle.

«Ach!» antwortete er, «ich bin so traurig, daß ich die Gnade meines Herrn verloren habe.»

«Was fabelst du, Freund Korchuz», entgegnete ihm der König, «seit wann hätte ich die Sonne meiner Gnade nicht über dich leuchten lassen?»

Der Obermundschenk antwortete ihm, daß er ja den geheimen Oberleibläufer mit Gold belade, seinen armen treuen Dienern aber nichts gebe.

Der König war sehr erstaunt über diese Nachricht, ließ sich die Goldausteilungen des kleinen Muck erzählen, und die Verschworenen brachten ihm leicht den Verdacht bei, daß Muck auf irgendeine Art das Geld aus der Schatzkammer gestohlen habe. Sehr lieb war diese Wendung der Sache dem Schatzmeister, der ohnehin nicht gerne Rechnung ablegte. Der König gab daher den Befehl, heimlich auf alle Schritte des kleinen Muck achtzugeben, um ihn womöglich auf der Tat zu ertappen. Als nun in der Nacht, die auf diesen Unglückstag folgte, der kleine Muck, da er durch seine Freigebigkeit seine Kasse sehr erschöpft sah, den Spaten nahm und in den Schloßgarten schlich, um dort von seinem geheimen Schatz neuen Vorrat zu holen, folgten ihm von weitem die Wachen, von dem Küchenmeister Ahuli und Archaz, dem Schatzmeister, angeführt, und in dem Augenblick, da er das Gold aus dem Topf in sein Mäntelein legen wollte, fielen sie über ihn her, banden ihn und führten ihn sogleich vor den König. Dieser, den ohnehin die Unterbrechung seines Schlafes mürrisch gemacht hatte, empfing seinen armen geheimen Oberleibläufer sehr ungnädig und stellte sogleich das Verhör über ihn an. Man hatte den Topf vollends aus der Erde gegraben und mit dem Spaten und dem Mäntelein voll Gold vor die Füße des Königs gesetzt. Der Schatzmeister sagte aus, daß er mit seinen Wachen den Muck überrascht habe, wie er diesen Topf mit Gold gerade in die Erde gegraben habe.

Der König befragte hierauf den Angeklagten, ob es wahr sei und woher er das Gold, das er vergraben, bekommen habe.

Der kleine Muck, im Gefühl seiner Unschuld, sagte aus, daß er diesen Topf im Garten entdeckt habe, daß er ihn habe nicht ein-, sondern ausgraben wollen.

Alle Anwesenden lachten laut über diese Entschuldigung,

der König aber, aufs höchste erzürnt über die vermeintliche Frechheit des Kleinen, rief aus: «Wie, Elender! du willst deinen König so dumm und schändlich belügen, nachdem du ihn bestohlen hast? Schatzmeister Archaz, ich fordre dich auf, zu sagen, ob du diese Summe Goldes für die nämliche erkennst, die in meinem Schatze fehlt?»

Der Schatzmeister aber antwortete, er sei seiner Sache ganz gewiß, so viel und noch mehr fehle seit einiger Zeit in dem königlichen Schatz, und er könnte einen Eid darauf ablegen, daß dies das Gestohlene sei.

Da befahl der König, den kleinen Muck in enge Ketten zu legen und in den Turm zu führen, dem Schatzmeister aber übergab er das Gold, um es wieder in den Schatz zu tragen. Vergnügt über den glücklichen Ausgang der Sache, zog dieser ab und zählte zu Hause die blinkenden Goldstücke; aber das hat dieser schlechte Mann niemals angezeigt, daß unten in dem Topf ein Zettel lag, der sagte: «Der Feind hat mein Land überschwemmt, daher verberge ich hier einen Teil meiner Schätze; wer es auch finden mag, den treffe der Fluch seines Königs, wenn er es nicht sogleich meinem Sohne ausliefert. – König Sadi.»

Der kleine Muck stellte in seinem Kerker traurige Betrachtungen an; er wußte, daß auf Diebstahl an königlichen Sachen der Tod gesetzt war; und doch mochte er das Geheimnis mit dem Stäbchen dem König nicht verraten, weil er mit Recht fürchtete, dieses und seiner Pantoffel beraubt zu werden. Seine Pantoffel konnten ihm leider auch keine Hilfe bringen, denn da er in engen Ketten an die Mauer geschlossen war, konnte er, so sehr er sich quälte, sich nicht auf dem Absatz umdrehen. Als ihm aber am anderen Tage sein Tod angekündigt wurde, da gedachte er doch, es sei besser, ohne das Zauberstäbchen zu leben, als mit ihm zu sterben, ließ den König um geheimes Gehör bitten und entdeckte ihm das Geheimnis.

Der König maß von Anfang seinem Geständnis keinen Glauben bei; aber der kleine Muck versprach eine Probe, wenn ihm der König zugestünde, daß er nicht getötet werden solle. Der König gab ihm sein Wort darauf und ließ, von Muck ungesehen, einiges Gold in die Erde graben und befahl diesem, mit seinem Stäbchen zu suchen. In wenigen Augenblicken hatte er es gefunden, denn das Stäbchen schlug deutlich dreimal auf die Erde. Da merkte der König, daß ihn sein Schatzmeister betrogen hatte, und sandte ihm, wie es im Morgenland gebräuchlich ist, eine seidene Schnur, damit er sich selbst erdroßle. Zum kleinen Muck aber sprach er: «Ich habe dir zwar dein Leben versprochen, aber es scheint mir, als ob du nicht nur allein dieses Geheimnis mit dem Stäbchen besitzest. Darum bleibst du in ewiger Gefangenschaft, wenn du nicht gestehst, was für eine Bewandtnis es mit deinem Schnellaufen hat.»

Der kleine Muck, dem die einzige Nacht im Turm alle Lust zu längerer Gefangenschaft genommen hatte, bekannte, daß seine ganze Kunst in den Pantoffeln liege, doch lehrte er den König nicht das Geheimnis von dem dreimaligen Umdrehen auf dem Absatz. Der König schlüpfte selbst in die Pantoffel, um die Probe zu machen, und jagte wie unsinnig im Garten umher; oft wollte er anhalten, aber er wußte nicht, wie man die Pantoffel zum Stehen brachte, und der kleine Muck, der diese kleine Rache sich nicht versagen konnte, ließ ihn laufen, bis er ohnmächtig niederfiel.

Als der König wieder zur Besinnung zurückgekehrt war, war er schrecklich aufgebracht über den kleinen Muck, der ihn so ganz außer Atem hatte laufen lassen: «Ich habe dir mein Wort gegeben, dir Freiheit und Leben zu schenken, aber innerhalb zwölf Stunden mußt du mein Land verlassen haben, sonst lasse ich dich aufknüpfen.»

Die Pantoffel und das Stäbchen aber ließ er in seine Schatzkammer legen.

So arm als je wanderte der kleine Muck zum Land hinaus, seine Torheit verwünschend, die ihm vorgespielt hatte, er könne eine bedeutende Rolle am Hofe spielen. Das Land, aus dem er gejagt wurde, war zum Glück nicht groß, daher war er schon nach acht Stunden auf der Grenze, obgleich ihm das Gehen, da er an seine lieben Pantoffel gewöhnt war, sehr sauer ankam.

Als er über der Grenze war, verließ er die gewöhnliche Straße, um die dichteste Einöde der Wälder aufzusuchen und dort nur sich zu leben, denn er war allen Menschen gram. In einem dichten Walde traf er auf einen Platz, der ihm zu dem Entschluß, den er gefaßt hatte, ganz tauglich schien. Ein klarer Bach, von großen schattigen Feigenbäumen umgeben, ein weicher Rasen luden ihn ein, hier warf er sich nieder, mit dem Entschluß, keine Speise mehr zu sich zu nehmen, sondern hier den Tod zu erwarten. Über traurige Todesbetrachtungen schlief er ein; als er aber wieder aufwachte und der Hunger ihn zu quälen anfing, bedachte er doch, daß der Hungertod eine gefährliche Sache sei, und sah sich um, ob er nirgends etwas zu essen bekommen könnte.

Köstliche reife Feigen hingen an dem Baume, unter welchem er geschlafen hatte; er stieg hinauf, um sich einige zu pflücken, ließ es sich trefflich schmecken und ging dann hinunter an den Bach, um seinen Durst zu löschen. Aber wie groß war sein Schrecken, als ihm das Wasser seinen Kopf mit gewaltigen Ohren und einer dicken langen Nase geschmückt zeigte! Bestürzt griff er mit den Händen nach den Ohren, und wirklich, sie waren über eine halbe Elle lang.

«Ich verdiene Eselsohren», rief er aus, «denn ich habe mein Glück wie ein Esel mit Füßen getreten.»

Er wanderte nun unter den Bäumen umher, und als er wieder Hunger fühlte, mußte er noch einmal zu den Feigen seine Zuflucht nehmen, denn sonst fand er nichts Eßbares an den Bäumen. Als ihm über der zweiten Portion Feigen einfiel, ob wohl seine Ohren nicht unter seinem großen Turban Platz hätten, damit er doch nicht gar zu lächerlich aussehe, fühlte er, daß seine Ohren verschwunden seien. Er lief gleich an den Bach zurück, um sich davon zu überzeugen, und wirklich, es war so, seine Ohren hatten ihre vorige Gestalt, seine lange, unförmliche Nase war nicht mehr. Jetzt merkte er aber, wie dies gekommen war; von dem ersten Feigenbaum hatte er die lange Nase und Ohren bekommen, der zweite hatte ihn geheilt. Freudig erkannte er, daß sein gütiges Geschick ihm noch einmal ein Mittel in die Hand gebe, glücklich zu sein. Er pflückte daher von jedem Baum, soviel er tragen konnte, und ging in das Land zurück, das er vor kurzem verlassen hatte. Dort machte er sich in dem ersten Städtchen durch andere Kleider ganz unkenntlich und ging dann weiter auf die Stadt zu, die jener König bewohnte, und kam auch bald dort an.

Es war gerade zu einer Jahreszeit, wo reife Früchte noch ziemlich selten waren; der kleine Muck setzte sich daher unter das Tor des Palastes, denn ihm war von früherer Zeit her wohl bekannt, daß hier solche Seltenheiten von dem Küchenmeister für die königliche Tafel eingekauft wurden. Muck hatte noch nicht lange gesessen, als er den Küchenmeister über den Hof herüberschreiten sah. Er musterte die Waren der Verkäufer, die sich am Tor des Palastes eingefunden hatten, endlich fiel sein Blick auch auf Mucks Körbchen.

«Ah! ein seltener Bissen», sagte er, «der Ihro Majestät gewiß behagen wird; was willst du für den ganzen Korb?»

Der kleine Muck bestimmte einen mäßigen Preis, und sie waren bald des Handels einig. Der Küchenmeister übergab den Korb einem Sklaven und ging weiter. Der kleine Muck aber machte sich einstweilen aus dem Staub, weil er befürchtete, wenn sich das Unglück an den Köpfen des Hofes zeige, möchte man ihn als Verkäufer aufsuchen und bestrafen.

Der König war über Tisch sehr heiter gestimmt und sagte seinem Küchenmeister einmal über das andere Lobsprüche wegen seiner guten Küche und der Sorgfalt, mit der er immer das Seltenste für ihn aussuche. Der Küchenmeister aber, welcher wohl wußte, welchen Leckerbissen er noch im Hintergrund habe, schmunzelte gar freundlich und ließ nur einzelne Worte fallen als: «Es ist erst noch nicht aller Tage Abend» oder «Ende gut, alles gut», so daß die Prinzessinnen sehr neugierig wurden, was er wohl noch bringen werde. Als er aber die schönen einladenden Feigen aufsetzen ließ, da entfloh ein allgemeines «Ah!» dem Munde der Anwesenden.

«Wie reif, wie appetitlich!» rief der König. «Küchenmeister, du bist ein ganzer Kerl und verdienst unsere ganz besondere Gnade!»

Also sprechend, teilte der König, der mit solchen Leckerbissen sehr sparsam zu sein pflegte, mit eigener Hand die Feigen an seiner Tafel aus. Jeder Prinz und jede Prinzessin bekamen zwei, die Hofdamen und die Wesire und Agas eine, die übrigen stellte er vor sich hin und begann mit großem Behagen, sie zu verschlingen.

«Aber lieber Gott, wie siehst du so wunderlich aus, Vater», rief auf einmal die Prinzessin Amarza. Alle sahen den König erstaunt an, ungeheure Ohren hingen ihm am Kopf, eine lange Nase zog sich über sein Kinn herunter; auch sich selbst betrachteten sie untereinander mit Staunen und Schrecken, alle waren mehr oder minder mit dem sonderbaren Kopfputz geschmückt. Man denke sich den Schrecken des Hofes! Man schickte sogleich nach allen Ärzten der Stadt, sie kamen haufenweise, verordneten Pillen und Mixturen, aber die Ohren und die Nasen blieben. Man operierte einen der Prinzen, aber die Ohren wuchsen nach.

Muck hatte die ganze Geschichte in seinem Versteck, wohin er sich zurückgezogen hatte, gehört und erkannt, daß es jetzt Zeit sei zu handeln. Er hatte sich schon vorher von dem aus den Feigen gelösten Geld einen Anzug verschafft, der ihn als Gelehrten darstellen konnte; ein langer Bart aus Ziegenhaaren vollendete die Täuschung. Mit einem Säckchen voll Feigen wanderte er in den Palast des Königs und bot als fremder Arzt seine Hilfe an.

Man war von Anfang sehr ungläubig, als aber der kleine Muck eine Feige einem Prinzen zu essen gab und Ohren und Nase dadurch in den alten Zustand zurückbrachte, da wollte alles von dem fremden Arzte geheilt sein. Aber der König nahm ihn schweigend bei der Hand und führte ihn in sein Gemach; dort schloß er eine Türe auf, die in die Schatzkammer führte, und winkte Muck, ihm zu folgen.

«Hier sind meine Schätze», sprach der König, «wähle dir, was es auch sei, es soll dir gewährt werden, wenn du mich von diesem schmachvollen Übel befreist.» Das war süße Musik in des kleinen Muck Ohren; er hatte gleich beim Eintritt seine Pantoffel auf dem Boden stehen sehen, gleich daneben lag auch sein Stäbchen. Er ging nun umher in dem Saal, wie wenn er die Schätze des Königs bewundern wollte; kaum aber war er an seine Pantoffel gekommen, so schlüpfte er eilends hinein, ergriff sein Stäbchen, riß seinen falschen Bart herab und zeigte dem erstaunten König das wohlbekannte Gesicht seines verstoßenen Muck.

«Treuloser König», sprach er, «der du treue Dienste mit Undank lohnst, nimm als wohlverdiente Strafe die Mißgestalt, die du trägst. Die Ohren laß ich dir zurück, damit sie dich täglich erinnern an den kleinen Muck.»

Als er so gesprochen hatte, drehte er sich schnell auf dem Absatz herum, wünschte sich weit hinweg, und ehe noch der König um Hilfe rufen konnte, war der kleine Muck entflohen. Seitdem lebt der kleine Muck hier in großem Wohlstand, aber einsam, denn er verachtet die Menschen. Er ist durch Erfahrung ein weiser Mann geworden, welcher, wenn auch sein Äußeres etwas Auffallendes haben mag, deine Bewunderung mehr als deinen Spott verdient.

So erzählte mir mein Vater; ich bezeugte ihm meine Reue über mein rohes Betragen gegen den guten kleinen Mann, und mein Vater schenkte mir die andere Hälfte der Strafe, die er mir zugedacht hatte. Ich erzählte meinen Kameraden die wunderbaren Schicksale des Kleinen, und wir gewannen ihn so lieb, daß ihn keiner mehr schimpfte. Im Gegenteil, wir ehrten ihn, solange er lebte, und haben uns vor ihm immer so tief als vor Kadi und Mufti gebückt.

Der Zwerg Nase

Diejenigen tun sehr unrecht, welche glauben, es habe nur zu Zeiten Haruns Al Raschid, des Beherrschers von Bagdad, Feen und Zauberer gegeben, oder die gar behaupten, jene Berichte von dem Treiben der Genien und ihrer Fürsten, welche man von den Erzählern auf den Märkten der Stadt hört, seien unwahr. Noch heute gibt es Feen, und es ist nicht so lange her, daß ich selbst Zeuge einer Begebenheit war, wo offenbar die Genien im Spiel waren, wie ich Euch berichten werde.

In einer bedeutenden Stadt meines lieben Vaterlandes, Deutschlands, lebte vor vielen Jahren ein Schuster mit seiner Frau schlicht und recht. Er saß bei Tag an der Ecke der Straße und flickte Schuhe und Pantoffel und machte wohl auch neue, wenn ihm einer welche anvertrauen mochte; doch mußte er dann das Leder erst einkaufen, denn er war arm und hatte keine Vorräte. Seine Frau verkaufte Gemüse und Früchte, die sie in einem kleinen Gärtchen vor dem Tore pflanzte, und viele Leute kauften gerne bei ihr, weil sie reinlich und sauber gekleidet war und ihr Gemüse auf gefällige Art auszubreiten und zu legen wußte.

Die beiden Leutchen hatten einen schönen Knaben, angenehm von Gesicht, wohlgestalt und für das Alter von zwölf Jahren schon ziemlich groß. Er pflegte gewöhnlich bei der Mutter auf dem Gemüsemarkt zu sitzen, und den Weibern oder Köchen, die viel bei der Schustersfrau eingekauft hatten, trug er wohl auch einen Teil der Früchte nach Hause, und selten kam er von einem solchen Gang zurück ohne eine schöne Blume oder ein Stückchen Geld oder Kuchen; denn die Herrschaften dieser Köche sahen es gerne, wenn man den schönen Knaben mit nach Hause brachte, und beschenkten ihn immer reichlich.

Eines Tages saß die Frau des Schusters wieder wie gewöhnlich auf dem Markte; sie hatte vor sich einige Körbe mit Kohl und anderem Gemüse, allerlei Kräuter und Sämereien, auch in einem kleineren Körbchen frühe Birnen, Äpfel und Aprikosen. Der kleine Jakob, so hieß der Knabe, saß neben ihr und rief mit heller Stimme die Waren aus: «Hierher, ihr Herren, seht, welch schöner Kohl, wie wohlriechend diese Kräuter; frühe Birnen, ihr Frauen, frühe Äpfel und Aprikosen, wer kauft? Meine Mutter gibt es wohlfeil.» So rief der Knabe. Da kam ein altes Weib über den Markt her; sie sah etwas zerissen und zerlumpt aus, hatte ein kleines, spitziges Gesicht, vom Alter ganz eingefurcht, rote Augen und eine spitzige, gebogene Nase, die gegen das Kinn hinabstrebte; sie ging an einem langen Stock, und doch konnte man nicht sagen, wie sie ging, denn sie hinkte und rutschte und wankte, es war, als habe sie Räder in den Beinen und könne alle Augenblicke umstülpen und mit der spitzigen Nase aufs Pflaster fallen.

Die Frau des Schusters betrachtete dieses Weib aufmerksam. Es waren jetzt doch schon sechzehn Jahre, daß sie täglich auf dem Markte saß, und nie hatte sie diese sonderbare Gestalt bemerkt. Aber sie erschrak unwillkürlich, als die Alte auf sie zuhinkte und an ihren Körben stillestand.

«Seid ihr Hanne, die Gemüsehändlerin?» fragte das alte Weib mit unangenehmer, krächzender Stimme, indem sie beständig den Kopf hin und her schüttelte.

«Ja, die bin ich», antwortete die Schustersfrau, «ist Euch etwas gefällig?»

«Wollen sehen, wollen sehen! Kräutlein schauen, Kräutlein schauen, ob du hast, was ich brauche?» antwortete die Alte, beugte sich nieder vor den Körben und fuhr mit ein Paar dunkelbraunen, häßlichen Händen in den Kräuterkorb hinein, packte die Kräutlein, die so schön und zierlich ausgebreitet waren, mit ihren langen Spinnenfingern, brachte sie dann eines um das andere hinauf an die lange Nase und beroch sie hin und her. Der Frau des Schusters wollte es fast das Herz abdrücken, wie sie das alte Weib also mit ihren seltenen Kräutern hantieren sah; aber sie wagte nichts zu sagen, denn es war das Recht des Käufers, die Ware zu prüfen, und überdies empfand sie ein sonderbares Grauen vor dem Weibe. Als jene den ganzen Korb durchgemustert hatte, murmelte sie: «Schlechtes Zeug, schlechtes Kraut, nichts von allem, was ich will; war viel besser vor fünfzig Jahren. Schlechtes Zeug! Schlechtes Zeug!»

Solche Reden verdrossen nun den kleinen Jakob.

«Höre, du bist ein unverschämtes altes Weib», rief er unmutig, «erst fährst du mit deinen garstigen Fingern in die schönen Kräuter hinein und drückst sie zusammen, dann hältst du sie an deine lange Nase, daß sie niemand mehr kaufen mag, wer zugesehen, und jetzt schimpfst du noch unsere Ware schlechtes Zeug, und doch kauft selbst der Koch des Herzogs alles bei uns!»

Das alte Weib schielte den mutigen Knaben an, lachte widerlich und sprach mit heisere Stimme: «Söhnchen, Söhnchen, also gefällt dir meine Nase, meine schöne lange Nase, sollst auch eine haben, mitten im Gesicht bis übers Kinn herab.»

Während sie so sprach, rutschte sie an den anderen Korb, in welchem Kohl ausgelegt war. Sie nahm die herrlichsten weißen Kohlhäupter in die Hand, drückte sie zusammen, daß sie ächzten, warf sie dann wieder unordentlich in den Korb und sprach auch hier: «Schlechte Ware, schlechter Kohl!»

«Wackle nur nicht so garstig mit dem Kopf hin und her», rief der Kleine ängstlich, « dein Hals ist ja so dünne wie ein Kohlstengel, der könnte leicht abbrechen, und dann fiele dein Kopf hinein in den Korb; wer wollte dann noch kaufen?»

«Gefallen sie dir nicht, die dünnen Hälse?» murmelte die Alte lachend. «Sollst gar keinen haben, Kopf muß in den Schultern stecken, daß er nicht herabfällt vom kleinen Körperlein.»

«Schwatzt doch nicht so unnützes Zeug mit dem Kleinen da», sagte endlich die Frau des Schusters, im Unmut über das lange Prüfen, Mustern und Beriechen.«Wenn Ihr etwas kaufen wollt, so sputet Euch, Ihr verscheucht mir ja die anderen Kunden.»

«Gut, es sei, wie du sagst», rief die Alte mit grimmigem Blick, «ich will dir diese sechs Kohlhäupter abkaufen; aber siehe, ich muß mich auf den Stab stützen und kann nichts tragen, erlaube deinem Söhnlein, daß es mir die Ware nach Hause bringt, ich will es dafür belohnen.»

Der Kleine wollte nicht mitgehen und weinte, denn ihm graute vor der häßlichen Frau, aber die Mutter befahl es ihm ernstlich, weil sie es doch für eine Sünde hielt, der alten, schwächlichen Frau diese Last allein aufzubürden; halb weinend tat er, wie sie befohlen, raffte die Kohlhäupter in ein Tuch zusammen und folgte dem alten Weibe über den Markt hin.

Es ging nicht sehr schnell bei ihr, und sie brauchte beinahe drei Viertelstunden, bis sie in einen ganz entlegenen Teil der Stadt kam und endlich vor einem kleinen, baufälligen Hause stillhielt. Dort zog sie einen alten rostigen Haken aus der Tasche, fuhr damit geschickt in ein kleines Loch in der Tür, und plötzlich sprang diese krachend auf. Aber wie war der kleine Jakob überrascht, als er eintrat! Das Innere des Hauses war prachtvoll ausgeschmückt, von Marmor waren die Decke und die Wände, die Gerätschaften vom schönsten Ebenholz, mit Gold und geschliffenen Steinen eingelegt, der Boden aber war von Glas und so glatt, daß der Kleine einigemal ausglitt und umfiel. Die Alte aber zog ein silbernes Pfeifchen aus der Tasche und pfiff eine Weise darauf, die gellend durch das Haus tönte. Da kamen sogleich einige Meerschweinchen die Treppe herab; dem Jakob wollte es aber ganz sonderbar dünken, daß sie aufrecht auf zwei Beinen gingen, Nußschalen statt Schuhen an den Pfoten trugen, menschliche Kleider angelegt und sogar Hüte nach der neuesten Mode auf die Köpfe gesetzt hatten.

«Wo habt ihr meine Pantoffeln, schlechtes Gesindel?» rief die Alte und schlug mit dem Stock nach ihnen, daß sie jammernd in die Höhe sprangen. «Wie lange soll ich noch so dastehn?»

Sie sprangen schnell die Treppe hinauf und kamen wieder

mit ein Paar Schalen von Kokosnuß, mit Leder gefüttert, welche sie der Alten geschickt an die Füße steckten.

Jetzt war alles Hinken und Rutschen vorbei. Sie warf den Stab von sich und glitt mit großer Schnelligkeit über den Glasboden hin, indem sie den kleinen Jakob an der Hand mit fortzog. Endlich hielt sie in einem Zimmer stille, das, mit allerlei Gerätschaften ausgeputzt, beinahe einer Küche glich, obgleich die Tische von Mahagoniholz und die Sofas, mit reichen Teppichen behängt, mehr zu einem Prunkgemach paßten.

«Setze dich, Söhnchen», sagte die Alte recht freundlich, indem sie ihn in die Ecke eines Sofas drückte und einen Tisch also vor ihn hinstellte, daß er nicht mehr hervorkommen konnte. «Setze dich, du hast gar schwer zu tragen gehabt, die Menschenköpfe sind nicht so leicht, nicht so leicht.»

«Aber Frau, was sprechet Ihr so wunderlich?» rief der Kleine. «Müde bin ich zwar, aber es waren ja Kohlköpfe, die ich getragen; Ihr habt sie meiner Mutter abgekauft.»

«Ei, das weißt du falsch», lachte das Weib, deckte den Deckel des Korbes auf und brachte einen Menschenkopf hervor, den sie am Schopf gefaßt hatte. Der Kleine war vor Schrecken außer sich, er konnte nicht fassen, wie dies alles zuging, aber er dachte an seine Mutter; wenn jemand von diesen Menschenköpfen etwas erfahren würde, dachte er bei sich, da würde man gewiß meine Mutter dafür anklagen.

«Muß dir nun auch etwas geben zum Lohn, daß du so artig bist», murmelte die Alte, «gedulde dich nur ein Weilchen, will dir ein Süppchen einbrocken, an das du dein Leben lang denken wirst.»

So sprach sie und pfiff wieder. Da kamen zuerst viele Meerschweinchen in menschlichen Kleidern, sie hatten Küchenschürzen umgebunden und im Gürtel Rührlöffel und Tranchiermesser; nach diesen kam eine Menge Eichhörnchen hereingehüpft, sie hatten weite türkische Beinkleider an, gingen aufrecht, und auf dem Kopf trugen sie grüne

Mützchen von Samt. Diese schienen die Küchenjungen zu sein, denn sie kletterten mit großer Geschwindigkeit an den Wänden hinauf und brachten Pfannen und Schüsseln, Eier und Butter, Kräuter und Mehl herab und trugen es auf den Herd; dort aber fuhr die alte Frau auf ihren Pantoffeln von Kokosschalen beständig hin und her, und der Kleine sah, daß sie es sich recht angelegen sein lasse, ihm etwas Gutes zu kochen. Jetzt knisterte das Feuer höher empor, jetzt rauchte und sott es in der Pfanne, ein angenehmer Geruch verbreitete sich im Zimmer, die Alte aber rannte auf und ab, die Eichhörnchen und Meerschweinchen ihr nach, und sooft sie am Herde vorbeikam, guckte sie mit ihrer langen Nase in den Topf.

Endlich fing es an zu sprudeln und zu zischen, Dampf stieg aus dem Topf hervor, und der Schaum floß herab ins Feuer. Da nahm sie ihn weg, goß davon in eine silberne Schale und setzte sie dem kleinen Jakob vor.

«So, Söhnchen, so», sprach sie, «iß nur dieses Süppchen, dann hast du alles, was dir an mir so gefallen. Sollst auch ein geschickter Koch werden, daß du doch etwas bist, aber Kräutlein, nein, das Kräutlein sollst du nimmer finden, warum hat es deine Mutter nicht in ihrem Korb gehabt?»

Der Kleine verstand nicht recht, was sie sprach, desto aufmerksamer behandelte er die Suppe, die ihm ganz trefflich schmeckte. Seine Mutter hatte ihm manche schmackhafte Suppe bereitet, aber so gut war ihm noch nichts geworden. Der Duft von feinen Kräutern und Gewürzen stieg aus der Suppe auf, dabei war sie süß und säuerlich zugleich und sehr stark. Während er noch die letzten Tropfen der Suppe austrank, zündeten die Meerschweinchen arabischen Weihrauch an, der in bläulichen Wolken durch das Zimmer schwebte; dichter und immer dichter wurden diese Wolken und sanken herab, der Geruch des Weihrauches wirkte betäubend auf den Kleinen. Er mochte sich zurufen, sooft er wollte, daß er zu seiner Mutter zurückkehren müsse, wenn er sich ermannte, sank er immer wieder von neuem in den

Schlummer zurück und schlief endlich wirklich auf dem Sofa des alten Weibes ein.

Sonderbare Träume kamen über ihn. Es war ihm, als ziehe ihm die Alte seine Kleider aus und umhülle ihn dafür mit einem Eichhörnchenbalg. Jetzt konnte er Sprünge machen und klettern wie ein Eichhörnchen; er ging mit den übrigen Eichhörnchen und Meerschweinen, die sehr artige, gesittete Leute waren, um und hatte mit ihnen den Dienst bei der alten Frau. Zuerst wurde er nur zu den Diensten eines Schuhputzers gebraucht, das heißt, er mußte die Kokosnüsse, welche die Frau statt der Pantoffeln trug, mit Öl salben und durch Reiben glänzend machen. Da er nun in seines Vaters Hause zu ähnlichen Geschäften oft angehalten worden war, so ging es ihm flink von der Hand; etwa nach einem Jahr, träumte er weiter, wurde er zu einem feineren Geschäft gebraucht, er mußte nämlich mit noch einigen Eichhörnchen Sonnenstäubchen fangen und, wenn sie genug hatten, solche durch das feinste Haarsieb sieben. Die Frau hielt nämlich die Sonnenstäubchen für das Allerfeinste, und weil sie nicht gut beißen konnte, denn sie hatte keinen Zahn mehr, so ließ sie sich ihr Brot aus Sonnenstäubchen zubereiten.

Wiederum nach einem Jahr wurde er zu den Dienern versetzt, die das Trinkwasser für die Alte sammelten. Man denke nicht, daß sie sich hierzu etwa eine Zisterne hätte graben lassen oder ein Faß in den Hof stellte, um das Regenwasser darin aufzufangen, da ging es viel feiner zu; die Eichhörnchen, und Jakob mit ihnen, mußten mit Haselnußschalen den Tau aus den Rosen schöpfen, und das war das Trinkwasser der Alten. Da sie nun bedeutend viel trank, so hatten die Wasserträger schwere Arbeit. Nach einem Jahr wurde er zum inneren Dienst des Hauses bestellt; er hatte nämlich das Amt, die Böden rein zu machen; da nun diese von Glas waren, worin man jeden Hauch sah, war es keine geringe Arbeit. Sie mußten sie bürsten und altes Tuch an die Füße schnallen und auf diesem künstlich im Zimmer umherfahren. Im vierten Jahr ward er endlich zur Küche versetzt. Es war dies ein Ehrenamt, zu welchem man nur nach langer Prüfung gelangen konnte. Jakob diente dort vom Küchenjungen aufwärts bis zum Ersten Pastetenmacher und erreichte eine so ungemeine Geschicklichkeit und Erfahrung in allem, was die Küche betrifft, daß er sich oft über sich selbst wundern mußte. Die schwierigsten Sachen, Pasteten von zweihunderterlei Essenzen, Kräutersuppen, von allen Kräutlein der Erde zusammengesetzt, alles lernte er, alles verstand er schnell und kräftig zu machen.

So waren etwa sieben Jahre im Dienste des alten Weibes vergangen, da befahl sie ihm eines Tages, indem sie die Kokosschuhe auszog, Korb und Krückenstock zur Hand nahm, um auszugehen, er solle ein Hühnlein rupfen, mit Kräutern füllen und solches schön bräunlich und gelb rösten, bis sie wiederkäme. Er tat dies nach den Regeln der Kunst. Er drehte dem Hühnlein den Kragen um, brühte es in heißem Wasser, zog ihm geschickt die Federn aus, schabte ihm nachher die Haut, daß sie glatt und fein wurde, und nahm ihm die Eingeweide heraus. Sodann fing er an, die Kräuter zu sammeln, womit er das Hühnlein füllen sollte. In der Kräuterkammer gewahrte er aber diesmal ein Wandschränkchen, dessen Türe halb geöffnet war und das er sonst nie bemerkt hatte. Er ging neugierig näher, um zu sehen, was es enthalte, und siehe da, es standen viele Körbchen darinnen, von welchen ein starker, angenehmer Geruch ausging. Er öffnete eines dieser Körbchen und fand darin Kräutlein von ganz besonderer Gestalt und Farbe. Die Stengel und Blätter waren blaugrün und trugen oben eine kleine Blume von brennendem Rot, mit Gelb verbrämt; er betrachtete sinnend diese Blume, beroch sie, und sie strömte denselben starken Geruch aus, von dem einst jene Suppe, die ihm die Alte gekocht, geduftet hatte. Aber so stark war der Geruch, daß er zu niesen anfing, immer heftiger niesen mußte und – am Ende niesend erwachte. Da lag er auf dem Sofa des alten Weibes und blickte verwundert umher.

Nein, wie man aber so lebhaft träumen kann! sprach er zu sich. Hätte ich jetzt doch schwören wollen, daß ich ein schnödes Eichhörnchen, ein Kamerade von Meerschweinen und anderem Ungeziefer, dabei aber ein großer Koch geworden sei. Wie wird die Mutter lachen, wenn ich ihr alles erzähle! Aber wird sie nicht auch schmälen, daß ich in einem fremden Hause einschlafe, statt ihr zu helfen auf dem Markte?

Mit diesem Gedanken raffte er sich auf, um hinwegzugehen; noch waren seine Glieder vom Schlafe ganz steif, besonders sein Nacken, denn er konnte den Kopf nicht recht hin und her bewegen; er mußte auch selbst über sich lächeln, daß er so schlaftrunken war, denn alle Augenblicke, ehe er es sich versah, stieß er mit der Nase an einen Schrank oder an die Wand oder schlug sie, wenn er sich schnell umwandte, an einen Türpfosten. Die Eichhörnchen und Meerschweinchen liefen winselnd um ihn her, als wollten sie ihn begleiten; er lud sie auch wirklich ein, als er auf der Schwelle war, denn es waren niedliche Tierchen, aber sie fuhren auf ihren Nußschalen schnell ins Haus zurück, und er hörte sie nur noch in der Ferne heulen.

Es war ein ziemlich entlegener Teil der Stadt, wohin ihn die Alte geführt hatte, und er konnte sich kaum aus den engen Gassen herausfinden; auch war dort ein großes Gedränge, denn es mußte sich, wie ihm dünkte, gerade in der Nähe ein Zwerg sehen lassen; überall hörte er rufen: «Ei, sehet den häßlichen Zwerg! Wo kommt der Zwerg her? Ei, was hat er doch für eine lange Nase, und wie ihm der Kopf in den Schultern steckt, und die braunen, häßlichen Hände!»

Zu einer anderen Zeit wäre er wohl auch nachgelaufen, denn er sah für sein Leben gern Riesen oder Zwerge oder seltsame, fremde Trachten, aber so mußte er sich sputen, um zur Mutter zu kommen.

Es war ihm ganz ängstlich zumut, als er auf den Markt kam. Die Mutter saß noch da und hatte noch ziemlich viele

Früchte im Korb, lange konnte er also nicht geschlafen haben; aber doch kam es ihm von weitem schon vor, als sei sie sehr traurig, denn sie rief die Vorübergehenden nicht an, einzukaufen, sondern hatte den Kopf in die Hand gestützt, und als er näher kam, glaubte er auch, sie sei bleicher als sonst. Er zauderte, was er tun sollte; endlich faßte er sich ein Herz, schlich sich hinter sie hin, legte traulich seine Hand auf ihren Arm und sprach: «Mütterchen, was fehlt dir? Bist du böse auf mich?»

Die Frau wandte sich um nach ihm, fuhr aber mit einem Schrei des Entsetzens zurück.

«Was willst du von mir, häßlicher Zwerg!» rief sie. «Fort, fort! Ich kann dergleichen Possenspiel nicht leiden.»

«Aber Mutter, was hast du denn?» fragte Jakob ganz erschrocken. «Dir ist gewiß nicht wohl; warum willst du denn deinen Sohn von dir jagen?»

«Ich habe dir schon gesagt, gehe deines Weges!» entgegnete Frau Hanne zürnend. «Bei mir verdienst du kein Geld durch deine Gaukeleien, häßliche Mißgeburt!»

Wahrhaftig, Gott hat ihr das Licht des Verstandes geraubt, sprach der Kleine bekümmert zu sich, was fang ich nur an, um sie nach Haus zu bringen?

«Lieb Mütterchen, so sei doch nur vernünftig; sieh mich doch nur recht an; ich bin ja dein Sohn, dein Jakob.»

«Nein, jetzt wird mir der Spaß zu unverschämt», rief Hanne ihrer Nachbarin zu, «seht nur den häßlichen Zwerg da; da steht er und vertreibt mir gewiß alle Käufer, und mit meinem Unglück wagt er zu spotten. Spricht zu mir ‹Ich bin ja dein Sohn, dein Jakob!›, der Unverschämte!»

Da erhoben sich die Nachbarinnen und fingen an zu schimpfen, so arg sie konnten – und Marktweiber, wisset Ihr wohl, verstehen es –, und schalten ihn, daß er des Unglückes der armen Hanne spotte, der vor sieben Jahren ihr bildschöner Knabe gestohlen worden sei, und drohten insgesamt, über ihn herzufallen und ihn zu zerkratzen, wenn er nicht alsobald ginge.

Der arme Jakob wußte nicht, was er von diesem allen denken sollte. War er doch, wie er glaubte, heute frühe, wie gewöhnlich, mit der Mutter auf den Markt gegangen, hatte ihr die Früchte aufstellen helfen, war nachher mit dem alten Weib in ihr Haus gekommen, hatte ein Süppchen verzehrt, ein kleines Schläfchen gemacht und war jetzt wieder da; und doch sprachen die Mutter und die Nachbarinnen von sieben Jahren! Und sie nannten ihn einen garstigen Zwerg! Was war denn nun mit ihm vorgegangen?

Als er sah, daß die Mutter gar nichts mehr von ihm hören wollte, traten ihm Tränen in die Augen, und er ging trauernd die Straße hinab nach der Bude, wo sein Vater den Tag über Schuhe flickte.

Ich will doch sehen, dachte er bei sich, ob er mich auch nicht kennen will; unter die Türe will ich mich stellen und mit ihm sprechen.

Als er an der Bude des Schusters angekommen war, stellte er sich unter die Türe und schaute hinein.

Der Meister war so emsig mit seiner Arbeit beschäftigt, daß er ihn gar nicht sah; als er aber einmal zufällig einen Blick nach der Türe warf, ließ er Schuhe, Draht und Pfriem auf die Erde fallen und rief mit Entsetzen: «Um Gottes willen, was ist das, was ist das!»

«Guten Abend, Meister», sprach der Kleine, indem er vollends in den Laden trat, «wie geht es Euch?»

«Schlecht, schlecht, kleiner Herr!» antwortete der Vater zu Jakobs großer Verwunderung, denn er schien ihn auch nicht zu kennen. «Das Geschäft will mir nicht recht von der Hand. Bin so allein und werde jetzt alt, und doch ist mir ein Geselle zu teuer.»

«Aber habt Ihr denn kein Söhnlein, das Euch nach und nach an die Hand gehen könnte bei der Arbeit?» forschte der Kleine weiter

«Ich hatte einen, er hieß Jakob und müßte jetzt ein schlanker, gewandter Bursche von zwanzig Jahren sein, der mir tüchtig unter die Arme greifen könnte. Ha! das müßte ein

Leben sein; schon als er zwölf Jahre alt war, zeigte er sich so anstellig und geschickt und verstand schon manches vom Handwerk, und hübsch und angenehm war er auch; der hätte mir meine Kundschaft hergelockt, daß ich bald nicht mehr geflickt, sondern nichts als Neues geliefert hätte! Aber so geht's in der Welt!»

«Wo ist denn aber Euer Sohn?» fragte Jakob mit zitternder Stimme seinen Vater.

«Das weiß Gott», antwortete er, »vor sieben Jahren, ja so lange ist's jetzt her, wurde er uns vom Markt weg gestohlen.»

«Vor sieben Jahren?!» rief Jakob mit Entsetzen.

«Ja, kleiner Herr, vor sieben Jahren; ich weiß noch wie heute, wie mein Weib nach Hause kam, heulend und schreiend, das Kind sei den ganzen Tag nicht zurückgekommen, sie habe überall geforscht und gesucht und es nicht gefunden. Ich habe es immer gedacht und gesagt, daß es so kommen würde; der Jakob war ein schönes Kind, das muß man sagen; da war nun meine Frau stolz auf ihn und sah es gerne, wenn ihn die Leute lobten, und schickte ihn oft mit Gemüse und dergleichen in vornehme Häuser. Das war schon recht, er wurde allemal reichlich beschenkt; aber, sagte ich, gib acht! Die Stadt ist groß; viele schlechte Leute wohnen da, gib mir auf den Jakob acht! Und so war es, wie ich sagte. Kommt einmal ein altes, häßliches Weib auf den Markt, feilscht um Früchte und Gemüse und kauft am Ende so viel, daß sie es nicht selbst tragen kann. Mein Weib, die mitleidige Seele, gibt ihr den Jungen mit und – hat ihn zur Stunde nicht mehr gesehen.»

«Und das ist jetzt sieben Jahre, sagt Ihr?»

«Sieben Jahre wird es im Frühling. Wir ließen ihn ausrufen, wir gingen von Haus zu Haus und fragten; manche hatten den hübschen Jungen gekannt und liebgewonnen und suchten jetzt mit uns, alles vergeblich. Auch die Frau, welche das Gemüse gekauft hatte, wollte niemand kennen; aber ein steinaltes Weib, die schon neunzig Jahre gelebt hatte, sagte, es könne wohl die böse Fee Kräuterweis gewesen sein, die alle fünfzig Jahre einmal in die Stadt komme, um sich allerlei einzukaufen.»

So sprach Jakobs Vater und klopfte dabei seine Schuhe weidlich und zog den Draht mit beiden Fäusten weit hinaus. Dem Kleinen aber wurde es nach und nach klar, was mit ihm vorgegangen, daß er nämlich nicht geträumt, sondern daß er sieben Jahre bei der bösen Fee als Eichhörnchen gedient habe. Zorn und Gram erfüllte sein Herz so sehr, daß es beinahe zersprengen wollte. Sieben Jahre seiner Jugend hatte ihm die Alte gestohlen, und was hatte er für Ersatz dafür? Daß er Pantoffel von Kokosnüssen blank putzen, daß er ein Zimmer mit gläsernem Fußboden rein machen konnte? Daß er von den Meerschweinchen alle Geheimnisse der Küche gelernt hatte? Er stand eine gute Weile so da und dachte über sein Schicksal nach, da fragte ihn endlich sein Vater: «Ist Euch vielleicht etwas von meiner Arbeit gefällig, junger Herr? Etwa ein Paar neue Pantoffel oder», setzte er lächelnd hinzu, «vielleicht ein Futteral für Eure Nase?»

«Was wollt ihr nur mit meiner Nase?» sagte Jakob. «Warum sollte ich denn ein Futteral dazu brauchen?»

«Nun», entgegnete der Schuster, «jeder nach seinem Geschmack; aber das muß ich Euch sagen, hätte ich diese schreckliche Nase, ein Futteral ließ ich mir darüber machen von rosenfarbigem Glanzleder. Schaut, da habe ich ein schönes Stückchen zur Hand; freilich würde man eine Elle wenigstens dazu brauchen. Aber wie gut wäret Ihr verwahrt, kleiner Herr; so, weiß ich gewiß, stoßt Ihr Euch an jedem Türpfosten, an jedem Wagen, dem Ihr ausweichen wollet.»

Der Kleine stand stumm vor Schrecken; er betastete seine Nase, sie war dick und wohl zwei Hände lang! So hatte also die Alte auch seine Gestalt verwandelt! Darum kannte ihn also die Mutter nicht? Darum schalt man ihn einen häßlichen Zwerg?!

«Meister!» sprach er halb weinend zu dem Schuster, «habt Ihr keinen Spiegel bei der Hand, worin ich mich beschauen könnte?»

«Junger Herr», erwiderte der Vater mit Ernst, «Ihr habt nicht gerade eine Gestalt empfangen, die Euch eitel machen könnte, und Ihr habt nicht Ursache, alle Stunden in den Spiegel zu gucken. Gewöhnt es Euch ab, es ist besonders bei Euch eine lächerliche Gewohnheit.»

«Ach, so laßt mich doch in den Spiegel schauen», rief der Kleine, «gewiß, es ist nicht aus Eitelkeit!»

«Lasset mich in Ruhe, ich habe keinen im Vermögen; meine Frau hat ein Spiegelchen, ich weiß aber nicht, wo sie es verborgen. Müßt Ihr aber durchaus in den Spiegel gukken, nun, über der Straße hin wohnt Urban, der Barbier, der hat einen Spiegel, zweimal so groß als Euer Kopf; gukket dort hinein, und indessen guten Morgen!»

Mit diesen Worten schob ihn der Vater ganz gelinde zur Bude hinaus, schloß die Türe hinter ihm zu und setzte sich wieder zur Arbeit. Der Kleine aber ging sehr niedergeschlagen über die Straße zu Urban, dem Barbier, den er noch aus früheren Zeiten wohl kannte.

«Guten Morgen, Urban», sprach er zu ihm, «ich komme, Euch um eine Gefälligkeit zu bitten; seid so gut und lasset mich ein wenig in Euren Spiegel schauen.»

«Mit Vergnügen, dort steht er», rief der Barbier lachend, und seine Kunden, denen er den Bart scheren sollte, lachten weidlich mit. «Ihr seid ein hübsches Bürschchen, schlank und fein, ein Hälschen wie ein Schwan, Händchen wie eine Königin, und ein Stumpfnäschen, man kann es nicht schöner sehen. Ein wenig eitel seid Ihr darauf, das ist wahr; aber beschauet Euch immer, man soll nicht von mir sagen, ich habe Euch aus Neid nicht in meinen Spiegel schauen lassen.» So sprach der Barbier, und wieherndes Gelächter füllte die Baderstube. Der Kleine aber war indes vor den Spiegel getreten und hatte sich beschaut. Tränen traten ihm in die Augen.

Ja, so konntest du freilich deinen Jakob nicht wiedererkennen, liebe Mutter, sprach er zu sich, so war er nicht anzuschauen in den Tagen der Freude, wo du gerne mit ihm prangtest vor den Leuten!

Seine Augen waren klein geworden wie die der Schweine, seine Nase war ungeheuer und hing über Mund und Kinn herunter, der Hals schien gänzlich weggenommen worden zu sein, denn sein Kopf stak tief in den Schultern, und nur mit den größten Schmerzen konnte er ihn rechts und links bewegen. Sein Körper war noch so groß als vor sieben Jahren, da er zwölf Jahre alt war, aber wenn andere vom zwölften bis ins zwanzigste in die Höhe wachsen, so wuchs er in die Breite, der Rücken und die Brust waren weit ausgebogen und waren anzusehen wie ein kleiner, aber sehr dick gefüllter Sack; dieser dicke Oberleib saß auf kleinen, schwachen Beinchen, die dieser Last nicht gewachsen schienen, aber um so größer waren die Arme, die ihm am Leib herabhingen, sie hatten die Größe wie die eines wohlgewachsenen Mannes; seine Hände waren grob und braungelb, seine Finger lang und spinnenartig, und wenn er sie recht ausstreckte, konnte er damit auf den Boden reichen, ohne daß er sich bückte. So sah er aus, der kleine Jakob, zum mißgestalten Zwerg war er geworden.

Jetzt gedachte er auch jenes Morgens, an welchem das alte Weib an die Körbe seiner Mutter getreten war. Alles, was er damals an ihr getadelt hatte, die lange Nase, die häßlichen Finger, alles hatte sie ihm angetan, und nur den langen, zitternden Hals hatte sie gänzlich weggelassen.

«Nun habt Ihr Euch jetzt genug beschaut, mein Prinz?» sagte der Barbier, indem er zu ihm trat und ihn lachend betrachtete. «Wahrlich, wenn man sich dergleichen träumen lassen wollte, so komisch könnte es einem im Traume nicht vorkommen. Doch ich will Euch einen Vorschlag machen, kleiner Mann. Mein Barbierzimmer ist zwar sehr besucht, aber doch seit neuerer Zeit nicht so, wie ich wünsche. Das kommt daher, weil mein Nachbar, der Barbier Schaum, irgendwo einen Riesen aufgefunden hat, der ihm die Kunden ins Haus lockt. Nun, ein Riese zu werden ist gerade keine Kunst, aber so ein Männchen wie Ihr, ja, das ist schon ein ander Ding. Tretet bei mir in Dienste, kleiner Mann, Ihr sollt Wohnung, Essen, Trinken, Kleider, alles sollt Ihr haben; dafür stellt Ihr Euch morgens unter meine Türe und ladet die Leute ein, hereinzukommen; Ihr schlaget den Seifenschaum, reichet den Kunden das Handtuch, und seid versichert, wir stehen uns beide gut dabei; ich bekomme mehr Kunden als jener mit dem Riesen, und jeder gibt Euch noch ein Trinkgeld.»

Der Kleine war in seinem Innern empört über den Vorschlag, als Lockvogel für einen Barbier zu dienen. Aber mußte er sich nicht diesen Schimpf geduldig gefallen lassen? Er sagte dem Barbier daher ganz ruhig, daß er nicht Zeit habe zu dergleichen Diensten, und ging weiter.

Hatte das böse alte Weib seine Gestalt unterdrückt, so hatte sie doch seinem Geist nichts anhaben können, das fühlte er wohl; denn er dachte und fühlte nicht mehr, wie er vor sieben Jahren getan, nein, er glaubte in diesem Zeitraum weiser, verständiger geworden zu sein; er trauerte nicht um seine verlorne Schönheit, nicht über diese häßliche Gestalt, sondern nur darüber, daß er wie ein Hund von der Türe seines Vaters gejagt werde. Darum beschloß er, noch einen Versuch bei seiner Mutter zu machen.

Er trat zu ihr auf den Markt und bat sie, ihm ruhig zuzuhören. Er erinnerte sie an jenen Tag, an welchem er mit dem alten Weibe gegangen, er erinnerte sie an alle einzelnen Vorfälle seiner Kindheit, erzählte ihr dann, wie er sieben Jahre als Eichhörnchen gedient habe, bei der Fee, und wie sie ihn verwandelte, weil er sie damals getadelt. Die Frau des Schusters wußte nicht, was sie denken sollte. Alles traf zu, was er ihr von seiner Kindheit erzählte, aber wenn er davon sprach, daß er sieben Jahre lang ein Eichhörnchen gewesen sei, da sprach sie: «Es ist unmöglich, und es gibt keine Feen», und wenn sie ihn ansah, so verabscheute sie den häßlichen Zwerg und glaubte nicht, daß dies ihr Sohn sein könne. Endlich hielt sie es fürs beste, mit ihrem Mann darüber zu sprechen. Sie raffte also ihre Körbe zusammen und hieß ihn mitgehen. So kamen sie zu der Bude des Schusters.

«Sieh einmal», sprach sie zu diesem, «der Mensch da will unser verlorener Jakob sein. Er hat mir alles erzählt, wie er uns vor sieben Jahren gestohlen wurde und wie er von einer Fee bezaubert worden sei.»

«So?» unterbrach sie der Schuster mit Zorn. «Hat er dir dies erzählt? Warte, du Range! Ich habe ihm alles erzählt, noch vor einer Stunde, und jetzt geht er hin, dich so zu foppen! Bezaubert bist du worden, mein Söhnchen? Warte doch, ich will dich wieder entzaubern.»

Dabei nahm er ein Bündel Riemen, die er eben zugeschnitten hatte, sprang auf den Kleinen zu und schlug ihn auf den hohen Rücken und auf die langen Arme, daß der Kleine vor Schmerz aufschrie und weinend davonlief.

In jener Stadt gab es, wie überall, wenige mitleidige Seelen, die einen Unglücklichen, der zugleich etwas Lächerliches an sich trägt, unterstützten. Daher kam es, daß der unglückliche Zwerg den ganzen Tag ohne Speise und Trank blieb und abends die Treppen einer Kirche, so hart und kalt sie waren, zum Nachtlager wählen mußte.

Als ihn aber am nächsten Morgen die ersten Strahlen der Sonne erweckten, da dachte er ernstlich darüber nach, wie er sein Leben fristen könne, da ihn Vater und Mutter verstoßen. Er fühlte sich zu stolz, um als Aushängeschild eines Barbiers zu dienen, er wollte nicht zu einem Possenreißer sich verdingen und sich um Geld sehen lassen; was sollte er anfangen? Da fiel ihm mit einemmal bei, daß er als Eichhörnchen große Fortschritte in der Kochkunst gemacht habe; er glaubte nicht mit Unrecht, hoffen zu dürfen, daß er es mit manchem Koch aufnehmen könne; er beschloß, seine Kunst zu benützen.

Sobald es daher lebhafter wurde auf den Straßen und der Morgen ganz heraufgekommen war, trat er zuerst in die

Kirche und verrichtete sein Gebet. Dann trat er seinen Weg an. Der Herzog, der Herr des Landes, war ein bekannter Schlemmer und Lecker, der eine gute Tafel liebte und seine Köche in allen Weltteilen aufsuchte. Zu seinem Palast begab sich der Kleine. Als er an die äußerste Pforte kam, fragten die Türhüter nach seinem Begehr und hatten ihren Spott mit ihm; er aber verlangte nach dem Oberküchenmeister. Sie lachten und führten ihn durch die Vorhöfe, und wo er hinkam, blieben die Diener stehen, schauten nach ihm, lachten weidlich und schlossen sich an, so daß nach und nach ein ungeheurer Zug von Dienern aller Art sich die Treppe des Palastes hinaufbewegte; die Stallknechte warfen ihre Striegel weg, die Läufer liefen, was sie konnten, die Teppichbreiter vergaßen, die Teppiche auszuklopfen, alles drängte und trieb sich, es war ein Gewühl, als sei der Feind vor den Toren, und das Geschrei «Ein Zwerg! Ein Zwerg! Habt ihr den Zwerg gesehen!» füllte die Lüfte.

Da erschien der Aufseher des Hauses mit grimmigem Gesicht, eine ungeheure Peitsche in der Hand, in der Türe.

«Um des Himmels willen, ihr Hunde, was macht ihr solchen Lärm! Wisset ihr nicht, daß der Herr noch schläft?», und dabei schwang er die Geißel und ließ sie unsanft auf den Rücken einiger Stallknechte und Türhüter niederfallen.

«Ach, Herr», riefen sie, «seht Ihr denn nicht? Da bringen wir einen Zwerg, einen Zwerg, wie Ihr noch keinen gesehen.»

Der Aufseher des Palastes zwang sich mit Mühe, nicht laut aufzulachen, als er des Kleinen ansichtig wurde, denn er fürchtete, durch Lachen seiner Würde zu schaden. Er trieb daher mit der Peitsche die übrigen hinweg, führte den Kleinen ins Haus und fragte nach seinem Begehr. Als er hörte, jener wolle zum Küchenmeister, erwiderte er: «Du irrst dich, mein Söhnchen, zu mir, dem Aufseher des Hauses, willst du; du willst Leibzwerg werden beim Herzog; ist es nicht also?»

«Nein, Herr!» antwortete der Zwerg. «Ich bin ein geschickter Koch und erfahren in allerlei seltenen Speisen; wollet mich zum Oberküchenmeister bringen; vielleicht kann er meine Kunst brauchen.»

«Jeder nach seinem Willen, kleiner Mann; übrigens bist du doch ein unbesonnener Junge. In die Küche! Als Leibzwerg hättest du keine Arbeit gehabt und Essen und Trinken nach Herzenslust und schöne Kleider. Doch wir wollen sehen, deine Kunst wird schwerlich so weit reichen, als ein Mundkoch des Herren nötig hat, und zum Küchenjungen bist du zu gut.»

Bei diesen Worten nahm ihn der Aufseher des Palastes bei der Hand und führte ihn in die Gemächer des Oberküchenmeisters.

«Gnädiger Herr», sprach dort der Zwerg und verbeugte sich so tief, daß er mit der Nase den Fußteppich berührte, «brauchet Ihr keinen geschickten Koch?»

Der Oberküchenmeister betrachtete ihn vom Kopf bis zu den Füßen, brach dann in lautes Gelächter aus und sprach: «Wie?» rief er, «du ein Koch? Meinst du, unsere Herde seien so niedrig, daß du nur auf einen hinaufschauen kannst, wenn du dich auf die Zehen stellst und den Kopf recht aus den Schultern herausarbeitest? Oh, lieber Kleiner, wer dich zu mir geschickt hat, um dich als Koch zu verdingen, der hat dich zum Narren gehabt.» So sprach der Oberküchenmeister und lachte weidlich, und mit ihm lachte der Aufseher des Palastes und alle Diener, die im Zimmer waren.

Der Zwerg aber ließ sich nicht aus der Fassung bringen.

«Was liegt an einem Ei oder zweien, an ein wenig Sirup und Wein, an Mehl und Gewürze in einem Hause, wo man dessen genug hat?»sprach er. «Gebet mir irgendeine leckerhafte Speise zu bereiten auf, schaffet mir, was ich dazu brauche, und sie soll vor Euren Augen schnell bereitet sein, und Ihr sollet sagen müssen: Er ist ein Koch nach Regel und Recht.»

Solche und ähnliche Reden führte der Kleine, und es war

wunderlich anzuschauen, wie es dabei aus seinen kleinen Äuglein hervorblitzte, wie seine lange Nase sich hin und her schlängelte und seine dünnen Spinnenfinger seine Rede begleiteten.

«Wohlan!» rief der Küchenmeister und nahm den Aufseher des Palastes unter dem Arme. «Wohlan, es sei um des Spaßes willen; lasset uns zur Küche gehen.»

Sie gingen durch mehrere Säle und Gänge und kamen endlich in die Küche. Es war dies ein großes, weitläufiges Gebäude, herrlich eingerichtet; auf zwanzig Herden brannten beständig Feuer, ein klares Wasser, das zugleich zum Fischebehälter diente, floß mitten durch sie, in Schränken von Marmor und köstlichem Holz waren die Vorräte aufgestellt, die man immer zur Hand haben mußte, und zur Rechten und Linken waren zehn Säle, in welchem alles aufgespeichert war, was man in allen Ländern von Frankistan und selbst im Morgenlande Köstliches und Leckeres für den Gaumen erfunden. Küchenbediente aller Art liefen umher und rasselten und hantierten mit Kesseln und Pfannen, mit Gabeln und Schaumlöffeln; als aber der Oberküchenmeister in die Küche eintrat, blieben sie alle regungslos stehen, und nur das Feuer hörte man noch knistern und das Bächlein rieseln.

«Was hat der Herr heute zum Frühstück befohlen?» fragte der Meister den ersten Frühstückmacher, einen alten Koch.

«Herr, die dänische Suppe hat er geruht zu befehlen und rote Hamburger Klößchen.»

«Gut«, sprach der Küchenmeister weiter, «hast du gehört, was der Herr speisen will? Getraust du dich, diese schwierigen Speisen zu bereiten? Die Klößchen bringst du auf keinen Fall heraus, das ist ein Geheimnis.»

«Nichts leichter als dies», erwiderte zu allgemeinem Erstaunen der Zwerg, denn er hatte diese Speisen als Eichhörnchen oft gemacht, «nichts leichter; man gebe mir zu der Suppe die und die Kräuter, dies und jenes Gewürz, Fett von einem wilden Schwein, Wurzeln und Eier; zu den Klößchen aber», sprach er leise, daß es nur der Küchenmeister und der Frühstückmacher hören konnten, «zu den Klößchen brauche ich viererlei Fleisch, etwas Wein, Entenschmalz, Ingwer und ein gewisses Kraut, das man Magentrost heißt.»

«Ha! bei Sankt Benedikt! Bei welchem Zauberer hast du gelernt?» rief der Koch mit Staunen. «Alles bis auf ein Haar hat er gesagt, und das Kräutlein Magentrost haben wir selbst nicht gewußt; ja, das muß es noch angenehmer machen. O du Wunder von einem Koch!»

«Das hätte ich nicht gedacht», sagte der Oberküchenmeister, «doch lassen wir ihn die Probe machen; gebt ihm die Sachen, die er verlangt, Geschirr und alles, und lasset ihn das Frühstück bereiten.»

Man tat, wie er befohlen, und rüstete alles auf dem Herde zu; aber da fand es sich, daß der Zwerg kaum mit der Nase bis an den Herd reichen konnte. Man setzte daher ein paar Stühle zusammen, legte eine Marmorplatte darüber und lud den kleinen Wundermann ein, sein Kunststück zu beginnen. In einem großen Kreise standen die Köche, Küchenjungen, Diener und allerlei Volk umher und sahen zu und staunten, wie ihm alles so flink und fertig von der Hand ging, wie er alles so reinlich und niedlich bereitete. Als er mit der Zubereitung fertig war, befahl er, beide Schüsseln ans Feuer zu setzen und genau so lange kochen zu lassen, bis er rufen werde; dann fing er an zu zählen eins, zwei, drei und so fort, und gerade, als er fünfhundert gezählt hatte, rief er «Halt!», die Töpfe wurden weggesetzt, und der Kleine lud den Küchenmeister ein, zu kosten.

Der Mundkoch ließ sich von einem Küchenjungen einen goldenen Löffel reichen, spülte ihn im Bach und überreichte ihn dem Oberküchenmeister; dieser trat mit feierlicher Miene an den Herd, nahm von den Speisen, kostete, drückte die Augen zu, schnalzte vor Vergnügen mit der Zunge und sprach dann: «Köstlich, bei des Herzogs Leben, köstlich! Wollet Ihr nicht auch ein Löffelein zu Euch nehmen, Aufseher des Palastes?»

Dieser verbeugte sich, nahm den Löffel, versuchte und war vor Vergnügen und Lust außer sich.

«Eure Kunst in Ehren, lieber Frühstückmacher, Ihr seid ein erfahrener Koch, aber so herrlich habt Ihr weder die Suppe noch die Hamburger Klöße machen können!»

Auch der Koch versuchte jetzt, schüttelte dann dem Zwerg ehrfurchtsvoll die Hand und sagte: «Kleiner, du bist Meister in der Kunst; ja, das Kräutlein Magentrost, das gibt allem einen ganz eigenen Reiz.»

In diesem Augenblick kam der Kammerdiener des Herzogs in die Küche und berichtete, daß der Herr das Frühstück verlange. Die Speisen wurden nun auf silberne Platten gelegt und dem Herzog zugeschickt; der Oberküchenmeister aber nahm den Kleinen in sein Zimmer und unterhielt sich mit ihm. Kaum waren sie aber halb so lange da, als man ein Paternoster spricht, so kam schon ein Bote und rief den Oberküchenmeister zum Herrn. Er kleidete sich schnell in sein Festkleid und folgte dem Boten.

Der Herzog sah sehr vergnügt aus. Er hatte alles aufgezehrt, was auf den silbernen Platten gewesen war, und wischte sich eben den Bart ab, als der Oberküchenmeister zu ihm eintrat.

«Höre, Küchenmeister», sprach er, «ich bin mit deinen Köchen bisher immer sehr zufrieden gewesen; aber sage mir, wer hat heute mein Frühstück bereitet? So köstlich war es nie, seit ich auf dem Thron meiner Väter sitze; sage an, wie er heißt, der Koch, daß wir ihm einige Dukaten zum Geschenk schicken.»

«Herr, das ist eine wunderbare Geschichte», antwortete der Oberküchenmeister und erzählte, wie man ihm heute früh einen Zwerg gebracht, der durchaus Koch werden wollte, und wie sich dies alles begeben. Der Herzog verwunderte sich höchlich, ließ den Zwerg vor sich rufen und fragte ihn aus, wer er sei und woher er komme. Da konnte nun der arme Jakob freilich nicht sagen, daß er verzaubert worden sei und früher als Eichhörnchen gedient habe; doch blieb er bei der Wahrheit, indem er erzählte, er sei jetzt ohne Vater und Mutter und habe bei einer alten Frau kochen gelernt. Der Herzog fragte nicht weiter, sondern ergötzte sich an der sonderbaren Gestalt seines neuen Koches.

«Willst du bei mir bleiben», sprach er, «so will ich dir jährlich fünfzig Dukaten, ein Festkleid und noch überdies zwei Paar Beinkleider reichen lassen. Dafür mußt du aber täglich mein Frühstück selbst bereiten, mußt angeben, wie das Mittagessen gemacht werden soll, und überhaupt dich meiner Küche annehmen. Da jeder in meinem Palast seinen eigenen Namen von mir empfängt, so sollst du Nase heißen und die Würde eines Unterküchenmeisters bekleiden.»

Der Zwerg Nase fiel nieder vor dem mächtigen Herzog in Frankenland, küßte ihm die Füße und versprach, ihm treu zu dienen.

So war nun der Kleine fürs erste versorgt, und er machte seinem Amt Ehre, denn man kann sagen, daß der Herzog ein ganz anderer Mann war, während der Zwerg Nase sich in seinem Hause aufhielt. Sonst hatte es ihm oft beliebt, die Schüsseln oder Platten, die man ihm auftrug, den Köchen an den Kopf zu werfen; ja, dem Oberküchenmeister selbst warf er im Zorn einmal einen gebackenen Kalbsfuß, der nicht weich genug geworden war, so heftig an die Stirne, daß er umfiel und drei Tage zu Bette liegen mußte. Der Herzog machte zwar, was er im Zorn getan, durch einige Hände voll Dukaten wieder gut, aber dennoch war nie ein Koch ohne Zittern und Zagen mit den Speisen zu ihm gekommen. Seit der Zwerg im Hause war, schien alles wie durch Zauber umgewandelt; der Herr aß jetzt statt dreimal des Tages fünfmal, um sich an der Kunst seines kleinsten Dieners recht zu laben, und dennoch verzog er nie eine Miene zum Unmut; nein, er fand alles neu, trefflich, war leutselig und angenehm und wurde von Tag zu Tag fetter. Oft ließ er mitten unter der Tafel den Küchenmeister und den Zwerg Nase rufen, setzte den einen rechts, den anderen links zu sich und schob ihnen mit seinen eigenen Fingern einige Bissen der köstlichen Speisen in den Mund, eine Gnade, welche sie beide wohl zu schätzen wußten.

Der Zwerg war das Wunder der Stadt. Man erbat sich flehentlich Erlaubnis vom Oberküchenmeister, den Zwerg kochen zu sehen, und einige der vornehmsten Männer hatten es so weit gebracht beim Herzog, daß ihre Diener in der Küche beim Zwerg Unterrichtsstunden genießen durften, was nicht wenig Geld eintrug; denn jeder zahlte täglich einen halben Dukaten. Und um die übrigen Köche bei guter Laune zu erhalten und sie nicht neidisch auf ihn zu machen, überließ ihnen Nase dieses Geld, das die Herren für den Unterricht ihrer Köche zahlen mußten.

So lebte Nase beinahe zwei Jahre in äußerlichem Wohlleben und Ehre, und nur der Gedanke an seine Eltern betrübte ihn; so lebte er, ohne etwas Merkwürdiges zu erfahren, bis sich folgender Vorfall ereignete. Der Zwerg Nase war besonders geschickt und glücklich in seinen Einkäufen. Daher ging er, sooft es ihm die Zeit erlaubte, immer selbst auf den Markt, um Geflügel und Früchte einzukaufen. Eines Morgens ging er auch auf den Gänsemarkt und forschte nach schweren fetten Gänsen, wie sie der Herr liebte. Er war musternd schon einigemal auf und ab gegangen; seine Gestalt, weit entfernt, hier Lachen und Spott zu erregen, gebot Ehrfurcht, denn man erkannte ihn als den berühmten Mundkoch des Herzogs, und jede Gänsefrau fühlte sich glücklich, wenn er ihr die Nase zuwandte.

Da sah er ganz am Ende einer Reihe in einer Ecke eine Frau sitzen, die auch Gänse feil hatte, aber nicht wie die übrigen ihre Ware anpries und nach Käufern schrie. Zu dieser trat er und maß und wog ihre Gänse. Sie waren, wie er sie wünschte, und er kaufte drei samt dem Käfig, lud sie auf seine breite Schulter und trat den Rückweg an. Da kam es ihm sonderbar vor, daß nur zwei von diesen Gänsen schnatterten und schrien, wie rechte Gänse zu tun pflegen, die dritte aber ganz still und in sich gekehrt dasaß und Seufzer ausstieß und ächzte wie ein Mensch.

«Die ist halb krank», sprach er vor sich hin, «ich muß eilen, daß ich sie umbringe und zurichte.»

Aber die Gans antwortete ganz deutlich und laut:

«Stichst du mich,
So beiß ich dich;
Drückst du mir die Kehle ab,
Bring ich dich ins frühe Grab.»

Ganz erschrocken setzte der Zwerg Nase seinen Käfig nieder, und die Gans sah ihn mit schönen, klugen Augen an und seufzte.

«Ei der Tausend!» rief Nase. «Sie kann sprechen, Jungfer Gans? Das hätte ich nicht gedacht. Na, sei Sie nur nicht ängstlich! Man weiß zu leben und wird einem so seltenen Vogel nicht zu Leibe gehen. Aber ich wollte wetten, Sie ist nicht von jeher in diesen Federn gewesen; ich war ja selbst einmal ein schnödes Eichhörnchen.»

«Du hast recht», erwiderte die Gans, «wenn du sagst, ich sei nicht in dieser schmachvollen Hülle geboren worden. Ach, an meiner Wiege wurde es mir nicht gesungen, daß Mimi, des großen Wetterbocks Tochter, in der Küche eines Herzogs getötet werden soll!»

«Sei Sie doch ruhig, liebe Jungfer Mimi», tröstete der Zwerg, «so wahr ich ein ehrlicher Kerl und Unterküchenmeister Seiner Durchlaucht bin, es soll Ihr keiner an die Kehle.

Ich will Ihr in meinen eigenen Gemächern einen Stall anweisen, Futter soll Sie genug haben, und meine freie Zeit werde ich Ihrer Unterhaltung widmen; den übrigen Küchenmenschen werde ich sagen, daß ich eine Gans mit allerlei besonderen Kräutern für den Herzog mäste, und sobald sich Gelegenheit findet, setze ich Sie in Freiheit.»

Die Gans dankte ihm mit Tränen; der Zwerg aber tat, wie er versprochen, schlachtete die zwei anderen Gänse, für Mimi aber baute er einen eigenen Stall unter dem Vorwande, sie für den Herzog ganz besonders zuzurichten. Er gab ihr auch kein gewöhnliches Gänsefutter, sondern versah sie mit Backwerk und süßen Speisen. Sooft er freie Zeit hatte, ging er hin, sich mit ihr zu unterhalten und sie zu trösten. Sie erzählten sich auch gegenseitig ihre Geschichten, und Nase erfuhr auf diesem Wege, daß die Gans eine Tochter des Zauberers Wetterbock sei, der auf der Insel Gotland lebe. Er sei in Streit geraten mit einer alten Fee, die ihn durch Ränke und List überwunden und sie zur Rache in eine Gans verwandelt und weit hinweg bis hierher gebracht habe. Als der Zwerg Nase ihr seine Geschichte ebenfalls erzählt hatte, sprach sie: «Ich bin nicht unerfahren in diesen Sachen; mein Vater hat mir und meinen Schwestern einige Anleitung gegeben, soviel er nämlich davon mitteilen durfte. Die Geschichte mit dem Streit am Kräuterkorb, deine plötzliche Verwandlung, als du an jenem Kräutlein rochst, auch einige Worte der Alten, die du mir sagtest, beweisen mir, daß du auf Kräuter bezaubert bist, das heißt, wenn du das Kraut auffindest, das sich die Fee bei deiner Verzauberung gedacht hat, so kannst du erlöst werden.»

Es war dies ein geringer Trost für den Kleinen; denn wo sollte er das Kraut auffinden? Doch dankte er ihr und schöpfte einige Hoffnung.

Um diese Zeit bekam der Herzog einen Besuch von einem benachbarten Fürsten, seinem Freunde. Er ließ daher seinen Zwerg Nase vor sich kommen und sprach zu ihm: «Jetzt ist die Zeit gekommen, wo du zeigen mußt, ob du mir treu dienst und Meister deiner Kunst bist. Dieser Fürst, der bei mir zu Besuch ist, speist bekanntlich, außer mir, am besten und ist ein großer Kenner einer feinen Küche und ein weiser Mann. Sorge nun dafür, daß meine Tafel täglich also besorgt werde, daß er immer mehr in Erstaunen gerät. Dabei darfst du, bei meiner Ungnade, solange er da ist, keine Speise zweimal bringen. Dafür kannst du dir von meinem Schatzmeister alles reichen lassen, was du nur brauchst; und wenn du Gold und Diamanten in Schmalz backen mußt, so tue es; ich will lieber ein armer Mann werden als erröten vor ihm.»

So sprach der Herzog; der Zwerg aber sagte, indem er sich anständig verbeugte: «Es sei, wie du sagst, o Herr! So es Gott gefällt, werde ich alles so machen, daß es diesem Fürsten der Gutschmecker wohlgefällt.»

Der kleine Koch suchte nun seine ganze Kunst hervor. Er schonte die Schätze seines Herrn nicht, noch weniger aber sich selbst; denn man sah ihn den ganzen Tag in eine Wolke von Rauch und Feuer eingehüllt, und seine Stimme hallte beständig durch das Gewölbe der Küche, denn er befahl als Herrscher den Küchenjungen und niederen Köchen.

Der fremde Fürst war schon vierzehn Tage beim Herzog und lebte herrlich und in Freuden. Sie speisten des Tages nicht weniger als fünfmal, und der Herzog war zufrieden mit der Kunst des Zwerges, denn er sah Zufriedenheit auf der Stirne seines Gastes. Am fünfzehnten Tag aber begab es sich, daß der Herzog den Zwerg zur Tafel rufen ließ, ihn seinem Gast, dem Fürsten, vorstellte und diesen fragte, wie er mit dem Zwerg zufrieden sei.

«Du bist ein wunderbarer Koch», antwortete der fremde Fürst, «und weißt, was anständig essen heißt. Du hast in der ganzen Zeit, daß ich hier bin, nicht eine einzige Speise wiederholt und alles trefflich bereitet; aber sage mir doch, warum bringst du so lange nicht die Königin der Speisen, die Pastete Souzeraine?»

Der Zwerg war sehr erschrocken, denn er hatte von dieser Pastetenkönigin nie gehört, doch faßte er sich und antwortete: «O Herr, noch lange, hoffte ich, sollte dein Angesicht leuchten an diesem Hoflager, darum wartete ich mit dieser Speise; denn mit was sollte dich denn der Koch begrüßen am Tage des Scheidens als mit der Königin der Pasteten?»

«So?» entgegnete der Herzog lachend. «Und bei mir wolltest du wohl warten bis an meinen Tod, um mich dann noch zu begrüßen, denn auch mir hast du die Pastete noch nie vorgesetzt. Doch denke auf einen andern Scheidegruß, denn morgen mußt du die Pastete auf die Tafel setzen.»

«Es sei, wie du sagst, Herr!» antwortete der Zwerg und ging. Aber er ging nicht vergnügt; denn der Tag seiner Schande und seines Unglücks war gekommen. Er wußte nicht, wie er die Pastete machen sollte. Er ging daher in seine Kammer und weinte über sein Schicksal. Da trat die Gans Mimi, die in seinem Gemach umhergehen durfte, zu ihm und fragte ihn nach der Ursache seines Jammers.

«Stille deine Tränen», antwortete sie, als sie von der Pastete Souzeraine gehört, «dieses Gericht kam oft auf meines Vaters Tisch, und ich weiß ungefähr, was man dazu braucht; du nimmst dies und jenes, soundsoviel, und wenn es auch nicht durchaus alles ist, was eigentlich dazu nötig, die Herren werden keinen so feinen Geschmack haben.»

So sprach Mimi; der Zwerg aber sprang auf vor Freuden, segnete den Tag, an welchem er die Gans gekauft hatte, und schickte sich an, die Königin der Pasteten zuzurichten. Er machte zuerst einen kleinen Versuch, und siehe, es schmeckte trefflich, und der Oberküchenmeister, dem er davon zu kosten gab, pries aufs neue seine ausgebreitete Kunst.

Den andern Tag setzte er die Pastete in größerer Form auf und schickte sie, warm, wie sie aus dem Ofen kam, nachdem er sie mit Blumenkränzen geschmückt hatte, auf die Tafel; er selbst aber zog sein bestes Festkleid an und ging in den Speisesaal. Als er eintrat, war der Obervorschneider gerade damit beschäftigt, die Pastete zu zerschneiden und auf einem silbernen Schäufelein dem Herzog und seinem Gaste hinzureichen. Der Herzog tat einen tüchtigen Biß hinein, schlug die Augen auf zur Decke und sprach, nachdem er geschluckt hatte: «Ah! Ah! Ah! Mit Recht nennt man dies die Königin der Pasteten, aber mein Zwerg ist auch der König aller Köche, nicht also, lieber Freund?»

Der Gast nahm einige kleine Bissen zu sich, kostete und prüfte aufmerksam und lächelte dabei höhnisch und geheimnisvoll.

«Das Ding ist recht artig gemacht», antwortete er, indem er den Teller hinwegrückte, «aber die Souzeraine ist es denn doch nicht ganz; das habe ich mir wohl gedacht.»

Da runzelte der Herzog vor Unmut die Stirne und errötete vor Beschämung.

«Hund von einem Zwerg!» rief er. «Wie wagst du es, deinem Herrn dies anzutun? Soll ich dir deinen großen Kopf abhacken lassen, zur Strafe für deine schlechte Kocherei?»

«Ach Herr, um des Himmels willen, ich habe das Gericht doch zubereitet nach den Regeln der Kunst, es kann gewiß nichts fehlen!» so sprach der Zwerg und zitterte.

«Es ist eine Lüge, du Bube!» erwiderte der Herzog und stieß ihn mit dem Fuße von sich. «Mein Gast würde sonst nicht sagen, es fehlt etwas. Dich selbst will ich zerhacken und backen lassen in eine Pastete!»

«Habt Mitleiden!» rief der Kleine und rutschte auf den Knien zu dem Gast, dessen Füße er umfaßte. «Saget, was fehlt an dieser Speise, daß sie Eurem Gaumen nicht zusagt? Lasset mich nicht sterben wegen einer Handvoll Fleisch und Mehl!»

«Das wird dir wenig helfen, mein lieber Nase», antwortete der Fremde mit Lachen, «das habe ich mir schon gestern gedacht, daß du diese Speise nicht machen kannst wie mein Koch. Wisse, es fehlt ein Kräutlein, das man hierzulande gar nicht kennt, das Kraut Niesmitlust; ohne dieses bleibt die Pastete ohne Würze, und dein Herr wird sie nie essen wie ich.»

Da geriet der Herrscher in Frankistan in Wut.

«Und doch werde ich sie essen», rief er mit funkelnden Augen, «denn ich schwöre auf meine fürstliche Ehre, entweder zeige ich Euch morgen die Pastete, wie Ihr sie verlanget, oder – den Kopf dieses Burschen, aufgespießt auf dem Tor meines Palastes. Gehe, du Hund, noch einmal geb ich dir vierundzwanzig Stunden Zeit.»

So rief der Herzog; der Zwerg aber ging wieder weinend in sein Kämmerlein und klagte der Gans sein Schicksal und daß er sterben müsse, denn von dem Kraut habe er nie gehört.

«Ist es nur dies», sprach sie, «da kann ich dir schon helfen, denn mein Vater lehrte mich alle Kräuter kennen. Wohl wärest du vielleicht zu einer anderen Zeit des Todes gewesen, aber glücklicherweise ist es gerade Neumond, und um diese Zeit blüht das Kräutlein. Doch, sage an, sind alte Kastanienbäume in der Nähe des Palastes?»

«O ja», erwiderte Nase mit leichterem Herzen, «am See, zweihundert Schritte vom Haus, steht eine ganze Gruppe; doch warum diese?»

«Nur am Fuße alter Kastanien blüht das Kräutlein», sagte Mimi, «darum laß uns keine Zeit versäumen und suchen, was du brauchst; nimm mich auf deinen Arm und setze mich im Freien nieder, ich will dir suchen.»

Er tat, wie sie gesagt, und ging mit ihr zur Pforte des Palastes. Dort aber streckte der Türhüter sein Gewehr vor und sprach: «Mein guter Nase, mit dir ist's vorbei; aus dem Hause darfst du nicht, ich habe den strengsten Befehl darüber.»

«Aber in den Garten kann ich doch wohl gehen?» erwiderte der Zwerg. «Sei so gut und schicke einen deiner Gesellen zum Aufseher des Palastes und frage, ob ich nicht in den Garten gehen und Kräuter suchen dürfte?»

Der Türhüter tat also, und es wurde erlaubt; denn der Garten hatte hohe Mauern, und es war an kein Entkommen daraus zu denken. Als aber Nase mit der Gans Mimi ins Freie gekommen war, setzte er sie behutsam nieder, und sie ging schnell vor ihm her dem See zu, wo die Kastanien standen. Er folgte ihr nur mit beklommenem Herzen, denn es war ja seine letzte, einzige Hoffnung; fand sie das Kräutlein nicht, so stand sein Entschluß fest, er stürzte sich dann lieber in den See, als daß er sich köpfen ließ. Die Gans suchte aber vergebens, sie wandelte unter allen Kastanien, sie wandte mit dem Schnabel jedes Gräschen um, es wollte sich nichts zeigen, und sie fing aus Mitleid und Angst an zu weinen; denn schon wurde der Abend dunkler und die Gegenstände umher schwerer zu erkennen.

Da fielen die Blicke des Zwerges über den See hin, und plötzlich rief er: «Siehe, siehe, dort über dem See steht noch ein großer, alter Baum; laß uns dort hingehen und suchen, vielleicht blüht dort mein Glück.»

Die Gans hüpfte und flog voran, und er lief nach, so schnell seine kleinen Beine konnten; der Kastanienbaum warf einen großen Schatten, und es war dunkel umher, fast war nichts mehr zu erkennen; aber da blieb plötzlich die Gans stille stehen, schlug vor Freuden mit den Flügeln, fuhr dann schnell mit dem Kopf ins hohe Gras und pflückte etwas ab, das sie dem erstaunten Nase zierlich mit dem Schnabel überreichte, und sprach: «Das ist das Kräutlein, und hier wächst eine Menge davon, so daß es dir nie daran fehlen kann.»

Der Zwerg betrachtete das Kraut sinnend; ein süßer Duft strömte ihm daraus entgegen, der ihn unwillkürlich an die Szene seiner Verwandlung erinnerte; die Stengel, die Blätter waren bläulichgrün, sie trugen eine brennendrote Blume mit gelbem Rande.

«Gelobt sei Gott!» rief er endlich aus. «Welches Wunder! Wisse, ich glaube, es ist dies dasselbe Kraut, das mich aus einem Eichhörnchen in diese schändliche Gestalt umwandelte; soll ich den Versuch machen?»

«Noch nicht», bat die Gans. «Nimm von diesem Kraut eine Handvoll mit dir, laß uns auf dein Zimmer gehen und dein Geld und was du sonst hast, zusammenraffen, und dann wollen wir die Kraft des Krautes versuchen.»

Sie taten also und gingen auf seine Kammer zurück, und das Herz des Zwerges pochte hörbar vor Erwartung. Nachdem er fünfzig oder sechzig Dukaten, die er erspart hatte, einige Kleider und Schuhe zusammen in ein Bündel geknüpft hatte, sprach er: «So es Gott gefällig ist, werde ich dieser Bürde loswerden», streckte seine Nase tief in die Kräuter und sog ihren Duft ein.

Da zog und knackte es in allen seinen Gliedern, er fühlte, wie sich sein Kopf aus den Schultern hob, er schielte herab auf seine Nase und sah sie kleiner und kleiner werden, sein Rücken und seine Brust fingen an, sich zu ebnen, und seine Beine wurden länger.

Die Gans sah mit Erstaunen diesem allem zu.

«Ha! was du groß, was du schön bist!» rief sie. «Gott sei gedankt, es ist nichts mehr an dir von allem, wie du vorher warst!»

Da freute sich Jakob sehr, und er faltete die Hände und betete. Aber seine Freude ließ ihn nicht vergessen, welchen Dank er der Gans Mimi schuldig sei; zwar drängte ihn sein Herz, zu seinen Eltern zu gehen, doch besiegte er aus Dankbarkeit diesen Wunsch und sprach: «Wem anders als dir habe ich es zu danken, daß ich mir selbst wiedergeschenkt bin? Ohne dich hätte ich dieses Kraut nimmer gefunden, hätte also ewig in jener Gestalt bleiben oder vielleicht gar unter dem Beile des Henkers sterben müssen. Wohlan, ich will es dir vergelten. Ich will dich zu deinem Vater bringen; er, der so erfahren ist in jedem Zauber, wird dich leicht entzaubern können!»

Die Gans vergoß Freudentränen und nahm sein Anerbieten an. Jakob kam glücklich und unerkannt mit der Gans aus dem Palast und machte sich auf den Heimweg nach dem Meeresstrand, Mimis Heimat zu.

Was soll ich noch weiter erzählen, daß sie ihre Reise glücklich vollendeten, daß Wetterbock seine Tochter entzauberte und den Jakob mit Geschenken beladen entließ, daß er in seine Vaterstadt zurückkam und daß seine Eltern in dem schönen jungen Mann mit Vergnügen ihren verlorenen Sohn erkannten, daß er von den Geschenken, die er von Wetterbock mitbrachte, sich einen Laden kaufte und reich und glücklich wurde?

Nur so viel will ich noch sagen, daß nach seiner Entfernung aus dem Palast des Herzogs große Unruhe entstand, denn als am andern Tag der Herzog seinen Schwur erfüllen und dem Zwerg, wenn er die Kräuter nicht gefunden hätte, den Kopf abschlagen lassen wollte, war er nirgends zu finden; der Fürst aber behauptete, der Herzog habe ihn heimlich entkommen lassen, um sich nicht seines besten Kochs zu berauben, und klagte ihn an, daß er wortbrüchig sei. Dadurch entstand denn ein großer Krieg zwischen beiden Fürsten, der in der Geschichte unter dem Namen «Kräuterkrieg» wohlbekannt ist; es wurde manche Schlacht geschlagen, aber am Ende doch Frieden gemacht, und diesen Frieden nennt man bei uns den «Pastetenfrieden», weil beim Versöhnungsfest durch den Koch des Fürsten die Souzeraine, die Königin der Pasteten, zubereitet wurde, welche sich der Herr Herzog trefflich schmecken ließ.

So führen oft die kleinsten Ursachen zu großen Folgen; und dies ist die Geschichte des Zwerges Nase.

Der Affe als Mensch

Im südlichen Teil von Deutschland liegt das Städtchen Grünwiesel, wo ich geboren und erzogen bin. Es ist ein Städtchen, wie sie alle sind. In der Mitte ein Marktplatz mit einem Brunnen, an der Seite ein kleines, altes Rathaus, umher auf dem Markt das Haus des Friedensrichters und der angesehensten Kaufleute, und in ein paar engen Straßen wohnen die übrigen Menschen. Alles kennt sich, jedermann weiß, wie es da und dort zugeht, und wenn der Oberpfarrer oder der Bürgermeister oder der Arzt ein Gericht mehr auf der Tafel hat, so weiß es schon am Mittagessen die ganze Stadt. Nachmittags kommen dann die Frauen zueinander in die Visite, wie man es nennt, besprechen sich bei starkem Kaffee und süßem Kuchen über diese große Begebenheit, und der Schluß ist, daß der Oberpfarrer wahrscheinlich in die Lotterie gesetzt und unchristlich viel gewonnen habe, daß der Bürgermeister sich «schmieren» lasse oder der Doktor vom Apotheker einige Goldstücke bekommen habe, um recht teure Rezepte zu verschreiben. Ihr könnet Euch denken, wie unangenehm es für eine so wohleingerichtete Stadt wie Grünwiesel sein mußte, als ein Mann dort hinzog, von dem niemand etwas wußte, woher er kam, was er wollte, von was er lebte.

Der Bürgermeister hatte zwar seinen Paß gesehen. Nun, er hatte den Paß untersucht und in einer Kaffeegesellschaft bei Doktors geäußert, der Paß sei zwar ganz richtig visiert von Berlin bis nach Grünwiesel, aber es stecke doch was dahinter, denn der Mann sehe etwas verdächtig aus. Der Bürgermeister hatte das größte Ansehen in der Stadt, kein Wunder, daß von da an der Fremde als eine verdächtige Person angesehen wurde. Und sein Lebenswandel konnte meine Landsleute nicht von dieser Meinung abbringen. Der fremde Mann mietete sich für einige Goldstücke ein ganzes Haus, das bisher öde gestanden, ließ einen ganzen Wagen voll sonderbarer Gerätschaften, als Öfen, Kunstherde, große Tiegel und dergleichen, hineinschaffen und lebte von da an ganz für sich allein. Ja, er kochte sich sogar selbst, und es kam keine menschliche Seele in sein Haus als ein alter Mann aus Grünwiesel, der ihm seine Einkäufe in Brot, Fleisch und Gemüse besorgen mußte; doch auch dieser durfte nur in den Flur des Hauses kommen, und dort nahm der fremde Mann das Gekaufte in Empfang.

Ich war ein Knabe von zehn Jahren, als der Mann in meiner Vaterstadt einzog, und ich kann mir noch heute, als wäre es gestern geschehen, die Unruhe denken, die dieser Mann im Städtchen verursachte. Er kam nachmittags nicht, wie andere Männer, auf die Kugelbahn, er kam abends nicht ins Wirtshaus, um, wie die übrigen, bei einer Pfeife Tabak über die Zeitung zu sprechen. Umsonst lud ihn nach der Reihe der Bürgermeister, der Friedensrichter, der Doktor und der Oberpfarrer zum Essen oder Kaffee ein, er ließ sich immer entschuldigen. Daher hielten ihn einige für verrückt, andere für einen Juden, eine dritte Partei behauptete steif und fest, er sei ein Zauberer oder Hexenmeister. Ich wurde achtzehn, zwanzig Jahre alt, und noch immer hieß der Mann in der Stadt der fremde Herr.

Es begab sich aber eines Tages, daß Leute mit fremden Tieren in die Stadt kamen. Es ist dies hergelaufenes Gesindel, das ein Kamel hat, welches sich verbeugen kann, einen Bären, der tanzt, einige Hunde und Affen, die in menschlichen Kleidern komisch genug aussehen und allerlei Künste machen. Diese Leute durchziehen gewöhnlich die Stadt, halten an den Kreuzstraßen und Plätzen, machen mit einer kleinen Trommel und einer Pfeife eine übeltönende Musik, lassen ihre Truppe tanzen und springen und sammeln dann in den Häusern Geld ein. Die Truppe aber, die diesmal sich in Grünwiesel sehen ließ, zeichnete sich durch einen ungeheuren Orang-Utan aus, der beinahe Menschengröße hatte, auf zwei Beinen ging und allerlei artige Künste zu machen verstand. Diese Hunds- und Affenkomödie kam auch vor das Haus des fremden Herrn; er erschien, als die Trommel und Pfeife ertönte, von Anfang ganz unwillig hinter den dunkeln, vom Alter angelaufenen Fenstern; bald aber wurde er freundlicher, schaute zu jedermanns Verwundern zum Fenster heraus und lachte herzlich über die Künste des Orang-Utans, ja, er gab für den Spaß ein so großes Silberstück, daß die ganze Stadt davon sprach.

Am anderen Morgen zog die Tierbande weiter; das Kamel mußte viele Körbe tragen, in welchen die Hunde und Affen ganz bequem saßen, die Tiertreiber aber und der große Affe gingen hinter dem Kamel. Kaum aber waren sie einige Stunden zum Tore hinaus, so schickte der fremde Herr auf die Post, verlangte zu großer Verwunderung des Postmeisters einen Wagen und Extrapost und fuhr zu dem selben Tor hinaus, den Weg hin, den die Tiere genommen hatten. Das ganze Städtchen ärgerte sich, daß man nicht erfahren konnte, wohin er gereist sei. Es war schon Nacht, als der fremde Herr wieder im Wagen vor dem Tor ankam; es saß aber noch eine Person im Wagen, die den Hut tief ins Gesicht gedrückt und um Mund und Ohren ein seidenes Tuch gebunden hatte. Der Torschreiber hielt es für seine Pflicht, den anderen Fremden anzureden und um seinen Paß zu bitten; er antwortete aber sehr grob, indem er in einer ganz unverständlichen Sprache brummte.

«Es ist mein Neffe», sagte der fremde Mann freundlich zum Torschreiber, indem er ihm einige Silbermünzen in die Hand drückte, «es ist mein Neffe und versteht bis dato noch wenig Deutsch; er hat soeben in seiner Mundart ein wenig geflucht, daß wir hier aufgehalten werden.»

«Ei, wenn es Dero Neffe ist», antwortete der Torschreiber, «so kann er wohl ohne Paß hereinkommen; er wird wohl ohne Zweifel bei Ihnen wohnen?»

«Allerdings», sagte der Fremde, «und hält sich wahrscheinlich längere Zeit hier auf.»

Der Torschreiber hatte keine weitere Einwendung mehr, und der fremde Herr und sein Neffe fuhren ins Städtchen. Der Bürgermeister und die ganze Stadt war übrigens nicht sehr zufrieden mit dem Torschreiber. Er hätte doch wenigstens einige Worte von der Sprache des Neffen sich merken sollen; daraus hätte man dann leicht erfahren, was für ein Landeskind er und der Herr Onkel wäre. Der Torschreiber versicherte aber, daß es weder Französisch noch Italienisch sei, wohl aber habe es so breit geklungen wie Englisch, und wenn er nicht irre, so habe der junge Herr gesagt: «Goddam!» So half der Torschreiber sich selbst aus der Not und dem jungen Mann zu einem Namen, denn man sprach jetzt nur von dem jungen Engländer im Städtchen.

Aber auch der junge Engländer wurde nicht sichtbar, weder auf der Kugelbahn noch im Bierkeller; wohl aber gab er den Leuten auf andere Weise viel zu schaffen. – Es begab sich nämlich oft, daß in dem sonst so stillen Hause des Fremden ein schreckliches Geschrei und ein Lärm ausging, daß die Leute haufenweise vor dem Hause stehenblieben und hinaufsahen. Man sah dann den jungen Engländer, angetan mit einem roten Frack und grünen Beinkleidern, mit struppichtem Haar und schrecklicher Miene unglaublich schnell an den Fenstern hin und her durch alle Zimmer laufen; der alte Fremde lief ihm in einem roten Schlafrock, eine Hetzpeitsche in der Hand, nach, verfehlte ihn oft, aber einigemal kam es doch der Menge auf der Straße vor, als müsse er den Jungen erreicht haben, denn man hörte klägliche Angsttöne und klatschende Peitschenhiebe die Menge. An dieser grausamen Behandlung des fremden jungen Mannes nahmen die Frauen des Städtchens so lebhaften Anteil, daß sie endlich den Bürgermeister bewogen, einen Schritt in der Sache zu tun. Er schrieb dem fremden Herrn ein Billet, worin er ihm die unglimpfliche Behandlung seines Neffen in ziemlich derben Ausdrücken vorwarf und ihm drohte, wenn noch ferner solche Szenen vorfielen, den jungen Mann unter seinen besonderen Schutz zu nehmen.

Wer war aber mehr erstaunt als der Bürgermeister, wie er den Fremden selbst, zum erstenmal seit zehn Jahren, bei sich eintreten sah. Der alte Herr entschuldigte sein Verfahren mit dem besonderen Auftrag der Eltern des Jünglings, die ihm solchen zu erziehen gegeben; er sei sonst ein kluger, anstelliger Junge, äußerte er, aber die Sprachen erlerne er sehr schwer; er wünsche so sehnlich, seinem Neffen das Deutsche recht geläufig beizubringen, um sich nachher die Freiheit zu nehmen, ihn in die Gesellschaften von Grünwiesel einzuführen, und dennoch gehe demselben diese Sprache so schwer ein, daß man oft nichts Besseres tun könne, als ihn gehörig durchzupeitschen. Der Bürgermeister fand sich durch diese Mitteilung völlig befriedigt, riet dem Alten zur Mäßigung und erzählte abends im Bierkeller, daß er selten einen so unterrichteten, artigen Mann gefunden als den Fremden. «Es ist nur schade», setzte er hinzu, «daß er so wenig in Gesellschaft kommt; doch, ich denke, wenn der Neffe nur erst ein wenig Deutsch spricht, besucht er meine Cercles öfter.»

Durch diesen einzigen Vorfall war die Meinung des Städtchens völlig umgeändert. Man hielt den Fremden für einen artigen Mann, sehnte sich nach seiner näheren Bekanntschaft und fand es ganz in Ordnung, wenn hie und da in dem öden Hause ein gräßliches Geschrei aufging. «Er gibt dem Neffen Unterricht in der deutschen Sprachlehre», sagten die Grünwieseler und blieben nicht mehr stehen. Nach einem Vierteljahr ungefähr schien der Unterricht im Deutschen beendigt, denn der Alte ging jetzt um eine Stufe weiter vor. Es lebte ein alter, gebrechlicher Franzose in der Stadt, der den jungen Leuten Unterricht im Tanzen gab; diesen ließ der Fremde zu sich rufen und sagte ihm, daß er seinen Neffen im Tanzen unterrichten lassen wolle. Er gab ihm zu verstehen, daß derselbe zwar sehr gelehrig, aber, was das Tanzen betreffe, etwas eigensinnig sei, er habe nämlich früher bei einem anderen Meister tanzen gelernt, und zwar nach so sonderbaren Touren, daß er sich nicht füglich in der Gesellschaft produzieren könne; der Neffe halte sich aber ebendeswegen für einen großen Tänzer, obgleich sein Tanz nicht die entfernteste Ähnlichkeit mit Walzer oder Galopp, nicht einmal Ähnlichkeit mit Ekossaise oder Française habe. Er versprach übrigens einen Taler für die Stunde, und der Tanzmeister war mit Vergnügen bereit, den Unterricht des eigensinnigen Zöglings zu übernehmen.

Es gab, wie der Franzose unterderhand versicherte, auf der Welt nichts so Sonderbares als diese Tanzstunden. Der Neffe, ein ziemlich großer, schlanker junger Mann, der nur etwas sehr kurze Beine hatte, erschien in einem roten Frack, schön frisiert, in grünen, weiten Beinkleidern und glacierten Handschuhen. Er sprach wenig und mit fremdem Akzent, war von Anfang ziemlich artig und anstellig; dann verfiel er aber oft plötzlich in fratzenhafte Sprünge, tanzte die kühnsten Touren, wobei er Entrechats machte, daß dem Tanzmeister Hören und Sehen verging; wollte er ihn zurechtweisen, so zog er die zierlichen Tanzschuhe von den Füßen, warf sie dem Franzosen an den Kopf und setzte nun auf allen vieren im Zimmer umher. Bei diesem Lärm fuhr dann der alte Herr plötzlich in einem weiten, roten Schlafrock, eine Mütze von Goldpapier auf dem Kopf, aus seinem Zimmer heraus und ließ die Hetzpeitsche ziemlich unsanft auf dem Rücken des Neffen niederfallen. Der Neffe fing dann an, schrecklich zu heulen, sprang auf Tische und hohe Kommode, ja selbst an den Kreuzstöcken der Fenster hinauf, und sprach eine fremde, seltsame Sprache. Der Alte im roten Schlafrock aber ließ sich nicht irremachen, faßte ihn am Bein, riß ihn herab, bleute ihn durch und zog ihm mittelst einer Schnalle die Halsbinde fester an, worauf er immer wieder artig und manierlich wurde und die Tanzstunde ohne Störung weiterging.

Als aber der Tanzmeister seinen Zögling so weit gebracht hatte, daß man Musik zu der Stunde nehmen konnte, da war der Neffe wie umgewandelt. Ein Stadtmusikant wurde gemietet, der im Saal des öden Hauses auf einen Tisch sich setzen mußte. Der Tanzmeister stellte dann die Dame vor, indem ihn der alte Herr einen Frauenrock von Seide und einen ostindischen Schal anziehen ließ; der Neffe forderte ihn auf und fing nun an, mit ihm zu tanzen und zu walzen; er war aber ein unermüdlicher, rasender Tänzer, er ließ den

Meister nicht aus seinen langen Armen; ob er ächzte und schrie, er mußte tanzen, bis er ermattet umsank oder bis dem Stadtmusikus der Arm lahm wurde an der Geige. Den Tanzmeister brachten diese Unterrichtstunden beinahe unter den Boden, aber der Taler, den er jedesmal richtig ausbezahlt bekam, der gute Wein, den der Alte aufwartete, machten, daß er immer wiederkam, wenn er auch den Tag zuvor sich fest vorgenommen hatte, nicht mehr in das öde Haus zu gehen.

Die Leute in Grünwiesel sahen aber die Sache ganz anders an als der Franzose. Sie fanden, daß der junge Mann viele Anlage zum Gesellschaftlichen habe, und die Frauenzimmer im Städtchen freuten sich, bei dem großen Mangel an Herren einen so flinken Tänzer für den nächsten Winter zu bekommen.

Eines Morgens berichteten die Mägde, die vom Markte heimkehrten, ihren Herrschaften ein wunderbares Ereignis. Vor dem öden Hause sei ein prächtiger Glaswagen gestanden mit schönen Pferden bespannt, und ein Bedienter in reicher Livree habe den Schlag gehalten. Da sei die Türe des öden Hauses aufgegangen und zwei schön gekleidete Herren herausgetreten, wovon der eine der alte Fremde und der andere wahrscheinlich der junge Herr gewesen, der so schwer Deutsch gelernt und so rasend tanze. Die beiden seien in den Wagen gestiegen, der Bediente hinten aufs Brett gesprungen, und der Wagen, man stelle sich vor! sei geradezu auf Bürgermeisters Haus zu gefahren.

Als die Frauen solches von ihren Mägden erzählen hörten, rissen sie eilends die Küchenschürzen und die etwas unsauberen Hauben ab und versetzten sich in Staat.

«Es ist nichts gewisser», sagten sie zu ihrer Familie, indem alles umherrannte, um das Besuchzimmer, das zugleich zu sonstigem Gebrauch diente, aufzuräumen, «es ist nichts gewisser, als daß der Fremde jetzt seinen Neffen in die Welt einführt. Der alte Narr war zwar seit zehn Jahren nicht so artig, einen Fuß in unser Haus zu setzen, aber es sei ihm wegen des Neffen verziehen, der ein charmanter Mensch sein soll.» So sprachen sie und ermahnten ihre Söhne und Töchter, recht manierlich auszusehen, wenn die Fremden kämen, sich gerade zu halten und sich auch einer besseren Aussprache zu bedienen als gewöhnlich. Und die klugen Frauen im Städtchen hatten nicht unrecht geraten; denn nach der Reihe fuhr der alte Herr mit seinem Neffen umher, sich und ihn in die Gewogenheit der Familien zu empfehlen.

Man war überall ganz erfüllt von den beiden Fremden und bedauerte, nicht schon früher diese angenehme Bekanntschaft gemacht zu haben. Der alte Herr zeigte sich als einen würdigen, sehr vernünftigen Mann, der zwar bei allem, was er sagte, ein wenig lächelte, so daß man nicht gewiß war, ob es ihm ernst sei oder nicht, aber er sprach über das Wetter, über die Gegend, über das Sommervergnügen auf dem Keller am Berge so klug und durchdacht, daß jedermann davon bezaubert war. Aber der Neffe! Er bezauberte alles, er gewann alle Herzen für sich. Man konnte zwar, was sein Äußeres betraf, sein Gesicht nicht schön nennen; der untere Teil, besonders die Kinnlade, stand allzusehr hervor, und der Teint war sehr bräunlich, auch machte er zuweilen allerlei sonderbare Grimassen, drückte die Augen zu und fletschte mit den Zähnen, aber dennoch fand man den Schnitt seiner Züge ungemein interessant. Es konnte nichts Beweglicheres, Gewandteres geben als seine Gestalt. Die Kleider hingen ihm zwar etwas sonderbar am Leib, aber es stand ihm alles trefflich; er fuhr mit großer Lebendigkeit im Zimmer umher, warf sich hier in ein Sofa, dort in einen Lehnstuhl und streckte die Beine von sich; aber was man bei einem andern jungen Mann höchst gemein und unschicklich gefunden hätte, galt bei dem Neffen für Genialität.

«Er ist ein Engländer», sagte man, «so sind sie alle; ein Engländer kann sich aufs Kanapee legen und einschlafen, während zehn Damen keinen Platz haben und umherstehen müssen, einem Engländer kann man so etwas nicht übelnehmen.»

Gegen den alten Herrn, seinen Oheim, war er sehr fügsam; denn wenn er anfing, im Zimmer umherzuhüpfen oder, wie er gerne tat, die Füße auf den Sessel hinaufzuziehen, so reichte ein ernsthafter Blick, ihn zur Ordnung zu bringen. Und wie konnte man ihm so etwas übelnehmen, als vollends der Onkel in jedem Haus zu der Dame sagte: «Mein Neffe ist noch ein wenig roh und ungebildet, aber ich verspreche mir viel von der Gesellschaft, die wird ihn gehörig formen und bilden, und ich empfehle ihn namentlich Ihnen aufs angelegenste.»

So war der Neffe also in die Welt eingeführt, und ganz Grünwiesel sprach an diesem und den folgenden Tagen von nichts anderem als von diesem Ereignis. Der alte Herr blieb aber hierbei nicht stehen; er schien seine Denk- und Lebensart gänzlich geändert zu haben. Nachmittags ging er mit dem Neffen hinaus in den Felsenkeller am Berge, wo die vornehmeren Herren von Grünwiesel Bier tranken und sich am Kugelschieben ergötzten. Der Neffe zeigte sich dort als einen flinken Meister im Spiel, denn er warf nie unter fünf oder sechs; hie und da schien zwar ein sonderbarer Geist über ihn zu kommen, es konnte ihm einfallen, daß er pfeilschnell mit der Kugel hinaus- und unter die Kegel hineinfuhr und dort allerhand tollen Rumor anrichtete, oder wenn er den Kranz oder den König geworfen, stand er plötzlich auf seinem schön frisierten Haar und streckte die Beine in die Höhe, oder wenn ein Wagen vorbeifuhr, saß er, ehe man sich dessen versah, oben auf dem Kutschenhimmel und machte Grimassen herab, fuhr ein Stückchen weit mit und kam dann wieder zur Gesellschaft gesprungen.

Der alte Herr pflegte dann bei solchen Szenen den Bürgermeister und die anderen Männer sehr um Entschuldigung zu bitten wegen der Ungezogenheit seines Neffen; sie aber lachten, schrieben es seiner Jugend zu, behaupteten, in diesem Alter selbst so leichtfüßig gewesen zu sein, und liebten den jungen Springinsfeld, wie sie ihn nannten, ungemein.

Es gab aber auch Zeiten, wo sie sich nicht wenig über ihn ärgerten und dennoch nichts zu sagen wagten, weil der junge Engländer allgemein als ein Muster von Bildung und Verstand galt. Der alte Herr pflegte nämlich mit seinem Neffen auch abends in den «Goldenen Hirsch», das Wirtshaus des Städtchens, zu kommen. Obgleich der Neffe noch ein ganz junger Mensch war, tat er doch schon ganz wie ein Alter, setzte sich hinter sein Glas, tat eine ungeheure Brille auf, zog eine gewaltige Pfeife heraus, zündete sie an und dampfte unter allen am ärgsten. Wurde nun über die Zeitungen, über Krieg und Frieden gesprochen, gab der Doktor die Meinung, der Bürgermeister jene, waren die anderen Herren ganz erstaunt über so tiefe politische Kenntnisse, so konnte es dem Neffen plötzlich einfallen, ganz anderer Meinung zu sein; er schlug dann mit der Hand, von welcher er nie die Handschuhe ablegte, auf den Tisch und gab dem Bürgermeister und dem Doktor nicht undeutlich zu verstehen, daß sie von diesem allem nichts genau wüßten, daß er diese Sachen ganz anders gehört habe und tiefere Einsicht besitze. Er gab dann in einem sonderbaren gebrochenen Deutsch seine Meinung preis, die alle, zum großen Ärgernis des Bürgermeisters, ganz trefflich fanden, denn er mußte als Engländer natürlich alles besser wissen. Setzten sich dann der Bürgermeister und der Doktor in ihrem Zorn, den sie nicht laut werden lassen durften, zu einer Partie Schach, so rückte der Neffe hinzu, schaute dem Bürgermeister mit seiner großen Brille über die Schulter herein und tadelte diesen oder jenen Zug, sagte dem Doktor, so und so müsse er ziehen, so daß beide Männer heimlich ganz grimmig wurden. Bot ihm dann der Bürgermeister ärgerlich eine Partie an, um ihn gehörig matt zu machen, denn er hielt sich für einen zweiten Philidor, so schnallte der alte Herr dem Neffen die Halsbinde fester zu, worauf dieser ganz artig und manierlich wurde und den Bürgermeister matt machte.

Man hatte bisher in Grünwiesel beinahe jeden Abend Karte gespielt, die Partie um einen halben Kreuzer; das fand nun der Neffe erbärmlich, setzte Kronentaler und Dukaten, behauptete, kein einziger spiele so fein wie er, söhnte aber die beleidigten Herrn gewöhnlich dadurch wieder aus, daß er ungeheure Summen an sie verlor. Sie machten sich auch gar kein Gewissen daraus, ihm recht viel Geld abzunehmen, denn «er ist ja ein Engländer, also von Hause aus reich», sagten sie und schoben die Dukaten in die Tasche.

So kam der Neffe des fremden Herrn in kurzer Zeit bei Stadt und Umgegend in ungemeines Ansehen. Man konnte sich seit Menschengedenken nicht erinnern, einen jungen Mann dieser Art in Grünwiesel gesehen zu haben, und es war die sonderbarste Erscheinung, die man je bemerkt. Man konnte nicht sagen, daß der Neffe irgend etwas gelernt hätte als etwa tanzen. Latein und Griechisch waren ihm, wie man zu sagen pflegt, böhmische Dörfer. Bei einem Gesellschaftspiel in Bürgermeisters Hause sollte er etwas schreiben, und es fand sich, daß er nicht einmal seinen Namen schreiben konnte; in der Geographie machte er die auffallendsten Schnitzer, denn es kam ihm nicht darauf an, eine deutsche Stadt nach Frankreich oder eine dänische nach Polen zu versetzen; er hatte nichts gelesen, nichts studiert, und der Oberpfarrer schüttelte oft bedenklich den Kopf über die rohe Unwissenheit des jungen Mannes; aber dennoch fand man alles trefflich, was er tat oder sagte, denn er war so unverschämt, immer recht haben zu wollen, und das Ende jeder seiner Reden war: «Ich verstehe das besser.»

So kam der Winter heran, und jetzt erst trat der Neffe mit noch größerer Glorie auf. Man fand jede Gesellschaft langweilig, wo nicht er zugegen war, man gähnte, wenn ein vernünftiger Mann etwas sagte; wenn aber der Neffe selbst das törichste Zeug in schlechtem Deutsch vorbrachte, war alles Ohr. Es fand sich jetzt, daß der treffliche junge Mann auch ein Dichter war; denn nicht leicht verging ein Abend, an welchem er nicht einiges Papier aus der Tasche zog und der

Gesellschaft einige Sonette vorlas. Es gab zwar einige Leute, die von dem einen Teil dieser Dichtungen behaupteten, sie seien schlecht und ohne Sinn, einen anderen Teil wollten sie schon irgendwo gedruckt gelesen haben, aber der Neffe ließ sich nicht irremachen, er las und las, machte dann auf die Schönheiten seiner Verse aufmerksam, und jedesmal erfolgte rauschender Beifall.

Sein Triumph waren aber die Grünwieseler Bälle. Es konnte niemand anhaltender, schneller tanzen als er, keiner machte so kühne und ungemein zierliche Sprünge wie er. Dabei kleidete ihn sein Onkel immer aufs prächtigste nach dem neuesten Geschmack, und obgleich ihm die Kleider nicht recht am Leib sitzen wollten, fand man dennoch, daß ihn alles allerliebst kleide. Die Männer fanden sich zwar bei diesen Tänzen etwas beleidigt durch die neue Art, womit er auftrat. Sonst hatte immer der Bürgermeister in eigener Person den Ball eröffnet, die vornehmsten jungen Leute hatten das Recht, die übrigen Tänze anzuordnen; aber seit der fremde junge Herr erschien, war dies alles ganz anders. Ohne viel zu fragen, nahm er die nächste beste Dame bei der Hand, stellte sich mit ihr oben an, machte alles, wie es ihm gefiel, und war Herr und Meister und Ballkönig. Weil aber die Frauen diese Manieren ganz trefflich und angenehm fanden, so durften die Männer nichts dagegen einwenden, und der Neffe blieb bei seiner selbstgewählten Würde.

Das größte Vergnügen schien ein solcher Ball dem alten Herrn zu gewähren; er verwandte kein Auge von seinem Neffen, lächelte immer in sich hinein, und wenn alle Welt herbeiströmte, um ihm über den anständigen, wohlerzogenen Jüngling Lobsprüche zu erteilen, so konnte er sich vor Freude gar nicht fassen, er brach dann in ein lustiges Gelächter aus und bezeigte sich wie närrisch; die Grünwieseler schrieben diese sonderbaren Ausbrüche der Freude seiner großen Liebe zu dem Neffen zu und fanden es ganz in der Ordnung. Doch hie und da mußte er auch sein väterliches

Ansehen gegen den Neffen anwenden. Denn mitten in den zierlichsten Tänzen konnte es dem jungen Mann einfallen, mit einem kühnen Sprung auf die Tribüne, wo die Stadtmusikanten saßen, zu setzen, dem Organisten den Konterbaß aus der Hand zu reißen und schrecklich darauf umherzukratzen; oder er wechselte auf einmal und tanzte auf den Händen, indem er die Beine in die Höhe streckte. Dann pflegte ihn der Onkel auf die Seite zu nehmen, machte ihm dort ernstliche Vorwürfe und zog ihm die Halsbinde fester an, daß er wieder ganz gesittet wurde.

So betrug sich nun der Neffe in Gesellschaft und auf Bällen. Wie es aber mit den Sitten zu geschehen pflegt, die schlechten verbreiten sich immer leichter als die guten, und eine neue, auffallende Mode, wenn sie auch höchst lächerlich sein sollte, hat etwas Ansteckendes an sich für junge Leute, die noch nicht über sich selbst und die Welt nachgedacht haben. So war es auch in Grünwiesel mit dem Neffen und seinen sonderbaren Sitten. Als nämlich die junge Welt sah, wie derselbe mit seinem linkischen Wesen, mit seinem rohen Lachen und Schwatzen, mit seinen groben Antworten gegen Ältere eher geschätzt als getadelt werde, daß man dies alles sogar sehr geistreich finde, so dachten sie bei sich: Es ist mir ein leichtes, auch solch ein geistreicher Schlingel zu werden. Sie waren sonst fleißige, geschickte junge Leute gewesen, jetzt dachten sie: Zu was hilft Gelehrsamkeit, wenn man mit Unwissenheit besser fortkömmt? Sie ließen die Bücher liegen und trieben sich überall umher auf Plätzen und Straßen. Sonst waren sie artig gewesen und höflich gegen jedermann, hatten gewartet, bis man sie fragte, und anständig und bescheiden geantwortet; jetzt standen sie in der Reihe der Männer, schwatzten mit, gaben ihre Meinung preis und lachten selbst dem Bürgermeister unter die Nase, wenn er etwas sagte, und behaupteten, alles viel besser zu wissen.

Sonst hatten die jungen Grünwieseler Abscheu gehegt gegen rohes und gemeines Wesen. Jetzt sangen sie allerlei schlechte Lieder, rauchten aus ungeheuren Pfeifen Tabak und trieben sich in gemeinen Kneipen umher; auch kauften sie sich, obgleich sie ganz gut sahen, große Brillen, setzten solche auf die Nase und glaubten nun gemachte Leute zu sein, denn sie sahen ja aus wie der berühmte Neffe. Zu Hause, oder wenn sie auf Besuch waren, lagen sie mit Stiefel und Sporen aufs Kanapee, schaukelten sich auf dem Stuhl in guter Gesellschaft oder stützten die Wangen in beide Fäuste, die Ellbogen aber auf dem Tisch, was nun überaus reizend anzusehen war. Umsonst sagten ihnen ihre Mütter und Freunde, wie töricht, wie unschicklich dies alles sei, sie beriefen sich auf das glänzende Beispiel des Neffen. Umsonst stellte man ihnen vor, daß man dem Neffen, als einem jungen Engländer, eine gewisse Nationalroheit verzeihen müsse; die jungen Grünwieseler behaupteten, ebensogut als der beste Engländer das Recht zu haben, auf geistreiche Weise ungezogen zu sein; kurz, es war ein Jammer, wie durch das böse Beispiel des Neffen die Sitten und guten Gewohnheiten in Grünwiesel völlig untergingen.

Aber die Freude der jungen Leute an ihrem rohen, ungebundenen Leben dauerte nicht lange, denn folgender Vorfall veränderte auf einmal die ganze Szene. Die Wintervergnügungen sollte ein großes Konzert beschließen, das teils von den Stadtmusikanten, teils von geschickten Musikfreunden in Grünwiesel aufgeführt werden sollte. Der Bürgermeister spielte das Violoncell, der Doktor das Fagott ganz vortrefflich, der Apotheker, obgleich er keinen rechten Ansatz hatte, blies die Flöte, einige Jungfrauen aus Grünwiesel hatten Arien einstudiert, und alles war trefflich vorbereitet. Da äußerte der alte Fremde, daß zwar das Konzert auf diese Art trefflich werden würde, es fehle aber offenbar an einem Duett, und ein Duett müsse in jedem ordentlichen Konzert notwendigerweise vorkommen. Man war etwas betreten über diese Äußerung; die Tochter des Bürgermeisters sang zwar wie eine Nachtigall, aber wo einen Herrn herbekommen, der mit ihr ein Duett singen könnte? Man wollte endlich auf den alten Organisten verfallen, der einst einen trefflichen Baß gesungen hatte; der Fremde aber behauptete, dies alles sei nicht nötig, indem sein Neffe ganz ausgezeichnet singe. Man war nicht wenig erstaunt über diese neue treffliche Eigenschaft des jungen Mannes; er mußte zur Probe etwas singen, und einige sonderbare Manieren abgerechnet, die man für englisch hielt, sang er wie ein Engel.

Man studierte also in aller Eile das Duett ein, und der Abend erschien endlich, an welchem die Ohren der Grünwieseler durch das Konzert erquickt werden sollten.

Der alte Fremde konnte leider dem Triumph seines Neffen nicht beiwohnen, weil er krank war; er gab aber dem Bürgermeister, der ihn eine Stunde zuvor noch besuchte, einige Maßregeln über seinen Neffen auf.

«Es ist eine gute Seele, mein Neffe», sagte er, «aber hie und da verfällt er in allerlei sonderbare Gedanken und fängt dann tolles Zeug an; es ist mir eben deswegen leid, daß ich dem Konzert nicht beiwohnen kann, denn vor mir nimmt er sich gewaltig in acht, er weiß wohl, warum! Ich muß übrigens zu seiner Ehre sagen, daß dies nicht geistiger Mutwillen ist, sondern es ist körperlich, es liegt in seiner ganzen Natur; wollten Sie nun, Herr Bürgermeister, wenn er etwa in solche Gedanken verfiele, daß er sich auf ein Notenpult setzte oder daß er durchaus den Konterbaß streichen wollte oder dergleichen, wollten Sie ihm dann nur seine hohe Halsbinde etwas lockerer machen oder, wenn es auch dann nicht besser wird, ihm solche ganz ausziehen; Sie werden sehen, wie artig und manierlich er dann wird.»

Der Bürgermeister dankte dem Kranken für sein Zutrauen und versprach, im Fall der Not also zu tun, wie er ihm geraten.

Der Konzertsaal war gedrängt voll, denn ganz Grünwiesel und die Umgegend hatte sich eingefunden. Alle Jäger, Pfarrer, Amtleute, Landwirte und dergleichen aus dem Umkreis von drei Stunden waren mit zahlreicher Familie herbeigeströmt, um den seltenen Genuß mit den Grünwieselern zu teilen. Die Stadtmusikanten hielten sich vortrefflich; nach ihnen trat der Bürgermeister auf, der das Violoncell spielte, begleitet vom Apotheker, der die Flöte blies; nach diesen sang der Organist eine Baßarie mit allgemeinem Beifall, und auch der Doktor wurde nicht wenig beklatscht, als er auf dem Fagott sich hören ließ.

Die erste Abteilung des Konzertes war vorbei, und jedermann war nun auf die zweite gespannt, in welcher der junge Fremde mit des Bürgermeisters Tochter ein Duett vortragen sollte. Der Neffe war in einem glänzenden Anzug erschienen und hatte schon längst die Aufmerksamkeit aller Anwesenden auf sich gezogen. Er hatte sich nämlich, ohne viel zu fragen, in den prächtigsten Lehnstuhl gelegt, der für eine Gräfin aus der Nachbarschaft hergesetzt worden war; er streckte die Beine weit von sich, schaute jedermann durch ein ungeheures Perspektiv an, das er noch außer seiner großen Brille gebrauchte, und spielte mit einem großen Fleischerhund, den er, trotz des Verbotes, Hunde mitzunehmen, in die Gesellschaft eingeführt hatte. Die Gräfin, für welche der Lehnstuhl bereitet war, erschien, aber wer keine Miene machte, aufzustehen und ihr den Platz einzuräumen, war der Neffe; er setzte sich im Gegenteil noch bequemer hinein, und niemand wagte es, dem jungen Mann etwas darüber zu sagen; die vornehme Dame aber mußte auf einem ganz gemeinen Strohsessel mitten unter die übrigen Frauen des Städtchens sitzen und soll sich nicht wenig geärgert haben.

Während des herrlichen Spieles des Bürgermeisters, während des Organisten trefflicher Baßarie, ja sogar während der Doktor auf dem Fagott phantasierte und alles den Atem anhielt und lauschte, ließ der Neffe den Hund das Schnupftuch apportieren oder schwatzte ganz laut mit seinem Nachbarn, so daß jedermann, der ihn nicht kannte, über die absonderlichen Sitten des jungen Herrn sich wunderte.

Kein Wunder daher, daß alles sehr begierig war, wie er

sein Duett vortragen würde; die zweite Abteilung begann; die Stadtmusikanten hatten etwas weniges aufgespielt, und nun trat der Bürgermeister mit seiner Tochter zu dem jungen Mann, überreichte ihm ein Notenblatt und sprach: «Mosjöh, wäre es Ihnen jetzt gefällig, das Duetto zu singen?»

Der junge Mann lachte, fletschte mit den Zähnen, sprang auf, und die beiden anderen folgten ihm an das Notenpult, und die ganze Gesellschaft war voll Erwartung. Der Organist schlug den Takt und winkte dem Neffen anzufangen. Dieser schaute durch seine großen Brillengläser in die Noten und stieß greuliche, jämmerliche Töne aus. Der Organist aber schrie ihm zu: «Zwei Töne tiefer, Wertester, C müssen Sie singen, C!»

Statt aber C zu singen, zog der Neffe einen seiner Schuhe ab und warf ihn dem Organisten an den Kopf, daß der Puder weit umherflog. Als dies der Bürgermeister sah, dachte er: Ha! jetzt hat er wieder seine körperlichen Zufälle, sprang hinzu, packte ihn am Hals und band ihm das Tuch etwas leichter; aber dadurch wurde es nur noch schlimmer mit dem jungen Mann, er sprach nicht mehr Deutsch, sondern eine ganz sonderbare Sprache, die niemand verstand, und machte große Sprünge; der Bürgermeister war in Verzweiflung über diese unangenehme Störung, er faßte daher den Entschluß, dem jungen Mann, dem etwas ganz Besonderes zugestoßen sein mußte, das Halstuch vollends abzulösen. Aber kaum hatte er dies getan, so blieb er vor Schrekken wie erstarrt stehen, denn statt menschlicher Haut und Farbe umgab den Hals des jungen Menschen ein dunkelbraunes Fell, und alsobald setzte derselbe auch seine Sprünge noch höher und sonderbarer fort, fuhr sich mit den glacierten Handschuhen in die Haare, zog diese ab, und, o Wunder! diese schönen Haare waren eine Perücke, die er dem Bürgermeister ins Gesicht warf, und sein Kopf erschien jetzt mit demselben braunen Fell bewachsen.

Er setzte über Tische und Bänke, warf die Notenpulte

um, zertrat Geigen und Klarinette und erschien wie ein Rasender.

«Fangt ihn, fangt ihn», rief der Bürgermeister ganz außer sich, «er ist von Sinnen, fangt ihn!»

Das war aber eine schwierige Sache; denn er hatte die Handschuhe abgezogen und zeigte Nägel an den Händen, mit welchen er den Leuten ins Gesicht fuhr und sie jämmerlich kratzte. Endlich gelang es einem mutigen Jäger, seiner habhaft zu werden; er preßte ihm die langen Arme zusammen, daß er nur noch mit den Füßen zappelte und mit heiserer Stimme lachte und schrie. Die Leute sammelten sich umher und betrachteten den sonderbaren jungen Herrn, der jetzt gar nicht mehr aussah wie ein Mensch; aber ein gelehrter Herr aus der Nachbarschaft, der ein großes Naturalienkabinett und allerlei ausgestopfte Tiere besaß, trat näher, betrachtete ihn genau und rief dann voll Verwunderung: «Mein Gott, verehrte Herren und Damen, wie bringen Sie nur dies Tier in honette Gesellschaft, das ist ja ein Affe, der Homo Troglodytes Linnaei; ich gebe sogleich sechs Taler für ihn, wenn Sie mir ihn ablassen, und bälge ihn aus für mein Kabinett.»

Wer beschreibt das Erstaunen der Grünwieseler, als sie dies hörten!

«Was, ein Affe? Ein Orang-Utan in unserer Gesellschaft? Der junge Fremde ein ganz gewöhnlicher Affe?» riefen sie und sahen einander ganz dumm vor Verwunderung an. Man wollte nicht glauben, man traute seinen Ohren nicht, die Männer untersuchten das Tier genauer, aber es war und blieb ein ganz natürlicher Affe.

«Aber wie ist dies möglich!» rief die Frau Bürgermeisterin.«Hat er mir nicht oft seine Gedichte vorgelesen? Hat er nicht, wie ein anderer Mensch, bei mir zu Mittag gespeist?»

«Was?» eiferte die Frau Doktorin. «Wie? Hat er nicht oft und viel den Kaffee bei mir getrunken und mit meinem Mann gelehrt gesprochen und geraucht?»

«Wie! Ist es möglich!» riefen die Männer. «Hat er nicht

mit uns am Felsenkeller Kugeln geschoben und über Politik gestritten wie unsereiner?»

«Und wie?» klagten sie alle. «Hat er nicht sogar vorgetanzt auf unsern Bällen! Ein Affe! Ein Affe! Es ist ein Wunder, es ist Zauberei!»

«Ja, es ist Zauberei und teuflischer Spuk», sagte der Bürgermeister, indem er das Halstuch des Neffen oder Affen herbeibrachte, «seht, in diesem Tuch steckte der ganze Zauber, der ihn in unsern Augen liebenswürdig machte, da ist ein breiter Streifen elastischen Pergaments, mit allerlei wunderlichen Zeichen beschrieben; ich glaube gar, es ist Lateinisch; kann es niemand lesen?»

Der Oberpfarrer, ein gelehrter Mann, der oft an den Affen eine Partie Schach verloren hatte, trat hinzu, betrachtete das Pergament und sprach: «Mitnichten! Es sind nur lateinische Buchstaben, es heißt:

Der Affe sehr possierlich ist,
Zumal wann er vom Apfel frißt.

Ja, ja, es ist höllischer Betrug, eine Art von Zauberei», fuhr er fort, «und es muß exemplarisch bestraft werden.»

Der Bürgermeister war derselben Meinung und machte sich sogleich auf den Weg zu dem Fremden, der ein Zauberer sein mußte, und sechs Stadtsoldaten trugen den Affen, denn der Fremde sollte sogleich ins Verhör genommen werden.

Sie kamen, umgeben von einer ungeheuren Anzahl Menschen, an das öde Haus, denn jedermann wollte sehen, wie sich die Sache weiter begeben würde. Man pochte an das Haus, man zog die Glocke, aber vergeblich, es zeigte sich niemand. Da ließ der Bürgermeister in seiner Wut die Türe einschlagen und begab sich hierauf in die Zimmer des Fremden. Aber dort war nichts zu sehen als allerlei alter Hausrat; der fremde Mann war nicht zu finden. Auf seinem Arbeitstisch aber lag ein großer versiegelter Brief, an den Bürgermeister überschrieben, den dieser auch sogleich öffnete.

Er las:

«Meine lieben Grünwieseler!

Wenn Ihr dies leset, bin ich nicht mehr in Eurem Städtchen, und Ihr werdet dann längst erfahren haben, wes Standes und Vaterlandes mein lieber Neffe ist. Nehmet den Scherz, den ich mir mit Euch erlaubte, als eine gute Lehre auf, einen Fremden, der für sich leben will, nicht in Eure Gesellschaft zu nötigen. Ich selbst fühle mich zu gut, um Euer ewiges Klatschen, um Eure schlechten Sitten und Euer lächerliches Wesen zu teilen. Darum erzog ich einen jungen Orang-Utan, den Ihr, als meinen Stellvertreter, so liebgewonnen habt. Lebet wohl und benützet diese Lehre nach Kräften!»

Die Grünwieseler schämten sich nicht wenig vor dem ganzen Land; ihr Trost war, daß dies alles mit unnatürlichen Dingen zugegangen sei. Am meisten schämten sich aber die jungen Leute in Grünwiesel, weil sie die schlechten Gewohnheiten und Sitten des Affen nachgeahmt hatten. Sie stemmten von jetzt an keinen Ellenbogen mehr auf, sie schaukelten nicht mit dem Sessel, sie schwiegen, bis sie gefragt wurden, sie legten die Brillen ab und waren artig und gesittet wie zuvor; und wenn je einer wieder in solche schlechte, lächerliche Sitten verfiel, so sagten die Grünwieseler: «Es ist ein Affe.»

Der Affe aber, welcher so lange die Rolle eines jungen Herrn gespielt hatte, wurde dem gelehrten Mann, der ein Naturalienkabinett besaß, überantwortet; dieser läßt ihn in seinem Hof umhergehen, füttert ihn und zeigt ihn als Seltenheit jedem Fremden, wo er noch auf den heutigen Tag zu sehen ist.

Die Sage
vom Hirschgulden

In Oberschwaben stehen noch heutzutage die Mauern einer Burg, die einst die stattlichste der Gegend war, Hohenzollern. Sie erhebt sich auf einem runden steilen Berg, und von ihrer schroffen Höhe sieht man weit und frei ins Land. So weit und noch viel weiter, als man diese Burg im Land umher sehen kann, ward das tapfere Geschlecht der Zollern gefürchtet, und ihren Namen kannte und ehrte man in allen deutschen Landen. Nun lebte vor vielen hundert Jahren, ich glaube, das Schießpulver war noch nicht einmal erfunden, auf dieser Feste ein Zollern, der von Natur ein sonderbarer Mensch war. Man konnte nicht sagen, daß er seine Untertanen hart gedrückt oder mit seinen Nachbarn in Fehde gelebt hätte, aber dennoch traute ihm niemand über den Weg ob seinem finsteren Auge, seiner krausen Stirne und seinem einsilbigen, mürrischen Wesen. Es gab wenig Leute außer dem Schloßgesinde, die ihn je hatten ordentlich sprechen hören wie andere Menschen, denn wenn er durch das Tal ritt, einer ihm begegnete und schnell die Mütze abnahm, sich hinstellte und sagte: «Guten Abend, Herr Graf, heute macht es schön Wetter», so antwortet er: «Dummes Zeug» oder: «Weiß schon.»

Hatte aber einer etwas nicht recht gemacht, für ihn oder seine Rosse, begegnete ihm ein Bauer im Hohlweg mit dem Karren, daß er auf seinem Rappen nicht schnell genug vorüberkommen konnte, so entlud sich sein Ingrimm in einem Donner von Flüchen; doch hat man nie gehört, daß er bei solchen Gelegenheiten einen Bauern geschlagen hätte. In der Gegend aber hieß man ihn «das böse Wetter von Zollern».

Das böse Wetter von Zollern hatte eine Frau, die der Widerpart von ihm und so mild und freundlich war wie ein Maitag. Oft hat sie Leute, die ihr Eheherr durch harte Reden beleidigt hatte, durch freundliche Worte und ihre gütigen Blicke wieder mit ihm ausgesöhnt; den Armen aber tat sie Gutes, wo sie konnte, und ließ es sich nicht verdrießen, sogar im heißen Sommer oder im schrecklichsten Schneegestöber den steilen Berg herabzugehen, um arme Leute oder kranke Kinder zu besuchen. Begegnete ihr auf solchen Wegen der Graf, so sagte er mürrisch: «Weiß schon, dummes Zeug», und ritt weiter.

Manch andere Frau hätte dieses mürrische Wesen abgeschreckt oder eingeschüchtert; die eine hätte gedacht, was gehen mich die armen Leute an, wenn mein Herr sie für dummes Zeug hält; die andere hätte vielleicht aus Stolz oder Unmut ihre Liebe gegen einen so mürrischen Gemahl erkalten lassen; doch nicht also Frau Hedwig von Zollern. Die liebte ihn nach wie vor, suchte mit ihrer schönen weißen Hand die Falten von seiner braunen Stirne zu streichen und liebte und ehrte ihn; als aber nach Jahr und Tag der Himmel ein junges Gräflein zum Angebinde bescherte, liebte sie ihren Gatten nicht minder, indem sie ihrem Söhnlein dennoch alle Pflichten einer zärtlichen Mutter erzeigte. Drei Jahre lang vergingen, und der Graf von Zollern sah seinen Sohn nur alle Sonntage nach Tische, wo er ihm von der Amme dargereicht wurde. Er blickte ihn dann unverwandt an, brummte etwas in den Bart und gab ihn der Amme zurück. Als jedoch der Kleine «Vater» sagen konnte, schenkte der Graf der Amme einen Gulden – dem Kind machte er kein fröhlicher Gesicht.

An seinem dritten Geburtstag aber ließ der Graf seinem Sohn die ersten Höslein anziehen und kleidete ihn prächtig in Samt und Seide; dann befahl er, seinen Rappen und ein anderes schönes Roß vorzuführen, nahm den Kleinen auf den Arm und fing an, mit klirrenden Sporen die Wendeltreppe hinabzusteigen. Frau Hedwig erstaunte, als sie dies sah. Sie war sonst gewohnt, nicht zu fragen, wo aus und wann heim, wenn er ausritt, aber diesmal öffnete die Sorge um ihr Kind ihre Lippen.

«Wolltet Ihr ausreiten, Herr Graf?» sprach sie – er gab keine Antwort.

«Wozu denn den Kleinen?» fragte sie weiter. «Kuno wird mit mir spazierengehen.»

«Weiß schon», entgegnete das böse Wetter von Zollern und ging weiter; und als er im Hof stand, nahm er den Knaben bei einem Füßlein, hob ihn schnell in den Sattel, band ihn mit einem Tuch fest, schwang sich selbst auf den Rappen und trabte zum Burgtore hinaus, indem er den Zügel vom Rosse seines Söhnleins in die Hand nahm.

Dem Kleinen schien es anfangs großes Vergnügen zu gewähren, mit dem Vater den Berg hinabzureiten. Er klopfte in die Hände, er lachte und schüttelte sein Rößlein an den Mähnen, damit es schneller laufen sollte, und der Graf hatte seine Freude daran, rief auch einigemal: «Kannst ein wakkerer Bursche werden.»

Als sie aber in der Ebene angekommen waren und der Graf statt Schritt Trab anschlug, da vergingen dem Kleinen die Sinne; er bat anfangs ganz bescheiden, sein Vater möchte langsamer reiten, als es aber immer schneller ging und der heftige Wind dem armen Kuno beinahe den Atem nahm, da fing er an, still zu weinen, wurde immer ungeduldiger und schrie am Ende aus Leibeskräften.

«Weiß schon! Dummes Zeug!» fing jetzt sein Vater an. «Heult der Junge beim ersten Ritt! Schweig, oder —»

Doch den Augenblick, als er mit einem Fluche sein Söhnlein aufmuntern wollte, bäumte sich sein Roß; der Zügel des andern entfiel seiner Hand, er arbeitet sich ab, Meister seines Tieres zu werden, und als er es zur Ruhe gebracht hatte und sich ängstlich nach seinem Kind umsah, erblickte er dessen Pferd, wie es ledig und ohne den kleinen Reiter der Burg zulief.

So ein harter, finsterer Mann der Graf von Zollern sonst war, so überwand doch dieser Anblick sein Herz; er glaubte nicht anders, als sein Kind liege zerschmettert am Weg, er raufte sich den Bart und jammerte. Aber nirgends, so weit er zurückritt, sah er eine Spur von dem Knaben; schon stellte er sich vor, das scheugewordene Roß habe ihn in einen Wassergraben geschleudert, der neben dem Wege lag. Da hörte er von einer Kinderstimme hinter sich seinen Namen rufen, und als er sich flugs umwandte – sieh! da saß ein altes Weib unweit der Straße unter einem Baum und wiegte den Kleinen auf ihren Knien.

«Wie kömmst du zu dem Knaben, alte Hexe?» schrie der Graf in großem Zorn. «Sogleich bringe ihn heran zu mir.»

«Nicht so rasch, nicht so rasch, Euer Gnaden», lachte die alte, häßliche Frau, «könntet sonst auch ein Unglück nehmen auf Eurem stolzen Roß! Wie ich zu dem Junkerlein kam, fraget Ihr? Nun, sein Pferd ging durch, und er hing nur noch mit einem Füßchen angebunden, und das Haar streifte fast am Boden, da habe ich ihn aufgefangen in meiner Schürze.»

«Weiß schon!» rief der Herr von Zollern unmutig. «Gib ihn jetzt her; ich kann nicht wohl absteigen, das Roß ist wild und könnte ihn schlagen.»

«Schenket mir einen Hirschgulden!» erwiderte die Frau demütig bittend.

«Dummes Zeug!» schrie der Graf und warf ihr einige Pfennige unter den Baum.

«Nein! Einen Hirschgulden könnte ich gut brauchen», fuhr sie fort.

«Was Hirschgulden! Bist selbst keinen Hirschgulden wert», eiferte der Graf, «schnell das Kind her, oder ich hetze die Hunde auf dich!»

«So? Bin ich keinen Hirschgulden wert?» antwortete jene mit höhnischem Lächeln. «Na, man wird ja sehen, was von Eurem Erbe einen Hirschgulden wert ist; aber da, die Pfennige behaltet für Euch.»

Indem sie dies sagte, warf sie die drei kleinen Kupferstücke dem Grafen zu, und so gut konnte die Alte werfen, daß alle drei ganz gerade in den kleinen Lederbeutel fielen, den der Graf noch in der Hand hielt.

Der Graf wußte einige Minuten vor Staunen über diese wunderbare Geschicklichkeit kein Wort hervorzubringen, endlich aber löste sich sein Staunen in Wut auf. Er faßte seine Büchse, spannte den Hahn und zielte dann auf die

Alte. Diese herzte und küßte ganz ruhig den kleinen Grafen, indem sie ihn so vor sich hin hielt, daß ihn die Kugel zuerst hätte treffen müssen.

«Bist ein guter frommer Junge», sprach sie, «bleibe nur so, und es wird dir nicht fehlen.» Dann ließ sie ihn los, dräute dem Grafen mit dem Finger: «Zollern, Zollern, den Hirschgulden bleibt Ihr mir noch schuldig», rief sie und schlich, unbekümmert um die Schimpfworte des Grafen, an einem Buchsbaumstäbchen in den Wald. Konrad, der Knappe, aber stieg zitternd von seinem Roß, hob das Herrlein in den Sattel, schwang sich hinter ihn auf und ritt seinem Gebieter nach, den Schloßberg hinauf.

Es war dies das erste und das letzte Mal gewesen, daß das böse Wetter von Zollern sein Söhnlein mitnahm zum Spazierenreiten, denn er hielt ihn, weil er geweint und geschrien, als die Pferde im Trab gingen, für einen weichlichen Jungen, aus dem nicht viel Gutes zu machen sei, sah ihn nur mit Unlust an, und sooft der Knabe, der seinen Vater herzlich liebte, schmeichelnd und freundlich zu seinen Knien kam, winkte er ihm fortzugehen und rief: «Weiß schon! Dummes Zeug!»

Frau Hedwig hatte alle bösen Launen ihres Gemahls gerne getragen, aber dieses unfreundliche Benehmen gegen das unschuldige Kind kränkte sie tief; sie erkrankte mehrere Male aus Schrecken, wenn der finstere Graf den Kleinen wegen irgendeines geringen Fehlers hart abgestraft hatte, und starb endlich in ihren besten Jahren, von ihrem Gesinde und der ganzen Umgegend, am schmerzlichsten aber von ihrem Sohn beweint.

Von jetzt an wandte sich der Sinn des Grafen nur noch mehr von dem Kleinen ab; er gab ihn seiner Amme und dem Hauskapellan zur Erziehung und sah nicht viel nach ihm um, besonders da er bald darauf wieder ein reiches Fräulein heiratete, das ihm nach Jahresfrist Zwillinge, zwei junge Gräflein, schenkte.

Kunos liebster Spaziergang war zu dem alten Weiblein,

die ihm einst das Leben gerettet hatte. Sie erzählte ihm immer vieles von seiner verstorbenen Mutter und wieviel Gutes diese an ihr getan habe. Die Knechte und Mägde warnten ihn oft, er solle nicht soviel zu der Frau Feldheimerin, so hieß die Alte, gehen, weil sie nichts mehr und nichts weniger als eine Hexe sei, aber der Kleine fürchtete sich nicht, denn der Schloßkaplan hatte ihn gelehrt, daß es keine Hexen gebe und daß die Sage, daß gewisse Frauen zaubern können und auf der Ofengabel durch die Luft und auf den Brocken reiten, erlogen sei. Zwar sah er bei der Frau Feldheimerin allerlei Dinge, die er nicht begreifen konnte; des Kunststückchens mit den drei Pfennigen, die sie seinem Vater so geschickt in den Beutel geworfen, erinnerte er sich noch ganz wohl, auch konnte sie allerlei künstliche Salben und Tränklein bereiten, womit sie Menschen und Vieh heilte, aber das war nicht wahr, was man ihr nachsagte, daß sie eine Wetterpfanne habe, und wenn sie diese über das Feuer hänge, komme ein schreckliches Donnerwetter. Sie lehrte den kleinen Grafen mancherlei, was ihm nützlich war, zum Beispiel allerlei Mittel für kranke Pferde, einen Trank gegen die Hundswut, eine Lockspeise für Fische und viele andere nützliche Sachen. Die Frau Feldheimerin war auch bald seine einzige Gesellschaft, denn seine Amme starb, und seine Stiefmutter kümmerte sich nicht um ihn.

Als seine Brüder nach und nach heranwuchsen, hatte Kuno ein noch traurigeres Leben als zuvor, sie hatten das Glück, beim ersten Ritt nicht vom Pferd zu stürzen, und das böse Wetter von Zollern hielt sie daher für ganz vernünftige und taugliche Jungen, liebte sie ausschließlich, ritt alle Tage mit ihnen aus und lehrte sie alles, was er selbst verstand. Da lernten sie aber nicht viel Gutes; lesen und schreiben konnte er selbst nicht, und seine beiden trefflichen Söhne sollten sich auch nicht die Zeit damit verderben; aber schon in ihrem zehnten Jahr konnten sie so gräßlich fluchen als ihr Vater, fingen mit jedem Händel an, vertrugen sich unter sich selbst so schlecht wie ein Hund und Kater, und nur wenn sie gegen Kuno einen Streich verüben wollten, verbanden sie sich und wurden Freunde.

Ihrer Mutter machte dies nicht viel Kummer, denn sie hielt es für gesund und kräftig, wenn sich die Jungen balgten; aber dem alten Grafen sagte es eines Tages ein Diener, und er antwortete zwar: «Weiß schon, dummes Zeug!», nahm sich aber dennoch vor, für die Zukunft auf ein Mittel zu sinnen, daß sich seine Söhne nicht gegenseitig totschlügen, denn die Drohung der Frau Feldheimerin, die er in seinem Herzen für eine ausgemachte Hexe hielt: «Na, man wird ja sehen, was von Eurem Erbe einen Hirschgulden wert ist» – lag ihm noch immer in seinem Sinn.

Eines Tages, da er in der Umgegend seines Schlosses jagte, fielen ihm zwei Berge ins Auge, die ihrer Form wegen wie zu Schlössern geschaffen schienen, und sogleich beschloß er, auch dort zu bauen. Er baute auf den einen das Schloß Schalksberg, das er nach dem kleinern der Zwillinge so nannte, weil dieser wegen allerlei böser Streiche längst von ihm den Namen «kleiner Schalk» erhalten hatte; das andere Schloß, das er baute, wollte er anfänglich Hirschguldenberg nennen, um die Hexe zu verhöhnen, weil sie sein Erbe nicht einmal eines Hirschguldens wert achtete, er ließ es aber bei dem einfacheren Hirschberg bewenden, und so heißen die beiden Berge noch bis auf den heutigen Tag, und wer die Alp bereist, kann sie sich zeigen lassen.

Das böse Wetter von Zollern hatte anfänglich im Sinn, seinem ältesten Sohn Zollern, dem kleinen Schalk Schalksberg und dem andern Hirschberg im Testament zu vermachen; aber seine Frau ruhte nicht eher, bis er es änderte: «Der dumme Kuno», so nannte sie den armen Knaben, weil er nicht so wild und ausgelassen war wie ihre Söhne, «der dumme Kuno ist ohnedies reich genug durch das, was er von seiner Mutter erbte, und er soll auch noch das schöne, reiche Zollern haben? Und meine Söhne sollen nichts bekommen als jeder eine Burg, zu welcher nichts gehört als Wald?»

Vergebens stellte ihr der Graf vor, daß man Kuno billigerweise das Erstgeburtsrecht nicht rauben dürfe, sie weinte und zankte so lange, bis das böse Wetter, das sonst niemand sich fügte, des lieben Friedens willen nachgab und im Testament dem kleinen Schalk Schalksberg, Wolf, dem größeren Zwillingsbruder, Zollern und Kuno Hirschberg mit dem Städtchen Balingen verschrieb. Bald darauf, nachdem er also verfügt hatte, fiel er auch in eine schwere Krankheit. Zu dem Arzt, der ihm sagte, daß er sterben müsse, sagte er: «Ich weiß schon», und dem Schloßkaplan, der ihn ermahnte, sich zu einem frommen Ende vorzubereiten, antwortete er: «Dummes Zeug», fluchte und raste fort und starb, wie er gelebt hatte, roh und als ein großer Sünder.

Aber sein Leichnam war noch nicht beigesetzt, so kam die Frau Gräfin schon mit dem Testament herbei, sagte zu Kuno, ihrem Stiefsohn, spöttisch, er möchte jetzt seine Gelehrsamkeit beweisen und selbst nachlesen, was im Testament stehe, nämlich daß er in Zollern nichts mehr zu tun habe, und freute sich mit ihren Söhnen über das schöne Vermögen und die beiden Schlösser, die sie ihm, dem Erstgeborenen, entrissen hatten.

Kuno fügte sich ohne Murren in den Willen des Verstorbenen, aber mit Tränen nahm er Abschied von der Burg, wo er geboren worden, wo seine gute Mutter begraben lag und wo der gute Schloßkaplan und nahe dabei seine einzige alte Freundin, Frau Feldheimerin, wohnte. Das Schloß Hirschberg war zwar ein schönes, stattliches Gebäude, aber es war ihm doch zu einsam und öde, und er wäre bald krank vor Sehnsucht nach Hohenzollern geworden.

Die Gräfin und die Zwillingsbrüder, die jetzt achtzehn Jahre alt waren, saßen eines Abends auf dem Söller und schauten den Schloßberg hinab; da gewahrten sie einen stattlichen Ritter, der zu Pferde heraufritt und dem eine prachtvolle Sänfte, von zwei Maultieren getragen, und mehrere Knechte folgten; sie rieten lange hin und her, wer es wohl sein möchte, da rief endlich der kleine Schalk: «Ei, das ist ja niemand anders als unser Herr Bruder von Hirschberg.»

«Der dumme Kuno?» sprach die Frau Gräfin verwundert. «Ei, der wird uns die Ehre antun, uns zu sich einzuladen, und die schöne Sänfte hat er für mich mitgebracht, um mich abzuholen nach Hirschberg. Nein, so viel Güte und Lebensart hätte ich meinem Herrn Sohn, dem dummen Kuno, nicht zugetraut; eine Höflichkeit ist der anderen wert, lasset uns hinabsteigen an das Schloßtor, ihn zu empfangen; macht auch freundliche Gesichter, vielleicht schenkt er uns in Hirschberg etwas, dir ein Pferd und dir einen Harnisch, und den Schmuck seiner Mutter hätte ich schon lange gerne gehabt.»

«Geschenkt mag ich nichts von dem dummen Kuno», antwortete Wolf, «und ein gutes Gesicht mach ich ihm auch nicht. Aber unserem seligen Herrn Vater könnte er meinetwegen bald folgen, dann würden wir Hirschberg erben und alles, und Euch, Frau Mutter, wollten wir den Schmuck um billigen Preis ablassen.»

«So, du Range», eiferte die Mutter, «abkaufen soll ich euch den Schmuck? Ist das der Dank dafür, daß ich euch Zollern verschafft habe? Kleiner Schalk, nicht wahr, ich soll den Schmuck umsonst haben?»

«Umsonst ist der Tod, Frau Mutter», erwiderte der Sohn lachend, «und wenn es wahr ist, daß der Schmuck soviel wert ist als manches Schloß, so werden wir wohl nicht die Toren sein, ihn Euch um den Hals zu hängen. Sobald Kuno die Augen schließt, reiten wir hinunter, teilen ab, und meinen Part an Schmuck verkaufe ich. Gebt Ihr dann mehr als der Jude, Frau Mutter, so sollt Ihr ihn haben.»

Sie waren unter diesem Gespräch bis unter das Schloßtor gekommen, und mit Mühe zwang sich die Frau Gräfin, ihren Grimm über den Schmuck zu unterdrücken, denn soeben ritt Graf Kuno über die Zugbrücke. Als er seiner Stiefmutter und seiner Brüder ansichtig wurde, hielt er sein Pferd an, stieg ab und grüßte sie höflich. Denn obgleich sie ihm viel Leids angetan, bedachte er doch, daß es seine Brüder seien und daß diese böse Frau sein Vater geliebt hatte.

«Ei, das ist ja schön, daß der Herr Sohn uns auch besucht», sagte die Frau Gräfin mit süßer Stimme und huldreichem Lächeln. «Wie geht es denn auf Hirschberg? Kann man sich dort angewöhnen? Und gar eine Sänfte hat man sich angeschafft? Ei, und wie prächtig, es dürfte sich keine Kaiserin daran schämen; nun wird wohl auch die Hausfrau nicht mehr lange fehlen, daß sie darin im Lande umherreist.»

«Habe bis jetzt noch nicht daran gedacht, gnädige Frau Mutter», erwiderte Kuno, «will mir deswegen andere Gesellschaft zur Unterhaltung ins Haus nehmen und bin deswegen mit der Sänfte hierher gereist.»

«Ei, Ihr seid gar gütig und besorgt», unterbrach ihn die Dame, indem sie sich verneigte und lächelte.

«Denn er kommt doch nicht mehr gut zu Pferde fort», sprach Kuno ganz ruhig weiter, «der Vater Joseph nämlich, der Schloßkaplan. Ich will ihn zu mir nehmen, er ist mein alter Lehrer, und wir haben es so abgemacht, als ich Zollern verließ. Will auch unten am Berg die alte Frau Feldheimerin mitnehmen. Lieber Gott, sie ist jetzt steinalt und hat mir einst das Leben gerettet, als ich zum erstenmal ausritt mit meinem seligen Vater; habe ja Zimmer genug in Hirschberg, und dort soll sie absterben.» Er sprach es und ging durch den Hof, um den Pater Schloßkapellan zu holen.

Aber der Junker Wolf biß vor Grimm die Lippen zusammen, die Frau Gräfin wurde gelb vor Ärger, und der kleine Schalk lachte laut auf.

«Was gebt Ihr für meinen Gaul, den ich von ihm geschenkt kriege?» sagte er. «Bruder Wolf, gib mir deinen Harnisch, den er dir gegeben, dafür. Ha! ha! ha! Den Pater und die alte Hexe will er zu sich nehmen? Das ist ein schönes Paar, da kann er nun vormittags Griechisch lernen beim Kapellan und nachmittags Unterricht im Hexen nehmen bei der Frau Feldheimerin. Ei, was macht doch der dumme Kuno für Streiche.»

«Er ist ein ganz gemeiner Mensch!» erwiderte die Frau Gräfin. «Und du solltest nicht darüber lachen, kleiner Schalk; das ist eine Schande für die ganze Familie, und man muß sich ja schämen vor der ganzen Umgegend, wenn es heißt, der Graf von Zollern hat die alte Hexe, die Feldheimerin, abgeholt in einer prachtvollen Sänfte, und Maulesel dabei, und läßt sie bei sich wohnen. Das hat er von seiner Mutter, die war auch immer so gemein mit Kranken und schlechtem Gesindel; ach, sein Vater würde sich im Sarg wenden, wüßte er es.»

«Ja», setzte der kleine Schalk hinzu, «der Vater würde noch in der Gruft sagen: Weiß schon, dummes Zeug!»

«Wahrhaftig! da kommt er mit dem alten Mann und schämt sich nicht, ihn selbst unter dem Arm zu führen», rief die Frau Gräfin mit Entsetzen, «kommt, ich will ihm nicht mehr begegnen.»

Sie entfernten sich, und Kuno geleitete seinen alten Lehrer bis an die Brücke und half ihm selbst in die Sänfte; unten aber am Berg hielt er vor der Hütte der Frau Feldheimerin und fand sie schon fertig, mit einem Bündel voll Gläschen und Töpfchen und Tränklein und anderem Geräte nebst ihrem Buchsbaumstöcklein, einzusteigen.

Es kam übrigens nicht also, wie die Frau Gräfin von Zollern in ihrem bösen Sinn hatte voraussehen wollen. In der ganzen Umgegend wunderte man sich nicht über Ritter Kuno; man fand es schön und löblich, daß er die letzten Tage der alten Frau Feldheimerin aufheitern wollte, man pries ihn als einen frommen Herrn, weil er den alten Pater Joseph in sein Schloß aufgenommen hatte. Die einzigen, die ihm gram waren und auf ihn schmähten, waren seine Brüder und die Gräfin, aber nur zu ihrem eigenen Schaden, denn man nahm allgemein ein Ärgernis an so unnatürlichen Brüdern, und zur Wiedervergeltung ging die Sage, daß sie mit ihrer Mutter schlecht und in beständigem Hader leben und unter sich selbst sich alles mögliche zuleide tun.

Graf Kuno von Zollern-Hirschberg machte mehrere Versuche, seine Brüder mit sich auszusöhnen, denn es war ihm unerträglich, wenn sie oft an seiner Feste vorbeiritten, aber nie einsprachen, wenn sie ihm im Wald und Feld begegneten und ihn kälter begrüßten als einen Landfremden. Aber seine Versuche schlugen meistens fehl, und er wurde überdies von ihnen verhöhnt. Eines Tages fiel ihm noch ein Mittel ein, wie er vielleicht ihre Herzen gewinnen könnte, denn er wußte, sie waren geizig und habgierig. Es lag ein Teich zwischen den drei Schlössern beinahe in der Mitte, jedoch so, daß er noch in Kunos Revier gehörte. In diesem Teich befanden sich aber die besten Hechte und Karpfen der ganzen Umgegend, und es war für die Brüder, die gerne fischten, ein nicht geringer Verdruß, daß ihr Vater vergessen hatte, den Teich auf ihr Teil zu schreiben. Sie waren zu stolz, um ohne Vorwissen ihres Bruders dort zu fischen, und doch mochten sie ihm auch kein gutes Wort geben, daß er es ihnen erlauben möchte. Nun kannte er aber seine Brüder, daß ihnen der Teich am Herzen liege; er lud sie daher eines Tages ein, mit ihm dort zusammenzukommen. Es war ein schöner Frühlingsmorgen, als beinahe in demselben Augenblick die drei Brüder von drei Burgen dort zusammenkamen.

«Ei! Sieh da», rief der kleine Schalk, «das trifft sich ordentlich! Ich bin mit Schlag sieben Uhr in Schalksberg weggeritten.»

«Ich auch – und ich», antworteten die Brüder vom Hirschberg und von Zollern. «Nun, da muß der Teich hier gerade in der Mitte liegen», fuhr der Kleine fort. «Es ist ein schönes Wasser.»

«Ja, und eben darum habe ich euch hierher beschieden. Ich weiß, ihr seid beide große Freunde vom Fischen, und ob ich gleich auch zuweilen gerne die Angel auswerfe, so hat doch der Weiher Fische genug für drei Schlösser, und an seinen Ufern ist Platz genug für unserer drei, selbst wenn wir alle auf einmal zu angeln kämen; darum will ich von heute an, daß dieses Wasser Gemeingut für uns sei, und jeder von euch soll gleiche Rechte daran haben wie ich.»

«Ei, der Herr Bruder ist ja gewaltig gnädig gesinnt», sprach der kleine Schalk mit höhnischem Lächeln, «gibt uns wahrhaftig sechs Morgen Wasser und ein paar hundert Fischlein! Nu – und was werden wir dagegen geben müssen, denn umsonst ist der Tod!»

«Umsonst sollt ihr ihn haben», sagte Kuno gerührt, «ach, ich möchte euch ja nur zuweilen an diesem Teich sehen und sprechen, sind wir doch eines Vaters Söhne.»

«Nein», erwiderte der vom Schalksberg, «das ginge schon nicht, denn es ist nichts Einfältigeres, als in Gesellschaft zu fischen, es verjagt immer einer dem andern die Fische; wollen wir aber Tage ausmachen, etwa Montag und Donnerstag du, Kuno, Dienstag und Freitag Wolf, Mittwoch und Sonnabend ich – so ist es mir ganz recht.»

«Mir nicht einmal dann», rief der finstere Wolf. «Geschenkt will ich nichts haben und will auch mit niemand teilen; du hast recht, Kuno, daß du uns den Weiher anbietest, denn wir haben eigentlich alle drei gleichen Anteil daran, aber lasset uns darum würfeln, wer ihn in Zukunft besitzen soll; werde ich glücklicher sein als ihr, so könnt ihr immer bei mir anfragen, ab ihr fischen dürfet.»

«Ich würfle nie», entgegnete Kuno, traurig über die Verstocktheit seiner Brüder.

«Ja freilich», lachte der kleine Schalk, «er ist ja gar fromm und gottesfürchtig, der Herr Bruder, und hält das Würfelspiel für eine Todsünde; aber ich will euch was anderes vorschlagen, woran sich der frömmste Klausner nicht schämen dürfte. Wir wollen uns Angelschnüre und Haken holen, und wer diesen Morgen, bis die Glocke in Zollern zwölf Uhr schlägt, die meisten Fische angelt, soll den Weiher eigen haben.»

«Ich bin eigentlich ein Tor», sagte Kuno, «um das noch zu kämpfen, was mir mit Recht als Erbe zugehört; aber damit ihr sehet, daß es mir mit der Teilung Ernst war, will ich mein Fischgeräte holen.»

Sie ritten heim, jeder nach seinem Schloß; die Zwillinge schickten in aller Eile ihre Diener aus, ließen alle alten Steine aufheben, um Würmer zur Lockspeise für die Fische im Teich zu finden, Kuno aber nahm sein gewöhnliches Angelzeug und die Speise, die ihn einst Frau Feldheimerin zubereiten gelehrt, und war der erste, der wieder auf dem Platz erschien. Er ließ, als die beiden Zwillinge kamen, diese die besten und bequemsten Stellen auserwählen und warf dann selbst seine Angel aus. Da war es, als ob die Fische in ihm den Herrn dieses Teiches erkannt hätten; ganze Züge von Karpfen und Hechten zogen heran und wimmelten um seine Angel, die ältesten und größten drängten die kleinen weg, jeden Augenblick zog er einen heraus, und wenn er die Angel wieder ins Wasser warf, sperrten schon zwanzig, dreißig die Mäuler auf, um an den spitzigen Haken anzubeißen. Es hatte noch nicht zwei Stunden gedauert, so lag der Boden um ihn her voll der schönsten Fische; da hörte er auf zu fischen und ging zu seinen Brüdern, um zu sehen, was für Geschäfte sie machten. Der kleine Schalk hatte einen kleinen Karpfen und zwei elende Weißfische, Wolf drei Barben und zwei kleine Gründlinge, und beide schauten trübselig in den Teich, denn sie konnten die ungeheure Menge, die Kuno gefangen, gar wohl von ihrem Platz aus bemerken. Als Kuno an seinen Bruder Wolf herankam, sprang dieser halb wütend auf, zerriß die Angelschnur, brach die Rute in Stücke und warf sie in den Teich.

«Ich wollte, es wären tausend Haken, die ich hineinwerfe, statt dem einen, und an jedem müßte eine von diesen Kreaturen zappeln», rief er, «aber mit rechten Dingen geht es nimmer zu, es ist Zauberspiel und Hexenwerk, wie solltest du denn, dummer Kuno, mehr Fische fangen in einer Stunde als ich in einem Jahr?»

«Ja, ja, jetzt erinnere ich mich», fuhr der kleine Schalk fort, «bei der Frau Feldheimerin, bei der schnöden Hexe hat er das Fischen gelernt, und wir waren Toren, mit ihm zu fischen, er wird doch bald Hexenmeister werden.»

«Ihr schlechten Menschen!» entgegnete Kuno unmutig. «Diesen Morgen habe ich hinlänglich Zeit gehabt, euren Geiz, eure Unverschämtheit und eure Roheit einzusehen. Gehet jetzt und kommt nie wieder hierher, und glaubt mir, es wäre für eure Seelen besser, wenn ihr nur halb so fromm und gut wäret als jene Frau, die ihr eine Hexe scheltet.»

«Nein, eine eigentliche Hexe ist sie nicht!» sagte der Schalk spöttisch lachend. «Solche Weiber können wahrsagen, aber Frau Feldheimerin ist sowenig eine Wahrsagerin, als eine Gans ein Schwan werden kann; hat sie doch dem Vater gesagt, von seinem Erbe werde man einen guten Teil um einen Hirschgulden kaufen können, das heißt, er werde ganz verlumpen, und doch hat bei seinem Tod alles sein gehört, so weit man von der Zinne von Zollern sehen kann! Geh, geh, Frau Feldheimerin ist nichst als ein törichtes altes Weib, und du – der dumme Kuno.»

Nach diesen Worten entfernte sich der Kleine eilig, denn er fürchtete den starken Arm seines Bruders, und Wolf folgte ihm, indem er alle Flüche hersagte, die er von seinem Vater gelernt hatte.

In tiefster Seele betrübt, ging Kuno nach Hause, denn er sah jetzt deutlich, daß seine Brüder nie mehr mit ihm sich vertragen wollten. Er nahm sich auch ihre harten Worte so sehr zu Herzen, daß er des anderen Tages sehr krank wurde, und nur der Trost des würdigen Pater Joseph und die kräftigen Tränklein der Frau Feldheimerin retteten ihn vom Tode.

Als aber seine Brüder erfuhren, daß ihr Bruder Kuno schwer darniederliege, hielten sie ein fröhliches Bankett, und im Weinmut sagten sie sich zu, wenn der dumme Kuno sterbe, so solle der, welcher es zuerst erfahre, alle Kanonen lösen, um es dem andern anzuzeigen, und wer zuerst kanoniere, solle das beste Faß Wein aus Kunos Keller vorweg nehmen dürfen. Wolf ließ nun von da an immer einen Diener in der Nähe von Hirschberg Wache halten, und der kleine Schalk bestach sogar einen Diener Kunos mit vielem

Geld, damit er es ihm schnell anzeige, wenn sein Herr in den letzten Zügen liege.

Dieser Knecht aber war seinem milden und frommen Herrn mehr zugetan als dem bösen Grafen von Schalksberg; er fragte also eines Abends Frau Feldheimerin teilnehmend nach dem Befinden seines Herrn, und als diese sagte, daß es ganz gut mit ihm stehe, erzählte er ihr den Anschlag der beiden Brüder und daß sie Freudenschüsse tun wollen auf des Grafen Kuno Tod. Darüber ergrimmte die Alte sehr; sie erzählte es flugs wieder dem Grafen, und als dieser an eine so große Lieblosigkeit seiner Brüder nicht glauben wollte, so riet sie ihm, er solle die Probe machen und aussprechen lassen, er sei tot, so werde man bald hören, ob sie kanonieren oder nicht. Der Graf ließ den Diener, den sein Bruder bestochen, vor sich kommen, befragte ihn nochmals und befahl ihm, nach Schalksberg zu reiten und sein nahes Ende zu verkünden.

Als nun der Knecht eilends den Hirschberg herabritt, sah ihn der Diener des Grafen Wolf von Zollern, hielt ihn an und fragte, wohin er so eilends zu reiten willens sei.

«Ach», sagte dieser, «mein armer Herr wird diesen Abend nicht überleben, sie haben ihn alle aufgegeben.»

«So? Ist's um diese Zeit» rief jener, lief nach seinem Pferd, schwang sich auf und jagte so eilends nach Zollern und den Schloßberg hinan, daß sein Pferd am Tor niederfiel und er selbst nur noch «Graf Kuno stirbt!» rufen konnte, ehe er ohnmächtig wurde. Da donnerten die Kanonen von Hohenzollern herab, Graf Wolf freute sich mit seiner Mutter über das gute Faß Wein und das Erbe, den Teich, über den Schmuck und den starken Widerhall, den seine Kanonen gaben. Aber was er für Widerhall gehalten, waren die Kanonen von Schalksberg, und Wolf sagte lächelnd zu seiner Mutter: «So hat der Kleine auch einen Spion gehabt, und wir müssen auch den Wein gleich teilen wie das übrige Erbe.» Dann aber saß er zu Pferd, denn er argwohnte, der kleine Schalk möchte ihm zuvorkommen und vielleicht einige Kostbarkeiten des Verstorbenen wegnehmen, eh er käme.

Aber am Fischteich begegneten sich die beiden Brüder, und jeder errötete vor dem andern, weil beide zuerst nach Hirschberg hatten kommen wollen. Von Kuno sprachen sie kein Wort, als sie zusammen ihren Weg fortsetzten, sondern berieten sich brüderlich, wie man es in Zukunft halten wolle und wem Hirschberg gehören solle. Wie sie aber über die Zugbrücke und in den Schloßhof ritten, da schaute ihr Bruder wohlbehalten und gesund zum Fenster heraus, aber Zorn und Unmut sprühten aus seinen Blicken. Die Brüder erschraken sehr, als sie ihn sahen, hielten ihn anfänglich für ein Gespenst und bekreuzten sich; als sie aber sahen, daß er noch Fleisch und Blut habe, rief Wolf: «Ei, so wollt ich doch! Dummes Zeug, ich glaubte, du wärest gestorben.»

«Nun, aufgeschoben ist nicht aufgehoben», sagte der Kleine, der mit giftigen Blicken nach seinem Bruder hinaufschaute.

Dieser aber sprach mit donnernder Stimme: «Von dieser Stunde an sind alle Bande der Verwandtschaft zwischen uns los und ledig. Ich habe eure Freudenschüsse wohl vernommen, aber sehet zu, auch ich habe fünf Feldschlangen hier auf dem Hof stehen und habe sie euch zu Ehren scharf laden lassen. Machet, daß ihr aus dem Bereich meiner Kugeln kommt, oder ihr sollt erfahren, wie man auf Hirschberg schießt.»

Sie ließen es sich nicht zweimal sagen, denn sie sahen ihm an, wie ernst es ihm war; sie gaben also ihren Pferden die Sporen und hielten einen Wettlauf den Berg hinunter, und ihr Bruder schoß eine Stückkugel hinter ihnen her, die über ihren Köpfen wegsauste, daß sie beide zugleich eine tiefe und höfliche Verbeugung machten; er wollte sie aber nur schrecken und nicht verwunden.

«Warum hast du denn geschossen?» fragte der kleine Schalk unmutig. «Du Tor, ich schoß nur, weil ich dich hörte.»

«Im Gegenteil, frag nur die Mutter!» erwiderte Wolf. «Du warst es, der zuerst schoß, und du hast diese Schande über uns gebracht, kleiner Dachs.»

Der Kleine blieb ihm keinen Ehrentitel schuldig, und als sie am Fischteich angekommen waren, gaben sie sich gegenseitig noch die vom alten Wetter von Zollern geerbten Flüche zum besten und trennten sich in Haß und Unlust.

Tags darauf aber machte Kuno sein Testament, und Frau Feldheimerin sagte zum Pater: «Ich wollte was wetten, er hat keinen guten Brief für die Kanoniere geschrieben.»

Aber so neugierig sie war und sooft sie in ihren Liebling drang, er sagte ihr nicht, was im Testament stehe, und sie erfuhr es auch nimmer, denn ein Jahr nachher verschied die gute Frau, und ihre Salben und Tränklein halfen ihr nichts, denn sie starb an keiner Krankheit, sondern am achtundneunzigsten Jahr, das auch einen ganz gesunden Menschen endlich unter den Boden bringen kann. Graf Kuno ließ sie bestatten, als ob sie nicht eine arme Frau, sondern seine Mutter gewesen wäre, und es kam ihm nachher noch viel einsamer vor auf seinem Schloß, besonders da der Pater Joseph der Frau Feldheimerin bald folgte.

Doch diese Einsamkeit fühlte er nicht sehr lange; der gute Kuno starb schon in seinem achtundzwanzigsten Jahr, und böse Leute behaupteten, an Gift, das ihm der kleine Schalk beigebracht hatte.

Wie dem aber auch sei, einige Stunden nach seinem Tod vernahm man wieder den Donner der Kanonen, und in Zollern und Schalksberg tat man fünfundzwanzig Schüsse.

«Diesmal hat er doch daran glauben müssen», sagte der Schalk, als sie unterwegs zusammentrafen. «Ja», antwortete Wolf, «und wenn er noch einmal aufersteht und zum Fenster herausschimpft, wie damals, so hab ich eine Büchse bei mir, die ihn höflich und stumm machen soll.»

Als sie den Schloßberg hinanritten, gesellte sich ein Reiter mit Gefolge zu ihnen, den sie nicht kannten. Sie glaubten, er sei vielleicht ein Freund ihres Bruders und komme, um ihn beisetzen zu helfen. Daher gebärdeten sie sich kläglich, priesen vor ihm den Verstorbenen, beklagten sein frühes Hinscheiden, und der kleine Schalk preßte sich sogar einige Krokodilstränen aus. Der Ritter antwortete ihnen aber nicht, sondern ritt still und stumm an ihrer Seite den Hirschberg hinauf. «So, jetzt wollen wir es uns bequem machen, und Wein herbei, Kellermeister, vom besten!» rief Wolf, als er abstieg. Sie gingen die Wendeltreppen hinauf und in den Saal, auch dahin folgte ihnen der stumme Reiter, und als sich die Zwillinge ganz breit an den Tisch gesetzt hatten, zog jener ein Silberstück aus dem Wams, warf es auf den Schiefertisch, daß es umherrollte und klingelte, und sprach: «So, und da habt ihr jetzt euer Erbe, und es wird just recht sein, ein Hirschgulden.»

Da sahen sich die beiden Brüder verwundert an, lachten und fragten ihn, was er damit sagen wolle.

Der Ritter aber zog ein Pergament hervor, mit hinlänglichen Siegeln, darin hatte der dumme Kuno alle Feindseligkeiten aufgezeichnet, die ihm die Brüder bei seinen Lebzeiten bewiesen, und am Ende hatte er verordnet und bekannt, daß sein ganzes Erbe, Hab und Gut, außer dem Schmuck seiner seligen Frau Mutter, auf den Fall seines Todes an Württemberg verkauft sei, und zwar – um einen elenden Hirschgulden! Um den Schmuck aber solle man in der Stadt Balingen ein Armenhaus erbauen. Da erstaunten nun die Brüder abermals, lachten aber nicht dazu, sondern bissen die Zähne zusammen, denn sie konnten gegen Württemberg nichts ausrichten, und so hatten sie das schöne Gut, Wald, Feld, die Stadt Balingen und selbst – den Fischteich verloren und nichts geerbt als einen schlechten Hirschgulden. Den steckte Wolf trotzig in sein Wams, sagte nicht ja und nicht nein, warf sein Barett auf den Kopf und ging trotzig und ohne Gruß an dem württembergischen Kommissär vorbei, schwang sich auf sein Roß und ritt nach Zollern.

Als ihn aber den andern Morgen seine Mutter mit Vorwürfen plagte, daß sie Gut und Schmuck verscherzt haben, ritt er hinüber zum Schalk auf der Schalksburg. «Wollen wir unser Erbe verspielen oder vertrinken?» fragte er ihn.

«Vertrinken ist besser», sagte der Schalk, «dann haben beide gewonnen. Wir wollen nach Balingen reiten und uns den Leuten zum Trotz dort sehen lassen, wenn wir auch gleich das Städtlein schmählich verloren.»

«Und im ‹Lamm› schenkt man Roten, der Kaiser trinkt ihn nicht besser», setzte Wolf hinzu.

So ritten sie miteinander nach Balingen ins «Lamm» und fragten, was die Maß vom Roten koste, und tranken sich zu, bis der Hirschgulden voll war. Dann stand Wolf auf, zog das Silberstück mit dem springenden Hirsch aus dem Wams, warf ihn auf den Tisch und sprach: «Da habt Ihr Euern Gulden, so wird's richtig sein.»

Der Wirt aber nahm den Gulden, besah ihn links, besah ihn rechts und sagte lächelnd: «Ja, wenn es kein Hirschgulden wär, aber gestern nacht kam der Bote von Stuttgart, und heute früh hat man es ausgetrommelt im Namen des Grafen von Württemberg, dem jetzt das Städtlein eigen; die sind abgeschätzt, und gebt mir nur anderes Geld.»

Da sahen sich die beiden Brüder erbleichend an. «Zahl aus», sagte der eine; «hast du keine Münze?» sagte der andere, und kurz, sie mußten den Gulden schuldig bleiben im «Lamm» in Balingen. Sie zogen schweigend und nachdenkend ihren Weg, als sie aber an den Kreuzweg kamen, wo es rechts nach Zollern und links nach Schalksburg ging, da sagte der Schalk: «Wie nun? Jetzt haben wir sogar weniger geerbt als gar nichts, und der Wein war überdies schlecht.»

«Jawohl», erwiderte sein Bruder. «Aber was die Feldheimerin sagte, ist doch eingetroffen: Seht zu, wieviel von seinem Erbe übrigbleiben wird, um einen Hirschgulden! Jetzt haben wir nicht einmal ein Maß Wein dafür kaufen können.»

«Weiß schon!» antwortete der von der Schalksburg.

«Dummes Zeug!» sagte der Zollern und ritt, zerfallen mit sich und der Welt, seinem Schloß zu.

Die Höhle von Steenfoll

Eine schottländische Sage

Auf einer der Felseninseln Schottlands lebten vor vielen Jahren zwei Fischer in glücklicher Eintracht. Sie waren beide unverheiratet, hatten auch sonst keine Angehörigen, und ihre gemeinsame Arbeit, obgleich verschieden angewendet, nährte sie beide. Im Alter kamen sie einander ziemlich nahe, aber von Person und an Gemütsart glichen sie einander nicht mehr als ein Adler und ein Seekalb.

Kaspar Strumpf war ein kurzer, dicker Mensch mit einem breiten, fetten Vollmondsgesicht und gutmütig lachenden Augen, denen Gram und Sorge fremd zu sein schienen. Er war nicht nur fett, sondern auch schläfrig und faul, und ihm fielen daher die Arbeiten des Hauses, Kochen und Backen, das Stricken der Netze zum eigenen Fischfang und zum Verkaufe, auch ein großer Teil der Bestellung ihres kleinen Feldes anheim.

Ganz das Gegenteil war sein Gefährte: Lang und hager, mit kühner Habichtsnase und scharfen Augen, war er als der tätigste und glücklichste Fischer, der unternehmendste Kletterer nach Vögeln und Daunen, der fleißigste Feldarbeiter auf den Inseln und dabei als der geldgierigste Händler auf dem Markte zu Kirchwall bekannt; aber da seine Waren gut und sein Wandel frei von Betrug war, so handelte jeder gern mit ihm, und Wilm Falke (so nannten ihn seine Landsleute) und Kaspar Strumpf, mit welchem ersterer trotz seiner Habsucht gerne seinen schwer errungenen Gewinn teilte, hatten nicht nur eine gute Nahrung, sondern waren auch auf gutem Wege, einen gewissen Grad von Wohlhabenheit zu erlangen.

Aber Wohlhabenheit allein war es nicht, was Falkes habsüchtigem Gemüte zusagte; er wollte reich, sehr reich werden, und da er bald einsehen lernte, daß auf dem gewöhnlichen Wege des Fleißes das Reichwerden nicht sehr schnell vor sich ging, so verfiel er zuletzt auf den Gedanken, er müßte seinen Reichtum durch irgendeinen außerordentlichen Glücksfall erlangen, und da nun dieser Gedanke einmal von seinem heftig wallenden Geiste Besitz genommen, fand er für nichts anderes Raum darin, und er fing an, mit Kaspar Strumpf davon als von einer gewissen Sache zu reden. Dieser, dem alles, was Falke sagte, für Evangelium galt, erzählte es seinen Nachbarn, und bald verbreitete sich das Gerücht, Wilm Falke hätte sich entweder wirklich dem Bösen für Gold verschrieben oder hätte doch ein Anerbieten dazu von dem Fürsten der Unterwelt bekommen.

Anfangs zwar verlachte Falke diese Gerüchte, aber allmählich gefiel er sich in dem Gedanken, daß irgendein Geist ihm einmal einen Schatz verraten könnte, und er widersprach nicht länger, wenn ihn seine Landsleute damit aufzogen. Er trieb zwar noch immer sein Geschäft fort, aber mit weniger Eifer, und verlor oft einen großen Teil der Zeit, die er sonst mit Fischfang oder andern nützlichen Arbeiten zuzubringen pflegte, in zwecklosem Suchen irgendeines Abenteuers, wodurch er plötzlich reich werden sollte. Auch wollte es sein Unglück, daß, als er eines Tages am einsamen Ufer stand und in unbestimmter Hoffnung auf das bewegte Meer hinausblickte, als solle ihm von dorther sein großes Glück kommen, eine große Welle unter einer Menge losgerissenen Mooses und Gesteins eine gelbe Kugel – eine Kugel von Gold – zu seinen Füßen rollte.

Wilm stand wie bezaubert; so waren denn seine Hoffnungen nicht leere Träume gewesen, das Meer hatte ihm Gold, schönes reines Gold geschenkt, wahrscheinlich die Überreste einer schweren Barre, welche die Wellen auf dem Meeresgrund bis zur Größe einer Flintenkugel abgerieben. Und nun stand es klar vor seiner Seele, daß vor Jahresfrist hier irgendwo an dieser Küste ein reich beladenes Schiff gescheitert sein müsse und daß er dazu ersehen sei, die im Schoße des Meeres begrabenen Schätze zu heben. Dies ward von nun an sein einziges Streben: Seinen Fund sorgfältig, selbst vor seinem Freunde, verbergend, damit nicht auch andere seiner Entdeckung auf die Spur kämen, versäumte er alles andere und brachte Tage und Nächte an dieser Küste zu, wo er nicht sein Netz nach Fischen, sondern eine eigens dazu verfertigte Schaufel – nach Gold auswarf. Aber er fand nichts als Armut, denn er selbst verdiente nichts mehr, und Kaspars schläfrige Bemühungen reichten nicht hin, sie beide zu ernähren. Im Suchen größerer Schätze verschwand nicht nur das gefundene Gold, sondern allmählich auch das ganze Eigentum der Junggesellen.

Aber so wie Strumpf früher stillschweigend von Falke den besten Teil seiner Nahrung hatte erwerben lassen, so ertrug er es auch jetzt schweigend und ohne Murren, daß die zwecklose Tätigkeit desselben sie ihm jetzt entzog; und gerade dieses sanftmütige Dulden seines Freundes war es, was jenen nur noch mehr anspornte, sein rastloses Suchen nach Reichtum weiter fortzusetzen. Was ihn aber noch tätiger machte, war, daß, sooft er sich zur Ruhe niederlegte und seine Augen sich zum Schlummer schlossen, etwas ihm ein Wort ins Ohr raunte, das er zwar sehr deutlich zu vernehmen glaubte und das ihm jedesmal dasselbe schien, das er aber niemals behalten konnte. Zwar wußte er nicht, was dieser Umstand, so sonderbar er auch war, mit seinem jetzigen Streben zu tun haben könne; aber auf ein Gemüt wie Wilm Falkes mußte alles wirken, und auch dieses geheimnisvolle Flüstern half ihn in dem Glauben bestärken, daß ihm ein großes Glück bestimmt sei, das er nur in einem Goldhaufen zu finden hoffte.

Eines Tages überraschte ihn ein Sturm am Ufer, wo er den Goldbarren gefunden hatte, und die Heftigkeit desselben trieb ihn an, in einer nahen Höhle Zuflucht zu suchen. Diese Höhle, welche die Einwohner die Höhle von Steenfoll nennen, besteht aus einem langen unterirdischen Gange, welcher sich mit zwei Mündungen gegen das Meer öffnet und den Wellen einen freien Durchgang läßt, die sich beständig mit lautem Brüllen schäumend durch denselben hinarbeiten.

Diese Höhle war nur an einer Stelle zugänglich, und zwar durch eine Spalte von oben her, welche aber selten von jemand anderem als mutwilligen Knaben betreten ward, indem zu den eigenen Gefahren des Ortes sich noch der Ruf eines Geisterspuks gesellte.

Mit Mühe ließ Wilm sich in denselben hinab und nahm ungefähr zwölf Fuß tief von der Oberfläche auf einem vorspringenden Stein und unter einem überhängenden Felsenstück Platz, wo er mit den brausenden Wellen unter seinen Füßen und dem wütenden Sturm über seinem Haupte in seinen gewöhnlichen Gedankenzug verfiel, nämlich von dem gescheiterten Schiff, und was für ein Schiff es wohl gewesen sein mochte, denn trotz allen seinen Erkundigungen hatte er selbst von den ältesten Einwohnern von keinem an dieser Stelle gescheiterten Fahrzeuge Nachricht erhalten können. Wie lange er so gesessen, wußte er selber nicht; als er aber endlich aus seinen Träumereien erwachte, entdeckte er, daß der Sturm vorüber war; und er wollte eben wieder emporsteigen, als eine Stimme sich aus der Tiefe vernehmen ließ und das Wort «Carmilhan» ganz deutlich in sein Ohr drang. Erschrocken fuhr er in die Höhe und blickte in den leeren Abgrund hinab.

«Großer Gott!» schrie er, «das ist das Wort, das mich in meinem Schlafe verfolgt; was, um's Himmels willen, mag es bedeuten?!»

«Carmilhan!» seufzte es noch einmal aus der Höhle herauf, als er schon mit einem Fuß die Spalte verlassen hatte, und er floh wie ein gescheuchtes Reh seiner Hütte zu.

Wilm war indessen keine Memme; die Sache war ihm nur unerwartet gekommen, und sein Geldgeiz war auch überdies zu mächtig in ihm, als daß ihn irgendein Anschein von Gefahr hätte abschrecken können, auf seinem gefahrvollen Pfade fortzuwandern. Einst, als er spät in der Nacht beim Mondschein der Höhle von Steenfoll gegenüber mit seiner Schaufel nach Schätzen fischte, blieb dieselbe auf einmal an etwas hängen. Er zog aus Leibeskräften, aber die Masse blieb unbeweglich. Inzwischen erhob sich der Wind, dunkle Wolken überzogen den Himmel, heftig schaukelte das Boot und drohte umzuschlagen; aber Wilm ließ sich nichts irren;

er zog und zog, bis der Widerstand aufhörte, und da er kein Gewicht fühlte, glaubte er, sein Seil wäre gebrochen. Aber gerade als die Wolken sich über dem Monde zusammenziehen wollten, erschien eine runde, schwarze Masse auf der Oberfläche, und es erklang das ihn verfolgende Wort «Carmilhan»! Hastig wollte er nach ihr greifen, aber ebensoschnell, als er den Arm danach ausstreckte, verschwand sie in der Dunkelheit der Nacht, und der eben losbrechende Sturm zwang ihn, unter den nahen Felsen Zuflucht zu suchen.

Hier schlief er vor Ermüdung ein, um im Schlafe, von einer ungezügelten Einbildungskraft gepeinigt, aufs neue Qualen zu erdulden, die ihn sein rastloses Streben nach Reichtum am Tage erleiden ließ. Die ersten Strahlen der aufgehenden Sonne fielen auf den jetzt ruhigen Spiegel des Meeres, als Falke erwachte. Eben wollte er wieder hinaus an die gewohnte Arbeit, als er von ferne etwas auf sich zukommen sah. Er erkannte es bald für ein Boot, und in demselben eine menschliche Gestalt; was aber sein größtes Erstaunen erregte, war, daß das Fahrzeug sich ohne Segel oder Ruder fortbewegte, und zwar mit dem Schnabel gegen das Ufer gekehrt, und ohne daß die darin sitzende Gestalt sich im geringsten um das Steuer zu bekümmern schien, wenn es ja eins hatte.

Das Boot kam immer näher und hielt endlich neben Wilms Fahrzeug stille. Die Person in demselben zeigte sich jetzt als ein kleines, verschrumpftes altes Männchen, das, in gelbe Leinwand gekleidet und mit roter, in die Höhe stehender Nachtmütze, mit geschlossenen Augen und unbeweglich wie ein getrockneter Leichnam dasaß. Nachdem er es vergebens angerufen und gestoßen hatte, wollte er eben einen Strick an das Boot befestigen und es wegführen, als das Männchen die Augen aufschlug und sich zu bewegen anfing, auf eine Weise, welche selbst den kühnen Fischer mit Grausen erfüllte.

«Wo bin ich?» fragte es nach einem tiefen Seufzer auf holländisch. Falke, welcher von den holländischen Heringsfängern etwas von ihrer Sprache gelernt hatte, nannte ihm den Namen der Insel und fragte, wer er denn sei und was ihn hierhergebracht.

«Ich komme, um nach dem Carmilhan zu sehen.»

«Dem Carmilhan? Um Gottes willen, was ist das?» rief der begierige Fischer.

«Ich gebe keine Antwort auf Fragen, die man mir auf diese Weise tut», erwiderte das Männchen mit sichtbarer Angst.

«Nun», schrie Falke, «was ist der Carmilhan?»

«Der Carmilhan ist jetzt nichts, aber einst war es ein schönes Schiff, mit mehr Gold beladen, als je ein anderes Fahrzeug getragen.»

«Wo ging es zu Grunde, und wann?»

«Es war vor hundert Jahren; wo, weiß ich nicht genau; ich komme, um die Stelle aufzusuchen und das verlorene Gold aufzufischen; willst du mir helfen, so wollen wir den Fund miteinander teilen.»

«Mit ganzem Herzen, sag mir nur, was muß ich tun?»

«Was du tun mußt, erfordert Mut; du mußt dich gerade vor Mitternacht in die wildeste und einsamste Gegend auf der Insel begeben, begleitet von einer Kuh, die du dort schlachten und dich von jemand in ihre frische Haut wikkeln lassen mußt. Dein Begleiter muß dich dann niederlegen und allein lassen, und ehe es ein Uhr schlägt, weißt du, wo die Schätze des Carmilhan liegen.»

«Auf diese Weise fiel des alten Engrol Sohn mit Leib und Seele ins Verderben!» rief Wilm mit Entsetzen. «Du bist der böse Geist», fuhr er fort, indem er hastig davonruderte, «geh zur Hölle! Ich mag nichts mit dir zu tun haben.»

Das Männchen knirschte, schimpfte und fluchte ihm nach; aber der Fischer, welcher zu beiden Rudern gegriffen hatte, war ihm bald außer Gehör, und nachdem er um einen Felsen gebogen, auch aus dem Gesicht. Aber die Entdekkung, daß der böse Geist sich seinen Geiz zunutze zu machen und mit Gold in seine Schlingen zu verlocken suchte, heilte den verblendeten Fischer nicht, im Gegenteil, er meinte die Mitteilung des gelben Männchens benutzen zu können, ohne sich dem Bösen zu überliefern. Und indem er fortfuhr, an der öden Küste nach Gold zu fischen, vernachlässigte er den Wohlstand, den ihm die reichen Fischzüge in andern Gegenden des Meeres darboten, sowie alle anderen Mittel, auf die er ehemals seinen Fleiß verwendet, und versank von Tag zu Tag nebst seinem Gefährten in tiefere Armut, bis es endlich oft an den notwendigsten Lebensbedürfnissen zu fehlen anfing.

Aber obgleich dieser Verfall gänzlich Falkes Halsstarrigkeit und falscher Begierde zugeschrieben werden mußte und die Ernährung beider jetzt Kaspar Strumpf allein anheimfiel, so machte ihm doch dieser niemals den geringsten Vorwurf; ja, er bezeigte ihm immer noch dieselbe Unterwürfigkeit, dasselbe Vertrauen in seinen besseren Verstand als zur Zeit, wo ihm seine Unternehmungen allezeit geglückt waren; dieser Umstand vermehrte Falkes Leiden um ein großes, aber trieb ihn, noch mehr nach Gold zu suchen, weil er dadurch hoffte, auch seinen Freund für sein gegenwärtiges Entbehren schadlos halten zu können. Dabei verfolgte ihn das teuflische Geflüster des Wortes «Carmilhan» noch immer in seinem Schlummer; kurz, Not, getäuschte Erwartung und Geiz trieben ihn zuletzt zu einer Art von Wahnsinn, so daß er wirklich beschloß, das zu tun, was ihm das Männchen angeraten, obgleich er, nach der alten Sage, wohl wußte, daß er sich damit den Mächten der Finsternis übergab.

Alle Gegenvorstellungen Kaspars waren vergebens, Falke ward nur um so heftiger, je mehr jener ihn anflehte, von seinem verzweifelten Vorhaben abzustehen – und der gute schwache Mensch willigte endlich ein, ihn zu begleiten und ihm seinen Plan ausführen zu helfen. Beider Herzen zogen sich schmerzhaft zusammen, als sie einen Strick um die Hörner einer schönen Kuh, ihr letztes Eigentum, legten, die sie vom Kalbe aufgezogen und die sie sich immer zu verkaufen geweigert hatten, weil sie's nicht übers Herz bringen konnten, sie in fremden Händen zu sehen. Aber der böse Geist, welcher sich Wilms bemeisterte, erstickte jetzt alle besseren Gefühle in ihm, und Kaspar wußte ihm in nichts zu widerstehen.

Es war im September, und die langen Nächte des langen schottländischen Winters hatten angefangen. Die Nachtwolken wälzten sich schwer vor dem rauhen Abendwinde und türmten sich wie Eisberge im Maelstrom, tiefer Schatten füllte die Schluchten zwischen dem Gebirge und den feuchten Torfsümpfen, und die trüben Bette der Sröme blickten schwarz und furchtbar wie Höllenschlünde. Falke ging voran, und Strumpf folgte, schaudernd über seine eigene Kühnheit, und Tränen füllten sein schweres Auge, sooft er das arme Tier ansah, welches so vertrauungsvoll und bewußtlos seinem baldigen Tode entgegenging, der ihm von der Hand werden sollte, die ihm bisher seine Nahrung gereicht.

Mit Mühe erreichten sie das enge sumpfige Bergtal, welches hier und da mit Moos und Heidekraut bewachsen, mit großen Steinen übersäet war und von einer wilden Gebirgskette umgeben lag, die sich im grauen Nebel verlor und wohin der Fuß eines Menschen sich selten verstieg. Sie näherten sich auf wankendem Boden einem großen Stein, welcher in der Mitte stand und von welchem ein verscheuchter Adler krächzend in die Höhe flog.

Die arme Kuh brüllte dumpf, als erkenne sie die Schrecknisse des Ortes und ihr bevorstehendes Schicksal, Kaspar wandte sich weg, um sich die schnell fließenden Tränen abzuwischen; er blickte hinab durch die Felsenöffnung, durch welche sie heraufgekommen waren, von wo aus man die ferne Brandung des Meeres hörte, und dann hinauf nach den Berggipfeln, auf welche sich ein kohlschwarzes Gewölk gelagert hatte, aus welchem man von Zeit zu Zeit ein dumpfes Murmeln vernahm. Als er sich wieder nach Wilm umsah, hatte dieser bereits die arme Kuh an den Stein gebunden und stand mit aufgehobener Axt im Begriff, das gute Tier zu fällen.

Dies war zuviel für seinen Entschluß, sich in den Willen seines Freundes zu fügen; mit gerungenen Händen stürzte er sich auf die Knie.

«Um Gottes willen, Wilm Falke», schrie er mit der Stimme der Verzweiflung, «schone dich, schone die Kuh! Schone dich und mich! Schone deine Seele! – Schone dein Leben! Und mußt du Gott so versuchen, so warte bis morgen, und opfere lieber ein anderes Tier als unsere liebe Kuh!»

«Kaspar, bist du toll?!» schrie Wilm wie ein Wahnsinniger, indem er noch immer die Axt in die Höhe geschwungen hielt. «Soll ich die Kuh schonen und verhungern?»

«Du sollst nicht verhungern», antwortete Kaspar entschlossen, «solange ich Hände habe, sollst du nicht verhungern; ich will vom Morgen bis in die Nacht für dich arbeiten, nur bring dich nicht um deiner Seele Seligkeit, und laß mir das arme Tier leben!»

«Dann nimm die Axt und spalte mir den Kopf», schrie Falke mit verzweifeltem Tone, «ich gehe nicht von diesem Fleck, bis ich habe, was ich verlange. – Kannst du die Schätze des Carmilhan für mich heben? Können deine Hände mehr erwerben als die elendesten Bedürfnisse des Lebens? – Aber sie können meinen Jammer enden – komm, und laß mich das Opfer sein!»

«Wilm, töte die Kuh, töte mich! Es liegt mir nichts daran, es ist mir ja nur um deine Seligkeit zu tun. Ach! dies ist ja der Piktenaltar, und das Opfer, das du bringen willst, gehört der Finsternis.»

«Ich weiß von nichts dergleichen», rief Falke wild lachend, wie einer, der entschlossen ist, nichts wissen zu wollen, was ihn von seinem Vorsatz abbringen könnte. «Kaspar, du bist toll und machst mich toll – aber da», fuhr er fort, indem er das Beil von sich warf und das Messer vom Steine aufnahm, wie wenn er sich durchstoßen wollte, «da, behalte die Kuh statt meiner!»

Kaspar war in einem Augenblick bei ihm, riß ihm das Mordwerkzeug aus der Hand, er faßte das Beil, schwang es hoch um den Kopf und ließ es mit solcher Gewalt auf des geliebten Tieres Kopf fallen, daß es ohne zu zucken tot zu seines Herrn Füßen niederstürzte.

Ein Blitz, begleitet von einem Donnerschlag, folgte dieser raschen Handlung, und Falke starrte seinen Freund mit den Augen an, womit ein Mann ein Kind anstaunen würde, das sich das zu tun getrauet, was er selbst nicht gewagt. Strumpf schien aber weder von dem Donner erschreckt noch durch das starre Erstaunen seines Gefährten außer Fassung gebracht, sondern fiel, ohne ein Wort zu reden, über die Kuh her und fing an, ihr die Haut abzuziehen. Als Wilm sich ein wenig erholt hatte, half er ihm in diesem Geschäfte, aber mit so sichtbarem Widerwillen, als er vorher begierig gewesen war, das Opfer vollendet zu sehen. Während dieser Arbeit hatte sich das Gewitter zusammengezogen, der Donner brüllte laut im Gebirge, und furchtbare Blitze schlängelten sich um den Stein und über das Moos der Schlucht hin, während der Wind, welcher diese Höhe noch nicht erreicht hatte, die untern Täler und das Gestade mit wildem Heulen erfüllte; und als die Haut endlich abgezogen war, fanden beide Fischer sich schon bis auf die Haut durchnäßt. Sie breiteten jene auf dem Boden aus, und Kaspar wickelte und band Falke, so wie dieser es ihn geheißen, in derselben fest ein. Dann erst, als dies geschehen war, brach der arme Mensch das lange Stillschweigen, und indem er mitleidig auf seinen betörten Freund hinabblickte, fragte er mit zitternder Stimme: «Kann ich noch etwas für dich tun, Wilm?»

«Nichts mehr», erwiderte der andere, «lebe wohl!»

«Leb wohl», erwiderte Kaspar, «Gott sei mit dir und vergebe dir, wie ich es tue!»

Dies waren die letzten Worte, welche Wilm von ihm hörte, denn im nächsten Augenblick war er in der immer zunehmenden Dunkelheit verschwunden, und in demselben

Augenblicke brach auch einer der fürchterlichsten Gewitterstürme, die Wilm nur je gehört hatte, aus. Er fing an mit einem Blitze, welcher Falken nicht nur die Berge und Felsen in seiner unmittelbaren Nähe, sondern auch das Tal unter ihm, mit dem schäumenden Meere und den in der Bucht zerstreut liegenden Felseninseln, zeigte, zwischen welchen er die Erscheinung eines großen fremdartigen und entmasteten Schiffes zu erblicken glaubte, welches auch im Augenblick wieder in der schwärzesten Dunkelheit verschwand. Die Donnerschläge wurden ganz betäubend; eine Masse Felsenstücke rollte vom Gebirge herab und drohte ihn zu erschlagen; der Regen ergoß sich in solcher Menge, daß er in einem Augenblick das enge Sumpftal mit einer hohen Flut überströmte, welche bald bis zu Wilms Schultern hinaufreichte, denn glücklicherweise hatte ihn Kaspar mit dem obern Teile des Körpers auf eine Erhöhung gelegt, sonst hätte er auf einmal ertrinken müssen. Das Wasser stieg immer höher, und je mehr Wilm sich anstrengte, sich aus seiner gefahrvollen Lage zu befreien, desto fester umgab ihn die Haut. Umsonst rief er nach Kaspar, Kaspar war weit weg. Gott in seiner Not anzurufen, wagte er nicht, und ein Schauder ergriff ihn, wenn er die Mächte anflehen wollte, deren Gewalt er sich hingegeben fühlte.

Schon drang ihm das Wasser in die Ohren, schon berührte es den Rand der Lippen. «Gott, ich bin verloren!» schrie er, indem er einen Strom über sein Gesicht hinstürzen fühlte – aber in demselben Augenblick drang ein Schall, wie von einem nahen Wasserfall, schwach in sein Gehör, und sogleich war auch sein Mund wieder unbedeckt. Die Flut hatte sich durch das Gestein Bahn gebrochen, und da auch zu gleicher Zeit der Regen etwas nachließ und das tiefe Dunkel des Himmels sich etwas verzog, so ließ auch seine Verzweiflung nach, und es schien ihm ein Strahl der Hoffnung zurückzukehren.

Aber obgleich er sich wie von einem Todeskampfe erschöpft fühlte und sehnlich wünschte, aus seiner Gefangenschaft erlöst zu sein, so war doch der Zweck seines verzweifelten Strebens noch nicht erreicht, und mit der verschwundenen unmittelbaren Lebensgefahr kam auch die Habsucht mit all ihren Furien in seine Brust zurück; aber überzeugt, daß er in seiner Lage ausharren müssse, um sein Ziel zu erreichen, hielt er sich ruhig und fiel vor Kälte und Ermüdung in einen festen Schlaf.

Er mochte ungefähr zwei Stunden geschlafen haben, als ihn ein kalter Wind, der ihm übers Gesicht fuhr, und ein Rauschen, wie von herannahenden Meereswogen, aus seiner glücklichen Selbstvergessenheit aufrüttelte. Der Himmel hatte sich aufs neue verfinstert; ein Blitz, wie der, welcher den ersten Sturm herbeigeführt, erhellte noch einmal die Gegend umher, und er glaubte abermals das fremde Schiff zu erblicken, das jetzt dicht vor der Steenfollklippe auf einer hohen Welle zu hängen und dann jählings in den Abgrund zu schießen schien. Er starrte noch immer nach dem Phantom, denn ein unaufhörliches Blitzen hielt jetzt das Meer erleuchtet, als sich auf einmal eine berghohe Wasserhose aus dem Tale erhob und ihn mit solcher Gewalt gegen einen Felsen schleuderte, daß ihm alle Sinne vergingen.

Als er wieder zu sich selbst kam, hatte sich das Wetter verzogen, der Himmel war heiter, aber das Wetterleuchten dauerte noch immer fort. Er lag dicht am Fuße des Gebirges, welches dieses Tal umschloß, und er fühlte sich so zerschlagen, daß er sich kaum zu rühren vermochte. Er hörte das stillere Brausen der Brandung, und mitten drinnen eine feierliche Musik, wie Kirchengesang. Diese Töne waren anfangs so schwach, daß er sie für Täuschung hielt, aber sie ließen sich immer wieder aufs neue vernehmen, und jedesmal deutlicher und näher, und es schien ihm zuletzt, als könne er darin die Melodie eines Psalms unterscheiden, die er im vorigen Sommer an Bord eines holländischen Heringsfängers gehört hatte.

Endlich unterschied er sogar Stimmen, und es deuchte ihm, als vernehme er sogar die Worte jenes Liedes; die Stimmen waren jetzt im dem Tale, und als er sich mit Mühe zu einem Stein hingeschoben, auf den er den Kopf legte, erblickte er wirklich einen Zug von menschlichen Gestalten, von welchen diese Musik ausging und der sich gerade auf ihn zu bewegte. Kummer und Angst lag auf den Gesichtern der Leute, deren Kleider von Wasser zu triefen schienen. Jetzt waren sie dicht bei ihm, und ihr Gesang schwieg. An ihrer Spitze waren mehrere Musikanten, dann mehrere Seeleute, und hinter diesen kam ein großer starker Mann in altväterlicher, reich mit Gold besetzter Tracht, mit einem Schwert an der Seite und einem langen dicken spanischen Rohr mit goldenen Knöpfen in der Hand. Ihm zur Seite ging ein Negerknabe, welcher seinem Herrn von Zeit zu Zeit eine lange Pfeife reichte, aus der er einige feierliche Züge tat und dann weiterschritt.

Er blieb kerzengerade vor Wilm stehen, und ihm zu beiden Seiten stellten sich andere, minder prächtig gekleidete Männer, welche alle Pfeifen in den Händen hatten, die aber nicht so kostbar schienen als die Pfeife, welche dem dicken Manne nachgetragen wurde. Hinter diesen traten andere Personen auf, worunter mehrere Frauenspersonen, von denen einige Kinder in den Armen oder an der Hand hatten, alle in kostbarer, aber fremdartiger Kleidung; ein Haufen holländischer Matrosen schloß den Zug, deren jeder den Mund voll Tabak und zwischen den Zähnen ein braunes Pfeifchen hatte, das sie in düsterer Stille rauchten.

Der Fischer blickte mit Grausen auf diese sonderbare Versammlung, aber die Erwartung dessen, das da kommen werde, hielt seinen Mut aufrecht. Lange standen sie so um ihn her, und der Rauch ihrer Pfeifen erhob sich wie eine Wolke über sie, zwischen welcher die Sterne hindurchblinkten. Der Kreis zog sich immer enger um Wilm her, das Rauchen ward immer heftiger, und dicker die Wolke, die aus Mund und Pfeifen hervorstieg. Falke war ein kühner, verwegener Mann; er hatte sich auf Außerordentliches vorbereitet – aber als er diese unbegreifliche Menge immer näher auf ihn eindringen sah, als wolle sie ihn mit ihrer Masse erdrücken, da entsank ihm der Mut, dicker Schweiß trat ihm vor die Stirne, und er glaubte vor Angst vergehen zu müssen. Aber man denke sich erst seinen Schrecken, als er von ungefähr die Augen wandte und dicht an seinem Kopf das gelbe Männchen steif und aufrecht sitzen sah, als wie er es zum erstenmal erblickt, nur daß es jetzt, als wie zum Spotte der ganzen Versammlung, auch eine Pfeife im Munde hatte. In der Todesangst, die ihn jetzt ergriff, rief er, zu der Hauptperson gewendet: «Im Namen dessen, dem Ihr dienet, wer seid Ihr? Und was verlanget Ihr von mir?»

Der große Mann rauchte drei Züge, feierlicher als je, gab dann die Pfeife seinem Diener und antwortete mit schreckhafter Kälte: «Ich bin Aldret Franz van der Swelder, Befehlshaber des Schiffes Carmilhan von Amsterdam, welches auf dem Heimwege von Batavia mit Mann und Maus an dieser Felsenküste zu Grunde ging; dies sind meine Offiziere, dies meine Passagiere und jenes meine braven Seeleute, welche alle mit mir ertranken. Warum hast du uns aus unsern tiefen Wohnungen im Meere hervorgerufen? Warum störst du unsere Ruhe?»

«Ich möchte wissen, wo die Schätze des Carmilhan liegen.»

«Am Boden des Meeres.»

«Wo?»

«In der Höhle von Steenfoll.»

«Wie soll ich sie bekommen?»

«Eine Gans taucht in den Schlund nach einem Hering; sind die Schätze des Carmilhan nicht ebensoviel wert?»

«Wieviel davon werd ich bekommen?»

«Mehr als du je verzehren wirst.»

Das gelbe Männchen grinste, und die ganze Versammlung lachte laut auf.

«Bist du zu Ende?» fragte der Hauptmann weiter.

«Ich bin's. Gehab dich wohl!»

«Leb wohl, bis aufs Wiedersehen», erwiderte der Holländer und wandte sich zum Gehen, die Musikanten traten aufs neue an die Spitze, und der ganze Zug entfernte sich in derselben Ordnung, in welcher er gekommen war, und mit demselben feierlichen Gesang, welcher mit der Entfernung immer leiser und undeutlicher wurde, bis er sich nach einiger Zeit gänzlich im Geräusch der Brandung verlor.

Jetzt strengte Wilm seine letzten Kräfte an, sich aus seinen Banden zu befreien, und es gelang ihm endlich, einen Arm loszubekommen, womit er die ihn umwindenden Stricke löste und sich endlich ganz aus der Haut wickelte. Ohne sich umzusehen, eilte er nach seiner Hütte und fand den armen Kaspar Strumpf in starrer Bewußtlosigkeit am Boden liegen. Mit Mühe brachte er ihn wieder zu sich selbst, und der gute Mensch weinte vor Freude, als er den verloren geglaubten Jugendfreund wieder vor sich sah. Aber dieser beglückende Strahl verschwand schnell wieder, als er von diesem vernahm, welch verzweifeltes Unternehmen er jetzt vorhatte.

«Ich wollte mich lieber in die Hölle stürzen als diese nackten Wände und dieses Elend länger ansehen. – Folge mir oder nicht, ich gehe.» Mit diesen Worten faßte Wilm eine Fackel, ein Feuerzeug und ein Seil und eilte davon. Kaspar eilte ihm nach, so schnell er's vermochte, und fand ihn schon auf dem Felsstück stehen, auf welchem er vormals gegen den Sturm Schutz gefunden, und bereit, sich an dem Stricke in den schwarzen brausenden Schlund hinabzulassen. Als er fand, daß alle seine Vorstellungen nichts über den rasenden Menschen vermochten, bereitete er sich, ihm nachzusteigen, aber Falke befahl ihm, zu bleiben und den Strick zu halten.

Mit furchtbarer Anstrengung, wozu nur die blindeste Habsucht den Mut und die Stärke geben konnte, kletterte Falke in die Höhle hinab und kam endlich auf ein vorspringendes Felsenstück zu stehen, unter welchem die Wogen schwarz, und mit weißem Schaume bekräuselt, brausend dahineilten. Er blickte begierig umher und sah endlich etwas gerade unter ihm im Wasser schimmern. Er legte die Fackel nieder, stürzte sich hinab und erfaßte etwas Schweres, das er auch heraufbrachte. Es war ein eisernes Kästchen voller Goldstücke. Er verkündigte seinem Gefährten, was er gefunden, wollte aber durchaus nicht auf sein Flehen hören, sich damit zu begnügen und wieder heraufzusteigen. Falke meinte, dies wäre nur die erste Frucht seiner langen Bemühungen. Er stürzte sich noch einmal hinab – es erscholl ein lautes Gelächter aus dem Meere, und Wilm Falke ward nie wieder gesehen.

Kaspar ging allein nach Hause, aber als ein anderer Mensch. Die seltsamen Erschütterungen, die sein schwacher Kopf und sein empfindsames Herz erlitten, zerrütteten ihm die Sinne. Er ließ alles um sich her verfallen und wanderte Tag und Nacht, gedankenlos vor sich starrend, umher, von allen seinen vorigen Bekannten bedauert und vermieden. Ein Fischer will Wilm Falke in einer stürmischen Nacht, mitten unter der Mannschaft des Carmilhan, am Ufer erkannt haben, und in derselben Nacht verschwand auch Kaspar Strumpf.

Man suchte ihn allenthalben, allein nirgends hat man eine Spur von ihm finden können. Aber die Sage geht, daß er oft nebst Falke mitten unter der Mannschaft des Zauberschiffes gesehen worden sei, welches seitdem zu regelmäßigen Zeiten an der Höhle von Steenfoll erschien.

Das kalte Herz

Wer durch Schwaben reist, der sollte nie vergessen, auch ein wenig in den Schwarzwald hineinzuschauen; nicht der Bäume wegen, obgleich man nicht überall solch unermeßliche Menge herrlich aufgeschossener Tannen findet, sondern wegen der Leute, die sich von den andern Menschen ringsumher merkwürdig unterscheiden. Sie sind größer als gewöhnliche Menschen, breitschultrig, von starken Gliedern, und es ist, als ob der stärkende Duft, der morgens durch die Tannen strömt, ihnen von Jugend auf einen freieren Atem, ein klareres Auge und einen festeren, wenn auch rauheren Mut als den Bewohnern der Stromtäler und Ebenen gegeben hätte. Und nicht nur durch Haltung und Wuchs, auch durch ihre Sitten und Trachten sondern sie sich von den Leuten, die außerhalb des Waldes wohnen, streng ab. Am schönsten kleiden sich die Bewohner des badenschen Schwarzwaldes; die Männer lassen den Bart wachsen, wie er von Natur dem Mann ums Kinn gegeben ist, ihre schwarzen Wämser, ihre ungeheuren, enggefalteten Pluderhosen, ihre roten Strümpfe und die spitzen Hüte, von einer weiten Scheibe umgeben, verleihen ihnen etwas Fremdartiges, aber etwas Ernstes, Ehrwürdiges. Dort beschäftigen sich die Leute gewöhnlich mit Glasmachen; auch verfertigen sie Uhren und tragen sie in der halben Welt umher.

Auf der andern Seite des Waldes wohnt ein Teil desselben Stammes, aber ihre Arbeiten haben ihnen andere Sitten und Gewohnheiten gegeben als den Glasmachern. Sie handeln mit ihrem Wald; sie fällen und behauen ihre Tannen, flößen sie durch die Nagold in den Neckar und von dem obern Neckar den Rhein hinab bis weit hinein nach Holland, und am Meer kennt man die Schwarzwälder und ihre langen Flöße; sie halten an jeder Stadt, die am Strom liegt, an und erwarten stolz, ob man ihnen Balken und Bretter abkaufen werde; ihre stärksten und längsten Balken aber verhandeln sie um schweres Geld an die Mynheers, welche Schiffe daraus bauen. Diese Menschen nun sind an ein rauhes, wanderndes Leben gewöhnt. Ihre Freude ist, auf ihrem Holz die Ströme hinabzufahren, ihr Leid, am Ufer wieder heraufzuwandeln. Darum ist auch ihr Prachtanzug so verschieden von dem der Glasmänner im andern Teil des Schwarzwaldes. Sie tragen Wämser von dunkler Leinwand, einen handbreiten grünen Hosenträger über die breite Brust, Beinkleider von schwarzem Leder, aus deren Tasche ein Zollstab von Messing wie ein Ehrenzeichen hervorschaut; ihr Stolz und ihre Freude aber sind ihre Stiefel, die größten wahrscheinlich, welche auf irgendeinem Teil der Erde Mode sind, denn sie können zwei Spannen weit über das Knie hinaufgezogen werden, und die «Flözer» können damit in drei Schuh tiefem Wasser umherwandeln, ohne sich die Füße naßzumachen.

Noch vor kurzer Zeit glaubten die Bewohner dieses Waldes an Waldgeister, und erst in neuerer Zeit hat man ihnen diesen törichten Aberglauben benehmen können. Sonderbar ist es aber, daß auch die Waldgeister, die der Sage nach im Schwarzwalde hausen, in diese verschiedenen Trachten sich geteilt haben.

So hat man versichert, daß das Glasmännlein, ein gutes Geistchen von vierthalb Fuß Höhe, sich nie anders zeige als in einem spitzen Hütlein mit großem Rand, mit Wams und Pluderhöschen und roten Strümpfchen. Der Holländer-Michel aber, der auf der andern Seite des Waldes umgeht, soll ein riesengroßer, breitschultriger Kerl in der Kleidung der Flözer sein, und mehrere, die ihn gesehen haben, wollen versichern, daß sie die Kälber nicht aus ihrem Beutel bezahlen möchten, deren Felle man zu seinen Stiefeln brauchen würde. «So groß, daß ein gewöhnlicher Mann bis an den Hals hineinstehen könnte», sagten sie und wollten nichts übertrieben haben.

Mit diesen Waldgeistern soll einmal ein junger Schwarzwälder eine sonderbare Geschichte gehabt haben, die ich erzählen will. Es lebte nämlich im Schwarzwald eine Witwe, Frau Barbara Munkin; ihr Gatte war Kohlenbrenner gewesen, und nach seinem Tod hielt sie ihren sechzehnjährigen Knaben nach und nach zu demselben Geschäft an.

Der junge Peter Munk, ein schlauer Bursche, ließ es sich gefallen, weil er es bei seinem Vater auch nicht anders gesehen hatte, die ganze Woche über am rauchenden Meiler zu sitzen oder schwarz und berußt und den Leuten ein Abscheu, hinab in die Städte zu fahren und seine Kohlen zu verkaufen. Aber ein Köhler hat viel Zeit zum Nachdenken über sich und andere, und wenn Peter Munk an seinem Meiler saß, stimmten die dunkeln Bäume umher und die tiefe Waldesstille sein Herz zu Tränen und unbewußter Sehnsucht. Es betrübte ihn etwas, es ärgerte ihn etwas, er wußte nicht recht was. Endlich merkte er sich ab, was ihn ärgerte, und das war – sein Stand.

Ein schwarzer, einsamer Kohlenbrenner! sagte er sich. Es ist ein elend Leben. Wie angesehen sind die Glasmänner, die Uhrenmacher, selbst die Musikanten am Sonntag abends! Und wenn Peter Munk, rein gewaschen und geputzt, in des Vaters Ehrenwams mit silbernen Knöpfen und mit nagelneuen roten Strümpfen erscheint und wenn dann einer hinter mir hergeht und denkt: Wer ist wohl der schlanke Bursche? und lobt bei sich die Strümpfe und meinen stattlichen Gang – sieh, wenn er vorübergeht und schaut sich um, sagt er gewiß: Ach, es ist nur der Köhlermunk-Peter.

Auch die Flözer auf der andern Seite waren ein Gegenstand seines Neides. Wenn diese Waldriesen herüberkamen, mit stattlichen Kleidern, und an Knöpfen, Schnallen und Ketten einen halben Zentner Silber auf dem Leib trugen, wenn sie mit ausgespreizten Beinen und vornehmen Gesichtern dem Tanz zuschauten, holländisch fluchten und wie die vornehmsten Mynheers aus ellenlangen köllnischen Pfeifen rauchten, da stellte er sich als das vollendetste Bild eines glücklichen Menschen solch einen Flözer vor. Und wenn diese Glücklichen dann erst in die Taschen fuhren, ganze Hände voll großer Taler herauslangten und um Sechsbätzner würfelten, fünf Gulden hin, zehn her, so wollten ihm die Sinne vergehen, und er schlich trübselig nach seiner Hütte, denn an manchem Feiertagabend hatte er einen oder den andern dieser «Holzherren» mehr verspielen sehen, als der arme Vater Munk in einem Jahr verdiente.

Es waren vorzüglich drei dieser Männer, von welchen er nicht wußte, welchen er am meisten bewundern sollte. Der eine war ein dicker, großer Mann, mit rotem Gesicht, und galt für den reichsten Mann in der Runde. Man hieß ihn den dicken Ezechiel. Er reiste alle Jahre zweimal mit Bauholz nach Amsterdam und hatte das Glück, es immer um so viel teurer als andere zu verkaufen, daß er, wenn die übrigen zu Fuß heimgingen, stattlich herauffahren konnte. Der andere war der längste und magerste Mensch im ganzen Wald, man nannte ihn den langen Schlurker, und diesen beneidete Munk wegen seiner ausnehmenden Kühnheit; er widersprach den angesehensten Leuten, brauchte, wenn man noch so gedrängt im Wirtshaus saß, mehr Platz als vier der Dicksten, denn er stützte entweder beide Ellbogen auf den Tisch oder zog eines seiner langen Beine zu sich auf die Bank, und doch wagte ihm keiner zu widersprechen, denn er hatte unmenschlich viel Geld. Der dritte aber war ein schöner, junger Mann, der am besten tanzte weit und breit und daher den Namen Tanzbodenkönig hatte. Er war ein armer Mensch gewesen und hatte bei einem Holzherren als Knecht gedient; da wurde er auf einmal steinreich; die einen sagten, er habe unter einer alten Tanne einen Topf voll Geld gefunden, die andern behaupteten, er habe unweit Bingen im Rhein mit der Stechstange, womit die Flözer zuweilen nach den Fischen stechen, einen Pack mit Goldstükken heraufgefischt und der Pack gehöre zu dem großen Nibelungenhort, der dort vergraben liegt, kurz, er war auf einmal reich geworden und wurde von jung und alt angesehen wie ein Prinz.

An diese drei Männer dachte Kohlenmunk-Peter oft, wenn er einsam im Tannenwald saß.

Zwar hatten alle drei einen Hauptfehler, der sie bei den

Leuten verhaßt machte, es war dies ihr menschlicher Geiz, ihre Gefühllosigkeit gegen Schuldner und Arme, denn die Schwarzwälder sind ein gutmütiges Völklein; aber man weiß, wie es mit solchen Dingen geht, waren sie auch wegen ihres Geizes verhaßt, so standen sie doch wegen ihres Geldes in Ansehen, denn wer konnte Taler wegwerfen wie sie, als ob man das Geld von den Tannen schüttelte?

So geht es nicht mehr weiter, sagte Peter eines Tages schmerzlich betrübt zu sich, denn tags zuvor war Feiertag gewesen und alles Volk in der Schenke. Wenn ich nicht bald auf den grünen Zweig komme, so tue ich mir etwas zuleid; wär ich doch nur so angesehen und reich wie der dicke Ezechiel oder so kühn und so gewaltig wie der lange Schlurker oder so berühmt und könnte den Musikanten Taler statt Kreuzer zuwerfen wie der Tanzbodenkönig! Wo nur der Bursche das Geld her hat?

Allerlei Mittel ging er durch, wie man sich Geld erwerben könne, aber keines wollte ihm gefallen; endlich fielen ihm auch die Sagen von den Leuten bei, die vor alten Zeiten durch den Holländer-Michel und durch das Glasmännlein reich geworden waren. Solang sein Vater noch lebte, kamen oft andere arme Leute zum Besuch, und da wurde lang und breit von reichen Menschen gesprochen, und wie sie reich geworden; da spielte nun oft das Glasmännlein eine Rolle; ja, wenn er recht nachsann, konnte er sich beinahe noch des Versleins erinnern, das man am Tannenbühl in der Mitte des Waldes sprechen mußte, wenn es erscheinen sollte. Es fing an:

Schatzhauser im grünen Tannenwald,
Bist schon viel hundert Jahre alt,
Dir gehört all Land, wo Tannen stehn –

Aber er mochte sein Gedächtnis anstrengen, wie er wollte, weiter konnte er sich keines Verses mehr entsinnen. Er dachte oft, ob er nicht diesen oder jenen alten Mann fragen sollte, wie das Sprüchlein heiße; aber immer hielt ihn eine gewisse Scheu, seine Gedanken zu verraten, ab, auch schloß er, es müsse die Sage vom Glasmännlein nicht sehr bekannt sein und den Spruch müssen nur wenige wissen, denn es gab nicht viele reiche Leute im Wald, und – warum hatten denn nicht sein Vater und die andern armen Leute ihr Glück versucht? Er brachte endlich einmal seine Mutter auf das Männlein zu sprechen, und diese erzählte ihm, was er schon wußte, kannte auch nur noch die erste Zeile von dem Spruch und sagte ihm endlich, nur Leuten, die an einem Sonntag zwischen elf und zwei Uhr geboren seien, zeige sich das Geistchen. Er selbst würde wohl dazu passen, wenn er nur das Sprüchlein wüßte, denn er sei Sonntag mittags zwölf Uhr geboren.

Als dies der Kohlenmunk-Peter hörte, war er vor Freude und vor Begierde, dies Abenteuer zu unternehmen, beinahe außer sich. Es schien ihm hinlänglich, einen Teil des Sprüchleins zu wissen und am Sonntag geboren zu sein, und Glasmännlein mußte sich ihm zeigen. Als er daher eines Tages seine Kohlen verkauft hatte, zündete er keinen neuen Meiler an, sondern zog seines Vaters Staatswams und neue rote Strümpfe an, setzte den Sonntagshut auf, faßte seinen fünf Fuß hohen Schwarzdornstock in die Hand und nahm von der Mutter Abschied: «Ich muß aufs Amt in die Stadt, denn wir werden bald spielen müssen, wer Soldat wird, und da will ich dem Amtmann nur noch einmal einschärfen, daß Ihr Witwe seid und ich Euer einziger Sohn.»

Die Mutter lobte seinen Entschluß, er aber machte sich auf nach dem Tannenbühl. Der Tannenbühl liegt auf der höchsten Höhe des Schwarzwaldes, und auf zwei Stunden im Umkreis stand damals kein Dorf, ja nicht einmal eine Hütte, denn die abergläubischen Leute meinten, es sei dort «unsicher». Man schlug auch, so hoch und prachtvoll dort die Tannen standen, ungern Holz in jenem Revier, denn oft waren den Holzhauern, wenn sie dort arbeiteten, die Äxte vom Stiel gesprungen und in den Fuß gefahren, oder die Bäume waren schnell umgestürzt und hatten die Männer mit umgerissen und beschädigt oder gar getötet; auch hätte man die schönsten Bäume von dorther nur zu Brennholz brauchen können, denn die Floßherren nahmen nie einen Stamm aus dem Tannenbühl unter ein Floß auf, weil die Sage ging, daß Mann und Holz verunglückte, wenn ein Tannenbühler mit im Wasser sei. Daher kam es, daß im Tannenbühl die Bäume so dicht und so hoch standen, daß es am hellen Tag beinahe Nacht war, und Peter Munk wurde es ganz schaurig dort zumut, denn er hörte keine Stimme, keinen Tritt als den seinigen, keine Axt; selbst die Vögel schienen diese dichte Tannennacht zu vermeiden.

Kohlenmunk-Peter hatte jetzt den höchsten Punkt des Tannenbühls erreicht und stand vor einer Tanne von ungeheurem Umfang, um die ein holländischer Schiffsherr an Ort und Stelle viele hundert Gulden gegeben hätte. Hier, dachte er, wird wohl der Schatzhauser wohnen, zog seinen großen Sonntagshut, machte vor dem Baum eine tiefe Verbeugung, räusperte sich und sprach mit zitternder Stimme: «Wünsche glückseligen Abend, Herr Glasmann.»

Aber es erfolgte keine Antwort, und alles umher war so still wie zuvor. Vielleicht muß ich doch das Verslein sprechen, dachte er weiter und murmelte:

«Schatzhauser im grünen Tannenwald,
Bist schon viel hundert Jahre alt,
Dir gehört all Land, wo Tannen stehn –»

Indem er diese Worte sprach, sah er zu seinem großen Schrecken eine ganz kleine, sonderbare Gestalt hinter der dicken Tanne hervorschauen; es war ihm, als habe er das Glasmännlein gesehen, wie man ihn beschrieben, das schwarze Wämschen, die roten Strümpfchen, das Hütchen, alles war so, selbst das blasse, aber feine und kluge Gesichtchen, wovon man erzählte, glaubte er gesehen zu haben. Aber ach, so schnell es hervorgeschaut hatte, das Glasmännlein, so schnell war es auch wieder verschwunden!

«Herr Glasmann», rief nach einigem Zögern Peter Munk, «seid so gütig und haltet mich nicht für Narren. – Herr Glasmann, wenn Ihr meint, ich habe Euch nicht gesehen, so täuschet Ihr Euch sehr, ich sah Euch wohl hinter dem Baum hervorgucken.»

Immer keine Antwort, nur zuweilen glaubte er ein leises, heiseres Kichern hinter dem Baum zu vernehmen. Endlich überwand seine Ungeduld die Furcht, die ihn bis jetzt noch abgehalten hatte.

«Warte, du kleiner Bursche», rief er, «dich will ich bald haben», sprang mit einem Satz hinter die Tanne, aber da war kein Schatzhauser im grünen Tannenwald, und nur ein kleines zierliches Eichhörnchen jagte an dem Baum hinauf.

Peter Munk schüttelte den Kopf; er sah ein, daß er die Beschwörung bis auf einen gewissen Grad gebracht habe und daß ihm vielleicht nur noch ein Reim zu dem Sprüchlein fehle, so könne er das Glasmännlein hervorlocken; aber er sann hin, er sann her und fand nichts. Das Eichhörnchen zeigte sich an den untersten Ästen der Tanne und schien ihn aufzumuntern oder zu verspotten. Es putzte sich, es rollte den schönen Schweif, es schaute ihn mit klugen Augen an, aber endlich fürchtete er sich doch beinahe, mit diesem Tier allein zu sein, denn bald schien das Eichhörnchen einen Menschenkopf zu haben und einen dreispitzigen Hut zu tragen, bald war es ganz wie ein anderes Eichhörnchen und hatte nur an den Hinterfüßen rote Strümpfe und schwarze Schuhe. Kurz, es war ein lustiges Tier, aber dennoch graute Kohlen-Peter, denn er meinte, es gehe nicht mit rechten Dingen zu.

Mit schnelleren Schritten, als er gekommen war, zog Peter wieder ab. Das Dunkel des Tannenwaldes schien immer schwärzer zu werden, die Bäume standen immer dichter, und ihm fing an so zu grauen, daß er im Trab davonjagte, und erst, als er in der Ferne Hunde bellen hörte und bald darauf zwischen den Bäumen den Rauch einer Hütte erblickte, wurde er wieder ruhiger. Aber als er näher kam und die Tracht der Leute in der Hütte erblickte, fand er, daß er aus Angst gerade die entgegengesetzte Richtung genommen und statt zu den Glasleuten zu den Flözern gekommen sei. Die Leute, die in der Hütte wohnten, waren Holzfäller; ein alter Mann, sein Sohn, der Hauswirt, und einige erwachsene Enkel. Sie nahmen Kohlenmunk-Peter, der um ein Nachtlager bat, gut auf, ohne nach seinem Namen und Wohnort zu fragen, gaben ihm Apfelwein zu trinken, und abends wurde ein großer Auerhahn, die beste Schwarzwaldspeise, aufgesetzt.

Nach dem Nachtessen setzten sich die Hausfrau und ihre Töchter mit ihren Kunkeln um den großen Lichtspan, den die Jungen mit dem feinsten Tannenharz unterhielten, der Großvater, der Gast und der Hauswirt rauchten und schauten den Weibern zu, die Burschen aber waren beschäftigt, Löffel und Gabeln aus Holz zu schnitzeln. Draußen im Wald heulte der Sturm und raste in den Tannen, man hörte da und dort sehr heftige Schläge, und es schien oft, als ob ganze Bäume abgeknickt würden und zusammenkrachten. Die furchtlosen Jungen wollten hinaus in den Wald laufen und dieses furchtbar schöne Schauspiel mit ansehen, ihr Großvater aber hielt sie mit strengem Wort und Blick zurück.

«Ich will keinem raten, daß er jetzt von der Tür geht», rief er ihnen zu, «bei Gott, der kommt nimmermehr wieder; denn der Holländer-Michel haut sich heute nacht ein neues G'stair im Wald.»

Die Kleinen staunten ihn an; sie mochten von dem Holländer-Michel schon gehört haben, aber sie baten jetzt den Ähni einmal recht schön, von jenem zu erzählen. Auch Peter Munk, der vom Holländer-Michel auf der andern Seite des Waldes nur undeutlich hatte sprechen gehört, stimmte mit ein und fragte den Alten, wer und wo er sei.

«Er ist der Herr dieses Waldes, und nach dem zu schließen, daß Ihr in Eurem Alter dies noch nicht erfahren, müßt Ihr drüben über dem Tannenbühl oder wohl gar noch weiter zu Hause sein. Vom Holländer-Michel will ich Euch aber erzählen, was ich weiß und wie die Sage von ihm geht. Vor etwa hundert Jahren, so erzählte es wenigstens mein

Ähni, war weit und breit kein ehrlicher Volk auf Erden als die Schwarzwälder. Jetzt, seit so viel Geld im Land ist, sind die Menschen unredlich und schlecht. Die jungen Burschen tanzen und johlen am Sonntag und fluchen, daß es ein Schrecken ist; damals war es aber anders, und wenn er jetzt zum Fenster dort hereinschaute, so sag ich's und hab es oft gesagt, der Holländer-Michel ist schuld an all dieser Verderbnis.

Es lebte also vor hundert Jahr und drüber ein reicher Holzherr, der viel Gesind hatte; er handelte bis weit in den Rhein hinab, und sein Geschäft war gesegnet, denn er war ein frommer Mann. Kommt eines Abends ein Mann an seine Türe, dergleichen er noch nie gesehen. Seine Kleidung war wie der Schwarzwälder Bursche, aber er war einen guten Kopf höher als alle, und man hatte noch nie geglaubt, daß es einen solchen Riesen geben könne. Dieser bittet um Arbeit bei dem Holzherrn, und der Holzherr, der ihm ansah, daß er stark und zu großen Lasten tüchtig sei, rechnet mit ihm seinen Lohn, und sie schlagen ein. Der Michel war ein Arbeiter, wie selbiger Holzherr noch keinen gehabt. Beim Baumschlagen galt er für drei, und wenn sechs am einen End schleppten, trug er allein das andere. Als er aber ein halb Jahr Holz geschlagen, trat er eines Tages vor seinen Herrn und begehrte von ihm: ‹Hab jetzt lange genug hier Holz gehackt, und so möcht ich auch sehen, wohin meine Stämme kommen, und wie wär es, wenn Ihr mich auch mal auf das Floß ließet?›

Der Holzherr antwortete: ‹Ich will dir nicht im Weg sein, Michel, wenn du ein wenig hinaus willst in die Welt, und zwar beim Holzfällen brauche ich starke Leute, wie du bist, auf dem Floß aber kommt es auf Geschicklichkeit an, aber es sei für diesmal.›

Und so war es; das Floß, mit dem er abgehen sollte, hatte acht Glaich, und waren im letzten von den größten Zimmerbalken. Aber was geschah? Am Abend zuvor bringt der lange Michel noch acht Balken ans Wasser, so dick und lang, als man keinen je sah, und jeden trug er so leicht auf der Schulter wie eine Flözerstange, so daß sich alles entsetzte. Wo er sie gehauen, weiß bis heute noch niemand. Dem Holzherrn lachte das Herz, als er dies sah, denn er berechnete, was diese Balken kosten könnten; Michel aber sagte: ‹So, die sind für mich zum Fahren, auf den kleinen Spänen dort kann ich nicht fortkommen›; sein Herr wollte ihm zum Dank ein Paar Flözerstiefel schenken, aber er warf sie auf die Seite und brachte ein Paar hervor, wie es sonst noch keine gab; mein Großvater hat versichert, sie haben hundert Pfund gewogen und seien fünf Fuß lang gewesen.

Das Floß fuhr ab, und hatte der Michel früher die Holzhauer in Verwunderung gesetzt, so staunten jetzt die Flözer, denn statt daß das Floß, wie man wegen der ungeheuren Balken geglaubt hatte, langsamer auf dem Fluß ging, flog es, sobald sie in den Neckar kamem, wie ein Pfeil; machte der Neckar eine Wendung und hatten sonst die Flözer Mühe gehabt, das Floß in der Mitte zu halten und nicht auf Kies oder Sand zu stoßen, so sprang jetzt Michel allemal ins Wasser, rückte mit einem Zug das Floß links oder rechts, so daß es ohne Gefahr vorüberglitt, und kam dann eine gerade Stelle, so lief er aufs erste G'stair vor, ließ alle ihre Stangen beisetzen, steckte seinen ungeheuren Weberbaum in den Kies, und mit einem Druck flog das Floß dahin, daß das Land und Bäume und Dörfer vorbeizujagen schienen. So waren sie in der Hälfte der Zeit, die man sonst brauchte, nach Köln am Rhein gekommen, wo sie sonst ihre Ladung verkauft hatten; aber hier sprach Michel: ‹Ihr seid mir rechte Kaufleute und versteht euren Nutzen! Meinet ihr denn, die Kölner brauchen all dies Holz, das aus dem Schwarzwald kömmt, für sich? Nein, um den halben Wert kaufen sie es euch ab und verhandeln es teuer nach Holland. Lasset uns die kleinen Balken hier verkaufen und mit den großen nach Holland gehen; was wir über den gewöhnlichen Preis lösen, ist unser eigener Profit.› So sprach der arglistige Michel, und die andern waren es zufrieden; die einen, weil sie gerne nach Holland gezogen wären, es zu sehen, die andern des Geldes wegen. Nur ein einziger war redlich und mahnte sie ab, das Gut ihres Herrn der Gefahr auszusetzen oder ihn um den höheren Preis zu betrügen, aber sie hörten nicht auf ihn und vergaßen seine Worte, aber der Holländer-Michel vergaß sie nicht. Sie fuhren auch mit dem Holz den Rhein hinab, Michel leitete das Floß und brachte sie schnell bis nach Rotterdam. Dort bot man ihnen das Vierfache von dem früheren Preis, und besonders die ungeheuren Balken des Michel wurden mit schwerem Geld bezahlt. Als die Schwarzwälder so viel Geld sahen, wußten sie sich vor Freude nicht zu fassen. Michel teilte ab, einen Teil dem Holzherrn, die drei andern unter die Männer. Und nun setzten sie sich mit Matrosen und anderem schlechtem Gesindel in die Wirtshäuser, verschlemmten und verspielten ihr Geld, den braven Mann aber, der ihnen abgeraten, verkaufte der Holländer-Michel an einen Seelenverkäufer, und man hat nichts mehr von ihm gehört. Von da an war den Burschen im Schwarzwald Holland das Paradies und Holländer-Michel ihr König; die Holzherren erfuhren lange nichts von dem Handel, und unvermerkt kam Geld, Flüche, schlechte Sitten, Trunk und Spiel aus Holland herauf.

Der Holländer-Michel war aber, als die Geschichte herauskam, nirgends zu finden, aber tot ist er auch nicht; seit hundert Jahren treibt er seinen Spuk im Wald, und man sagt, daß er schon vielen behilflich gewesen sei, reich zu werden, aber – auf Kosten ihrer armen Seele, und mehr will ich nicht sagen. Aber so viel ist gewiß, daß er noch jetzt in solchen Sturmnächten im Tannenbühl, wo man nicht hauen soll, überall die schönsten Tannen aussucht, und mein Vater hat ihn eine vier Schuh dicke umbrechen sehen wie ein Rohr. Mit diesen beschenkt er die, welche sich vom Rechten abwenden und zu ihm gehen; um Mitternacht bringen sie dann die G'stair ins Wasser, und er rudert mit ihnen nach Holland. Aber wäre ich Herr und König in Holland, ich ließe ihn mit Kartätschen in den Boden schmettern, denn alle Schiffe, die von dem Holländer-Michel auch nur einen Balken haben, müssen untergehen. Daher kommt es, daß man so viel von Schiffbrüchen hört; wie könnte denn sonst ein schönes, starkes Schiff, so groß als eine Kirche, zu Grund gehen auf dem Wasser? Aber sooft Holländer-Michel in einer Sturmnacht im Schwarzwald eine Tanne fällt, springt eine seiner alten aus den Fugen des Schiffes, das Wasser dringt ein, und das Schiff ist mit Mann und Maus verloren. Das ist die Sage vom Holländer-Michel, und wahr ist es, alles Böse im Schwarzwald schreibt sich von ihm her; oh! er kann einen reich machen», setzte der Greis geheimnisvoll hinzu, «aber ich möchte nichts von ihm haben, ich möchte um keinen Preis in der Haut des dicken Ezechiel und des langen Schlurkers stecken; auch der Tanzbodenkönig soll sich ihm ergeben haben!»

Der Sturm hatte sich während der Erzählung des Alten gelegt; die Mädchen zündeten schüchtern die Lampen an und gingen weg, die Männer aber legten Peter Munk einen Sack voll Laub als Kopfkissen auf die Ofenbank und wünschten ihm gute Nacht.

Kohlenmunk-Peter hatte noch nie so schwere Träume gehabt wie in dieser Nacht; bald glaubte er, der finstere riesige Holländer-Michel reiße die Stubenfenster auf und reiche mit seinem ungeheuer langen Arm einen Beutel voll Goldstücke herein, die er untereinander schüttelte, daß es hell und lieblich klang; bald sah er wieder das kleine, freundliche Glasmännlein auf einer ungeheuren grünen Flasche im Zimmer umherreiten, und er meinte das heisere Lachen wieder zu hören wie im Tannenbühl; dann brummte es ihm wieder ins linke Ohr:

«In Holland gibt's Gold,
Könnet's haben, wenn ihr wollt,
Um geringen Sold,
Gold, Gold.»

Dann hörte er wieder in sein rechtes Ohr das Liedchen

vom Schatzhauser im grünen Tannenwald, und eine zarte Stimme flüsterte: «Dummer Kohlen-Peter, dummer Peter Munk, kannst kein Sprüchlein reimen auf ‹stehen› und bist doch am Sonntag geboren Schlag zwölf Uhr. Reime, dummer Peter, reime!»

Er ächzte, er stöhnte im Schlaf, er mühte sich ab, einen Reim zu finden, aber da er in seinem Leben noch keinen gemacht hatte, war seine Mühe im Traum vergebens. Als er aber mit dem ersten Frührot erwachte, kam ihm doch sein Traum sonderbar vor; er setzte sich mit verschränkten Armen hinter den Tisch und dachte über die Einflüsterungen nach, die ihm noch immer im Ohr lagen. Reime, dummer Kohlenmunk-Peter, reime, sprach er zu sich und pochte mit dem Finger an seine Stirne, aber es wollte kein Reim hervorkommen. Als er noch so dasaß, trübe vor sich hin schaute und an den Reim auf stehen dachte, da zogen drei Burschen vor dem Haus vorbei in den Wald, und einer sang im Vorübergehen:

«Am Berge tat ich stehen
Und schaute in das Tal,
Da hab ich sie gesehen
Zum allerletztenmal.»

Das fuhr wie ein leuchtender Blitz durch Peters Ohr, und hastig raffte er sich auf, stürzte aus dem Haus, weil er meinte, nicht recht gehört zu haben, sprang den drei Burschen nach und packte den Sänger hastig und unsanft beim Arm.

«Halt, Freund!» rief er. «Was habt Ihr da auf stehen gereimt? Tut mir die Liebe und sprecht, was Ihr gesungen.» «Was ficht's dich an, Bursche?» entgegnete der Schwarzwälder. «Ich kann singen, was ich will, und laß gleich meinen Arm los, oder –»

«Nein, sagen sollst du, was du gesungen hast!» schrie Peter beinahe außer sich und packte ihn noch fester an; die zwei andern aber, als sie dies sahen, zögerten nicht lange, sondern fielen mit derben Fäusten über den armen Peter her und walkten ihn derb, bis er vor Schmerzen das Gewand des dritten ließ und erschöpft in die Knie sank.

«Jetzt hast du dein Teil», sprachen sie lachend, «und merk dir, toller Bursche, daß du Leute, wie wir sind, nimmer anfällst auf offenem Wege.»

«Ach, ich will mir es gewißlich merken!» erwiderte Kohlen-Peter seufzend. «Aber so ich die Schläge habe, seid so gut und saget deutlich, was jener gesungen.»

Da lachten sie aufs neue und spotteten ihn aus; aber der das Lied gesungen, sagte es ihm vor, und lachend und singend zogen sie weiter.

«Also sehen», sprach der arme Geschlagene, indem er sich mühsam aufrichtete, «sehen auf stehen, jetzt, Glasmännlein, wollen wir wieder ein Wort zusammen sprechen.» Er ging in die Hütte, holte seinen Hut und den langen Stock, nahm Abschied von den Bewohnern der Hütte und trat seinen Rückweg nach dem Tannenbühl an. Er ging langsam und singend eine Straße, denn er mußte ja seinen Vers ersinnen; endlich, als er schon in dem Bereich des Tannenbühls ging und die Tannen höher und dichter wurden, hatte er auch seinen Vers gefunden und machte vor Freuden einen Sprung in die Höhe.

Da trat ein riesengroßer Mann in Flözerkleidung und eine Stange, so lang wie ein Mastbaum, in der Hand hinter den Tannen hervor. Peter Munk sank beinahe in die Knie, als er jenen langsamen Schrittes neben sich wandeln sah, denn er dachte, das ist der Holländer-Michel und kein anderer. Noch immer schwieg die furchtbare Gestalt, und Peter schielte zuweilen furchtsam nach ihm hin. Er war wohl einen Kopf größer als der längste Mann, den Peter je gesehen, sein Gesicht war nicht mehr jung, doch auch nicht alt, aber voll Furchen und Falten; er trug ein Wams von Leinwand, und die ungeheuren Stiefel, über die Lederbeinkleider heraufgezogen, waren Peter aus der Sage wohl bekannt.

«Peter Munk, was tust du im Tannenbühl?» fragte der Waldkönig endlich mit tiefer, dröhnender Stimme.

«Guten Morgen, Landsmann», antwortete Peter, indem er sich unerschrocken zeigen wollte, aber heftig zitterte. «Ich will durch den Tannenbühl nach Haus zurück.»

«Peter Munk», erwiderte jener und warf einen stechenden furchtbaren Blick nach ihm herüber, «dein Weg geht nicht durch diesen Hain.»

«Nun, so gerade just nicht», sagte jener, «aber es macht heute warm, da dachte ich, es wird hier kühler sein.»

«Lüge nicht, du, Kohlen-Peter», rief Holländer-Michel mit donnernder Stimme, «oder ich schlage dich mit der Stange zu Boden; meinst, ich hab dich nicht betteln sehen bei dem Kleinen?» setzte er sanft hinzu. «Geh, geh, das war ein dummer Streich, und gut ist es, daß du das Sprüchlein nicht wußtest; er ist ein Knauser, der kleine Kerl, und gibt nicht viel, und wem er gibt, der wird seines Lebens nicht froh. – Peter, du bist ein armer Tropf und dauerst mich in der Seele; so ein munterer, schöner Bursche, der in der Welt was anfangen könnte, und sollst Kohlen brennen! Wenn andere große Taler oder Dukaten aus dem Ärmel schütteln, kannst du kaum ein paar Sechser aufwenden; 's ist ein ärmlich Leben.»

«Wahr ist's, und recht habt Ihr, ein elendes Leben.»

«Na, mir soll's nicht drauf ankommen», fuhr der schreckliche Michel fort, «hab schon manchem braven Kerl aus der Not geholfen, und du wärst nicht der erste. Sag einmal, wieviel hundert Taler brauchst du fürs erste?»

Bei diesen Worten schüttelte er das Geld in seiner ungeheuren Tasche untereinander, und es klang wieder wie diese Nacht im Traum. Aber Peters Herz zuckte ängstlich und schmerzhaft bei diesen Worten, es wurde ihm kalt und warm, und der Holländer-Michel sah nicht aus, wie wenn er aus Mitleid Geld wegschenkte, ohne etwas dafür zu verlangen.

Es fielen ihm die geheimnisvollen Worte des alten Mannes über die reichen Menschen ein, und von unerklärlicher Angst und Bangigkeit gejagt, rief er: «Schönen Dank, Herr, aber mit Euch will ich nichts zu schaffen haben, und ich kenn Euch schon», und lief, was er laufen konnte.

Aber der Waldgeist schritt mit ungeheuren Schritten neben ihm her und murmelte dumpf und drohend: «Wirst's noch bereuen, Peter, wirst noch zu mir kommen; auf deiner Stirne steht's geschrieben, in deinem Auge ist's zu lesen; du entgehst mir nicht. – Lauf nicht so schnell, höre nur noch ein vernünftig Wort, dort ist schon meine Grenze.»

Aber als Peter dies hörte und unweit vor ihm einen kleinen Graben sah, beeilte er sich nur noch mehr, über die Grenze zu kommen, so daß Michel am Ende schneller laufen mußte und unter Flüchen und Drohungen ihn verfolgte.

Der junge Mann setzte mit einem verzweifelten Sprung über den Graben, denn er sah, wie der Waldgeist mit seiner Stange ausholte und sie auf ihn niederschmettern lassen wollte; er kam glücklich jenseits an, und die Stange zersplitterte in der Luft, wie an einer unsichtbaren Mauer, und ein langes Stück fiel zu Peter herüber.

Triumphierend hob er es auf, um es dem groben Holländer-Michel zuzuwerfen, aber in diesem Augenblick fühlte er das Stück Holz in seiner Hand sich bewegen, und zu seinem Entsetzen sah er, daß es eine ungeheure Schlange sei, was er in der Hand hielt, die sich schon mit geifernder Zunge und blitzenden Augen an ihm hinaufbäumte. Er ließ sie los, aber sie hatte sich schon fest um seinen Arm gewikkelt und kam mit schwankendem Kopf seinem Gesicht immer näher; da rauschte auf einmal ein ungeheurer Auerhahn nieder, packte den Kopf der Schlange mit dem Schnabel, erhob sich mit ihr in die Lüfte, und Holländer-Michel, der dies alles von dem Graben aus gesehen hatte, heulte und schrie und raste, als die Schlange von einem Gewaltigern entführt ward.

Erschöpft und zitternd setzte Peter seinen Weg fort; der Pfad wurde steiler, die Gegend wilder, und bald fand er sich wieder an der ungeheuren Tanne. Er machte wieder wie gestern seine Verbeugungen gegen das unsichtbare Glasmännlein und hub dann an:

«Bist schon viel hundert Jahre alt,
Schatzhauser im grünen Tannenwald,
Dein ist all Land, wo Tannen stehn,
Läßt dich nur Sonntagskindern sehen.»

«Hast's zwar nicht ganz getroffen, aber weil du es bist, Kohlenmunk-Peter, so soll es so hingehen», sprach eine zarte, feine Stimme neben ihm. Erstaunt sah er sich um, und unter einer schönen Tanne saß ein kleines, altes Männlein in schwarzem Wams und roten Strümpfen und den großen Hut auf dem Kopf. Er hatte ein feines, freundliches Gesichtchen und ein Bärtchen, so zart wie aus Spinnweben; er rauchte, was sonderbar anzusehen war, aus einer Pfeife von blauem Glas, und als Peter näher trat, sah er zu seinem Erstaunen, daß auch Kleider, Schuhe und Hut des Kleinen aus gefärbtem Glas bestanden; aber es war geschmeidig, als ob es noch heiß wäre, denn es schmiegte sich wie ein Tuch nach jeder Bewegung des Männleins.

«Du hast dem Flegel begegnet, dem Holländer-Michel?» sagte der Kleine, indem er zwischen jedem Wort sonderbar hüstelte. «Er hat dich recht ängstigen wollen, aber seinen Kunstprügel habe ich ihm abgejagt, den soll er nimmer wieder kriegen.»

«Ja, Herr Schatzhauser», erwiderte Peter mit einer tiefen Verbeugung, «es war mir recht bange. Aber Ihr seid wohl der Herr Auerhahn gewesen, der die Schlange totgebissen; da bedanke ich mich schönstens. – Ich komme aber, um mich Rats zu erholen bei Euch; es geht mir gar schlecht und hinderlich; ein Kohlenbrenner bringt es nicht weit, und da ich noch jung bin, dächte ich doch, er könnte noch was Besseres aus mir werden; und wenn ich oft andere sehe, wie weit die es in kurzer Zeit gebracht haben, wenn ich nur den Ezechiel nehme und den Tanzbodenkönig, die haben Geld wie Heu.»

«Peter», sagte der Kleine sehr ernst und blies den Rauch

aus seiner Pfeife weit hinweg. «Peter, sag mir nichts von diesen. Was haben sie davon, wenn sie hier ein paar Jahre dem Schein nach glücklich und dann nachher desto unglücklicher sind? Du mußt dein Handwerk nicht verachten; dein Vater und Großvater waren Ehrenleute und haben es auch getrieben, Peter Munk! Ich will nicht hoffen, daß es Liebe zum Müßigang ist, was dich zu mir führt.»

Peter erschrak vor dem Ernst des Männleins und errötete. «Nein», sagte er, «Müßiggang, weiß ich wohl, Herr Schatzhauser im Tannenwald, Müßiggang ist aller Laster Anfang, aber das könnet Ihr mir nicht übelnehmen, wenn mir ein anderer Stand besser gefällt als der meinige. Ein Kohlenbrenner ist halt so gar etwas Geringes auf der Welt, und die Glasleute und Flözer und Uhrmacher und alle sind angesehener.»

«Hochmut kommt oft vor dem Fall», erwiderte der kleine Herr vom Tannenwald etwas freundlicher, «ihr seid ein sonderbar Geschlecht, ihr Menschen! Selten ist einer mit dem Stand ganz zufrieden, in dem er geboren und erzogen ist, und was gilt's, wenn du ein Glasmann wärest, möchtest du gern ein Holzherr sein, und wärest du Holzherr, so stünde dir des Försters Dienst oder des Amtmanns Wohnung an. Aber es sei; wenn du versprichst, brav zu arbeiten, so will ich dir zu etwas Besserem verhelfen, Peter. Ich pflege jedem Sonntagskind, das sich zu mir zu finden weiß, drei Wünsche zu gewähren; die ersten zwei sind frei, den dritten kann ich verweigern, wenn er töricht ist. So wünsche dir also jetzt etwas, aber – Peter, etwas Gutes und Nützliches.»

«Heisa! Ihr seid ein treffliches Glasmännlein, und mit Recht nennt man Euch Schatzhauser, denn bei Euch sind die Schätze zu Hause. Nu – und also darf ich wünschen, wonach mein Herz begehrt, so will ich denn fürs erste, daß ich noch besser tanzen könne als der Tanzbodenkönig und jedesmal noch einmal soviel Geld ins Wirtshaus bringe als der dicke Ezechiel.»

«Du Tor!» erwiderte der Kleine zürnend. «Welch ein erbärmlicher Wunsch ist dies, gut tanzen zu können und Geld zum Spiel zu haben. Schämst du dich nicht, dummer Peter, dich selbst so um dein Glück zu betrügen? Was nützt es dir und deiner armen Mutter, wenn du tanzen kannst? Was nützt dir dein Geld, das nach deinem Wunsch nur für das Wirtshaus ist und wie das des elenden Tanzbodenkönigs dort bleibt? Dann hast du wieder die ganze Woche nichts und darbst wie zuvor. Noch einen Wunsch gebe ich dir frei, aber sieh dich vor, daß du vernünftiger wünschest.»

Peter kraute sich hinter den Ohren und sprach nach einigem Zögern: «Nun, so wünsche ich mir die schönste und reichste Glashütte im ganzen Schwarzwald, mit allem Zubehör, und Geld, sie zu leiten.»

«Sonst nichts?» fragte der Kleine mit besorglicher Miene. «Peter, sonst nichts?»

«Nu – Ihr könnet noch ein Pferd dazutun, und ein Wägelchen –»

«Oh, du dummer Kohlenmunk-Peter!» rief der Kleine und warf seine gläserne Pfeife im Unmut an eine dicke Tanne, daß sie in hundert Stücke sprang. «Pferde? Wägelchen? Verstand, sag ich dir, Verstand, gesunden Menschenverstand und Einsicht hättest du wünschen sollen, aber nicht Pferdchen und Wägelchen. Nun, werde nur nicht so traurig, wir wollen sehen, daß es auch so nicht zu deinem Schaden ist, denn der zweite Wunsch war im ganzen nicht töricht; eine gute Glashütte nährt auch ihren Mann und Meister, nur hättest du Einsicht und Verstand dazu mitnehmen können, Wagen und Pferde wären dann wohl von selbst gekommen.»

«Aber, Herr Schatzhauser», erwiderte Peter, «ich habe ja noch einen Wunsch übrig; da könnte ich ja Verstand wünschen, wenn er mir so überaus nötig ist, wie Ihr meinet.»

«Nichts da, du wirst noch in manche Verlegenheit kommen, wo du froh sein wirst, wenn du noch einen Wunsch frei hast; und nun mache dich auf den Weg nach Hause. Hier sind», sprach der kleine Tannengeist, indem er ein kleines Beutelein aus der Tasche zog, «hier sind zweitausend Gulden, und damit genug, und komm mir nicht wieder, um Geld zu fordern, denn dann müßte ich dich an die höchste Tanne aufhängen; so hab ich's gehalten, seit ich in dem Wald wohne. Vor drei Tagen aber ist der alte Winkfritz gestorben, der die große Glashütte gehabt hat im Unterwald. Dorthin gehe morgen frühe, und mach ein Bot auf das Gewerbe, wie es recht ist. Halt dich wohl, sei fleißig, und ich will dich zuweilen besuchen und dir mit Rat und Tat an die Hand gehen, weil du dir doch keinen Verstand erbeten; aber, und das sage ich dir ernstlich, dein erster Wunsch war böse; nimm dich in acht vor dem Wirtshauslaufen, Peter! 's hat noch bei keinem lange gut getan.»

Das Männlein hatte, während es dies sprach, eine neue Pfeife vom schönsten Beinglas hervorgezogen, sie mit gedörrten Tannenzapfen gestopft und in den kleinen, zahnlosen Mund gesteckt. Dann zog er ein ungeheures Brennglas hervor, trat in die Sonne und zündete seine Pfeife an. Als er damit fertig war, bot er dem Peter freundlich die Hand, gab ihm noch ein paar gute Lehren auf den Weg, rauchte und blies immer schneller und verschwand endlich in einer Rauchwolke, die nach echtem holländischem Tabak roch und langsam sich kräuselnd in den Tannenwipfeln verschwebte.

Als Peter nach Hause kam, fand er seine Mutter sehr in Sorgen um ihn, denn die gute Frau glaubte nicht anders, als ihr Sohn sei zum Soldaten ausgehoben worden. Er aber war fröhlich und guter Dinge und erzählte ihr, wie er im Wald einen guten Freund getroffen, der ihm Geld vorgeschossen habe, um ein anderes Geschäft, als Kohlenbrennen, anzufangen. Obgleich seine Mutter schon seit dreißig Jahren in der Köhlerhütte wohnte und an den Anblick berußter Leute so gewöhnt war als jede Müllerin an das Mehlgesicht ihres Mannes, so war sie doch eitel genug, sobald ihr Peter ein glänzenderes Los zeigte, ihren früheren Stand zu verachten, und sprach: «Ja, als Mutter eines Mannes, der eine

Glashütte besitzt, bin ich doch was anderes als Nachbarin Grete und Bete und setze mich in Zukunft vorne hin in der Kirche, wo rechte Leute sitzen.»

Ihr Sohn aber wurde mit den Erben der Glashütte bald handelseinig, er behielt die Arbeiter, die er vorfand, bei sich und ließ nun Tag und Nacht Glas machen. Anfangs gefiel ihm das Handwerk wohl, er pflegte gemächlich in die Glashütte hinabzusteigen, ging dort mit vornehmen Schritten, die Hände in die Taschen gesteckt, hin und her, guckte dahin, guckte dorthin, sprach dies und jenes, worüber seine Arbeiter oft nicht wenig lachten, und seine größte Freude war, das Glas blasen zu sehen, und oft machte er sich selbst an die Arbeit und formte aus der weichen Masse die sonderbarsten Figuren. Bald aber war ihm die Arbeit entleidet, und er kam zuerst nur noch eine Stunde des Tages in die Hütte, dann nur alle zwei Tage, endlich die Woche nur einmal, und seine Gesellen machten, was sie wollten.

Das alles kam aber nur vom Wirtshauslaufen; den Sonntag, nachdem er vom Tannenbühl zurückgekommen war, ging er ins Wirtshaus, und wer schon auf dem Tanzboden sprang, war der Tanzbodenkönig, und der dicke Ezechiel saß auch schon hinter der Maßkanne und knöchelte um Kronentaler. Da fuhr Peter schnell in die Tasche, zu sehen, ob ihm das Glasmännlein Wort gehalten, und siehe, seine Tasche strotzte von Silber und Gold; auch in seinen Beinen zuckte und drückte es, wie wenn sie tanzen und springen wollten, und als der erste Tanz zu Ende war, stellte er sich mit seiner Tänzerin oben an, neben den Tanzbodenkönig, und sprang dieser drei Schuh hoch, so flog Peter vier, und machte dieser wunderliche und zierliche Schritte, so verschlang und drehte Peter seine Füße, daß alle Zuschauer vor Lust und Verwunderung beinahe außer sich kamen. Als man aber auf dem Tanzboden vernahm, daß Peter eine Glashütte gekauft habe, als man sah, daß er, sooft er an den Musikanten vorbeitanzte, ihnen einen Sechsbätzner zuwarf, da war des Staunens kein Ende; die einen glaubten, er habe einen Schatz im Wald gefunden, die andern meinten, er habe eine Erbschaft getan, aber alle verehrten ihn jetzt und hielten ihn für einen gemachten Mann, nur weil er Geld hatte. Verspielte er doch noch an demselben Abend zwanzig Gulden, und nichtsdestominder rasselte und klang es in seiner Tasche, wie wenn noch hundert Taler darin wären.

Als Peter sah, wie angesehen er war, wußte er sich vor Freude und Stolz nicht zu fassen. Er warf das Geld mit vollen Händen weg und teilte es den Armen reichlich mit, wußte er doch, wie ihn selbst einst die Armut gedrückt hatte. Des Tanzbodenkönigs Künste wurden vor den übernatürlichen Künsten des neuen Tänzers zuschanden, und Peter führte jetzt den Namen Tanzkaiser. Die unternehmendsten Spieler am Sonntag wagten nicht soviel wie er, aber sie verloren auch nicht soviel. Und je mehr er verlor, desto mehr gewann er; das verhielt sich aber ganz so, wie er es vom kleinen Glasmännlein verlangt hatte; er hatte sich gewünscht, immer soviel Geld in der Tasche zu haben wie der dicke Ezechiel, und gerade dieser war es, an welchen er sein Geld verspielte; und wenn er zwanzig, dreißig Gulden auf einmal verlor, so hatte er sie alsobald wieder in der Tasche, wenn sie Ezechiel einstrich. Nach und nach brachte er es aber im Schlemmen und Spielen weiter als die schlechtesten Gesellen im Schwarzwald, und man nannte ihn öfter Spielpeter als Tanzkaiser, denn er spielte jetzt auch beinahe an allen Werktagen. Darüber kam aber seine Glashütte nach und nach in Verfall, und daran war Peters Unverstand schuld. Glas ließ er machen, soviel man immer machen konnte, aber er hatte mit der Hütte nicht zugleich das Geheimnis gekauft, wohin man es am besten verschließen könne. Er wußte am Ende mit der Menge Glas nichts anzufangen und verkaufte es um den halben Preis an herumziehende Händler, nur um seine Arbeiter bezahlen zu können.

Eines Abends ging er auch wieder vom Wirtshaus heim und dachte trotz des vielen Weines, den er getrunken, um sich fröhlich zu machen, mit Schrecken und Gram an den

Verfall seines Vermögens, da bemerkte er auf einmal, daß jemand neben ihm gehe, er sah sich um, und siehe da – es war das Glasmännlein. Da geriet er in Zorn und Eifer, vermaß sich hoch und teuer und schwur, der Kleine sei an all seinem Unglück schuld.

«Was tu ich nun mit Pferd und Wägelchen?» rief er. «Was nutzt mich die Hütte und all mein Glas? Selbst als ich noch ein elender Köhlersbursch war, lebte ich froher und hatte keine Sorgen; jetzt weiß ich nicht, wenn der Amtmann kommt und meine Habe schätzt und mir vergantet der Schulden wegen!»

«So?» entgegnete das Glasmännlein. «So? Ich also soll schuld daran sein, wenn du unglücklich bist? Ist dies der Dank für meine Wohltaten? Wer hieß dich auch so töricht wünschen? Ein Glasmann wolltest du sein und wußtest nicht, wohin dein Glas verkaufen? Sagte ich dir nicht, du solltest behutsam wünschen? Verstand, Peter, Klugheit hat dir gefehlt.»

«Was Verstand und Klugheit!» rief jener. «Ich bin ein so kluger Bursche als irgendeiner und will es dir zeigen, Glasmännlein», und bei diesen Worten faßte er das Männlein unsanft am Kragen und schrie: «Hab ich dich jetzt, Schatzhauser im grünen Tannenwald? Und den dritten Wunsch will ich jetzt tun, den sollst du mir gewähren; und so will ich hier auf der Stelle zweimalhunderttausend harte Taler, und ein Haus und – o weh!» schrie er und schüttelte die Hand, denn das Waldmännlein hatte sich in glühendes Glas verwandelt und brannte in seiner Hand wie sprühendes Feuer.

Aber von dem Männlein war nichts mehr zu sehen.

Mehrere Tage lang erinnerte ihn seine geschwollene Hand an seine Undankbarkeit und Torheit, dann aber übertäubte er sein Gewissen und sprach: «Und wenn sie mir die Glashütte und alles verkaufen, so bleibt mir doch noch immer der dicke Ezechiel; solange der Geld hat am Sonntag, kann es mir nicht fehlen.»

Ja, Peter! Aber wenn er keines hat? Und so geschah es

eines Tages und war ein wunderliches Rechenexempel. Denn eines Sonntags kam er angefahren ans Wirtshaus, und die Leute streckten die Köpfe durch die Fenster, und der eine sagte: «Da kommt der Spielpeter», und der andere: «Ja, der Tanzkaiser, der reiche Glasmann», und ein dritter schüttelte den Kopf und sprach: «Mit dem Reichtum kann man es machen, man sagt allerlei von seinen Schulden, und in der Stadt hat einer gesagt, der Amtmann werde nicht mehr lange säumen zum Auspfänden.»

Indessen grüßte der reiche Peter die Gäste am Fenster vornehm und gravitätisch, stieg vom Wagen und schrie: «Sonnenwirt, guten Abend, ist der dicke Ezechiel schon da?»

Und eine tiefe Stimme rief: «Nur herein, Peter! Dein Platz ist dir aufbehalten, wir sind schon da und bei den Karten.»

So trat Peter Munk in die Wirtsstube, fuhr gleich in die Tasche und merkte, daß Ezechiel gut versehen sein müsse, denn seine Tasche war bis oben angefüllt.

Er setzte sich hinter den Tisch zu den andern und spielte und gewann und verlor hin und her, und so spielten sie, bis andere ehrliche Leute, als es Abend wurde, nach Hause gingen, und spielten bei Licht, bis zwei andere Spieler sagten: «Jetzt ist's genug, und wir müssen heim zu Frau und Kind.»

Aber Spielpeter forderte den dicken Ezechiel auf zu bleiben; dieser wollte lange nicht, endlich aber rief er: «Gut, jetzt will ich mein Geld zählen, und dann wollen wir knöcheln, den Satz um fünf Gulden, denn niedriger ist es doch nur Kinderspiel.»

Er zog den Beutel und zählte und fand hundert Gulden bar, und Spielpeter wußte nun, wieviel er selbst habe, und brauchte es nicht erst zu zählen. Aber hatte Ezechiel vorher gewonnen, so verlor er jetzt Satz für Satz und fluchte greulich dabei. Warf er einen Pasch, gleich warf Spielpeter auch einen, und immer zwei Augen höher. Da setzte er endlich die letzten fünf Gulden auf den Tisch und rief: «Noch einmal, und wenn ich auch den noch verliere, so höre ich doch nicht auf, dann leihst du mir von deinem Gewinn, Peter, ein ehrlicher Kerl hilft dem andern!»

«Soviel du willst, und wenn es hundert Gulden sein sollten», sprach der Tanzkaiser, fröhlich über seinen Gewinn, und der dicke Ezechiel schüttelte die Würfel und warf fünfzehn.

«Pasch!» rief er. «Jetzt wollen wir sehen!»

Peter aber warf achtzehn, und eine heisere bekannte Stimme hinter ihm sprach: «So, das war der letzte.»

Er sah sich um, und riesengroß stand der Holländer-Michel hinter ihm; erschrocken ließ er das Geld fallen, das er schon eingezogen hatte. Aber der dicke Ezechiel sah den Waldmann nicht, sondern verlangte, der Spielpeter solle ihm zehn Gulden vorstrecken zum Spiel; halb im Traum fuhr dieser mit der Hand in die Tasche, aber da war kein Geld, er suchte in der andern Tasche, aber auch da fand sich nichts, er kehrte den Rock um, aber es fiel kein roter Heller heraus, und jetzt erst gedachte er seines eigenen Wunsches, immer soviel Geld zu haben als der dicke Ezechiel. Wie Rauch war alles verschwunden.

Der Wirt und Ezechiel sahen ihn staunend an, als er immer suchte und sein Geld nicht finden konnte; sie wollten ihm nicht glauben, daß er keines mehr habe; aber als sie endlich selbst in seinen Taschen suchten, wurden sie zornig und schwuren, der Spielpeter sei ein böser Zauberer und habe all das gewonnene Geld und sein eigenes nach Haus gewünscht. Peter verteidigte sich standhaft, aber der Schein war gegen ihn; Ezechiel sagte, er wolle die schreckliche Geschichte allen Leuten im Schwarzwald erzählen, und der Wirt versprach ihm, morgen mit dem frühesten in die Stadt zu gehen und Peter Munk als Zauberer anzuklagen, und er wolle es erleben, setzte er hinzu, daß man ihn verbrenne. Dann fielen sie wütend über ihn her, rissen ihm das Wams vom Leib und warfen ihn zur Türe hinaus.

Kein Stern schien am Himmel, als Peter trübselig seiner

Wohnung zuschlich, aber dennoch konnte er eine dunkle Gestalt erkennen, die neben ihm herschritt und endlich sprach: «Mit dir ist's aus, Peter Munk, all deine Herrlichkeit ist zu Ende, und das hätt ich dir schon damals sagen können, als du nichts von mir hören wolltest und zu dem dummen Glaszwerg liefst. Da siehst du jetzt, was man davon hat, wenn man meinen Rat verachtet. Aber versuch es einmal mit mir, ich habe Mitleiden mit deinem Schicksal; noch keinen hat es gereut, der sich an mich wandte, und wenn du den Weg nicht scheust, morgen den ganzen Tag bin ich am Tannenbühl zu sprechen, wenn du mich rufst.»

Peter merkte wohl, wer so zu ihm spreche, aber es kam ihn ein Grauen an; er antwortete nichts, sondern lief seinem Haus zu.

Als Peter am Montagmorgen in seine Glashütte ging, da waren nicht nur seine Arbeiter da, sondern auch andere Leute, die man nicht gerne sieht, nämlich der Amtmann und drei Gerichtsdiener. Der Amtmann wünschte Petern einen guten Morgen, fragte, wie er geschlafen, und zog dann ein langes Register heraus, und darauf waren Peters Gläubiger verzeichnet.

«Könnt Ihr zahlen oder nicht?» fragte der Amtmann mit strengem Blick. «Und macht es nur kurz, denn ich habe nicht viel Zeit zu versäumen, und in den Turm ist es drei gute Stunden.»

Da verzagte Peter, gestand, daß er nichts mehr habe, und überließ es dem Amtmann, Haus und Hof, Hütte und Stall, Wagen und Pferde zu schätzen; und als die Gerichtsdiener und der Amtmann umhergingen und prüften und schätzten, dachte er, bis zum Tannenbühl ist's nicht weit, hat mir der *Kleine* nichts geholfen, so will ich es einmal mit dem *Großen* versuchen. Er lief dem Tannenbühl zu, so schnell, als ob die Gerichtsdiener ihm auf den Fersen wären; es war ihm, als er an dem Platz vorbeirannte, wo er das Glasmännlein zuerst gesprochen, als halte ihn eine unsichtbare Hand auf, aber er riß sich los und lief weiter, bis an die Grenze, die er sich früher wohl gemerkt hatte, und kaum hatte er, beinahe atemlos, «Holländer-Michel, Herr Holländer-Michel!» gerufen, als auch schon der riesengroße Flözer mit seiner Stange vor ihm stand.

«Kommst du?» sprach dieser lachend. «Haben sie dir die Haut abziehen und deinen Gläubigern verkaufen wollen? Nu, sei ruhig; dein ganzer Jammer kommt, wie gesagt, von dem kleinen Glasmännlein, von dem Separatisten und Frömmler her. Wenn man schenkt, muß man gleich recht schenken, und nicht wie dieser Knauser. Doch komm», fuhr er fort und wandte sich gegen den Wald, «folge mir in mein Haus, dort wollen wir sehen, ob wir handelseinig werden.»

Handelseinig? dachte Peter. Was kann er denn von mir verlangen, was kann ich an ihn verhandeln? Soll ich ihm etwa dienen, oder was will er?

Sie gingen zuerst über einen steilen Waldsteig hinan und standen dann mit einemmal an einer dunklen, tiefen, abschüssigen Schlucht; Holländer-Michel sprang den Felsen hinab, wie wenn es eine sanfte Marmortreppe wäre; aber bald wäre Peter in Ohnmacht gesunken, denn als jener unten angekommen war, machte er sich so groß wie ein Kirchturm und reichte ihm einen Arm, so lang als ein Weberbaum, und eine Hand daran, so breit als der Tisch im Wirtshaus, und rief mit einer Stimme, die heraufschallte wie eine tiefe Totenglocke: «Setz dich nur auf meine Hand und halte dich an den Fingern, so wirst du nicht fallen.»

Peter tat zitternd, wie jener befohlen, nahm Platz auf der Hand und hielt sich am Daumen des Riesen.

Es ging weit und tief hinab, aber dennoch ward es zu Peters Verwunderung nicht dunkler, im Gegenteil, die Tageshelle schien sogar zuzunehmen in der Schlucht, aber er konnte sie lange in den Augen nicht ertragen.

Der Holländer-Michel hatte sich, je weiter Peter herabkam, wieder kleiner gemacht und stand nun in seiner früheren Gestalt vor einem Haus, so gering oder gut, als es reiche Bauern auf dem Schwarzwald haben. Die Stube, worein Peter geführt wurde, unterschied sich durch nichts von den Stuben anderer Leute als dadurch, daß sie einsam schien.

Die hölzerne Wanduhr, der ungeheure Kachelofen, die breiten Bänke, die Gerätschaften auf den Gesimsen waren hier wie überall. Michel wies ihm einen Platz hinter dem großen Tisch an, ging dann hinaus und kam bald mit einem Krug Wein und Gläsern wieder. Er goß ein, und nun schwatzten sie, und Holländer-Michel erzählte von den Freuden der Welt, von fremden Ländern, schönen Städten und Flüssen, daß Peter, am Ende große Sehnsucht danach bekommend, dies auch offen dem Holländer erzählte.

«Wenn du im ganzen Körper Mut und Kraft, etwas zu unternehmen, hattest, da konnten ein paar Schläge des dummen Herzens dich zittern machen; und dann die Kränkungen der Ehre, das Unglück, für was soll sich ein vernünftiger Kerl um dergleichen bekümmern? Hast du's im Kopf empfunden, als dich letzthin einer einen Betrüger und schlechten Kerl nannte? Hat es dir im Magen wehe getan, als der Amtmann kam, dich aus dem Haus zu werfen? Was, sag an, was hat dir wehe getan?»

«Mein Herz», sprach Peter, indem er die Hand auf die pochende Brust preßte, denn es war ihm, als ob sein Herz sich ängstlich hin und her wendete.

«Du hast, nimm es mir nicht übel, du hast viele hundert Gulden an schlechte Bettler und anderes Gesindel weggeworfen; was hat es dir genützt? Sie haben dir dafür Segen und einen gesunden Leib gewünscht; ja, bist du deswegen gesünder geworden? Um die Hälfte des verschleuderten Geldes hättest du einen Arzt gehalten. Segen, ja ein schöner Segen, wenn man ausgepfändet und ausgestoßen wird! Und was war es, das dich getrieben, in die Tasche zu fahren, sooft ein Bettelmann seinen zerlumpten Hut hinstreckte? – Dein Herz, auch wieder dein Herz, und weder deine Augen noch deine Zunge, deine Arme noch deine Beine, sondern dein Herz. Du hast dir es, wie man richtig sagt, zu sehr zu Herzen genommen.»

«Aber wie kann man sich denn angewöhnen, daß es nicht mehr so ist? Ich gebe mir jetzt alle Mühe, es zu unterdrükken, und dennoch pocht mein Herz und tut mir wehe.»

«*Du* freilich», rief jener mit Lachen, «du armer Schelm kannst nichts dagegen tun; aber gib mir das kaum pochende Ding, und du wirst sehen, wie gut du es dann hast.»

«Euch mein Herz?» schrie Peter mit Entsetzen. «Da müßte ich ja sterben auf der Stelle! Nimmermehr!»

«Ja, wenn dir einer eurer Herrn Chirurgen das Herz aus dem Leib operieren wollte, da müßtest du wohl sterben; bei mir ist dies ein anderes Ding; doch komm herein und überzeuge dich selbst.» Er stand bei diesen Worten auf, öffnete eine Kammertüre und führte Peter hinein.

Sein Herz zog sich krampfhaft zusammen, als er über die Schwelle trat, aber er achtete es nicht, denn der Anblick, der sich ihm bot, war sonderbar und überraschend. Auf mehreren Gesimsen von Holz standen Gläser, mit durchsichtiger Flüssigkeit gefüllt, und in jedem dieser Gläser lag ein Herz; auch waren an den Gläsern Zettel angeklebt und Namen darauf geschrieben, die Peter neugierig las; da war das Herz des Amtmanns in F., das Herz des dicken Ezechiel, das Herz des Tanzbodenkönigs, das Herz des Oberförsters; da waren sechs Herzen von Kornwucherern, acht von Werbeoffizieren, drei von Geldmäklern – kurz, es war eine Sammlung der angesehensten Herzen in der Umgegend von zwanzig Stunden.

«Schau», sprach Holländer-Michel, «diese alle haben des Lebens Ängsten und Sorgen weggeworfen, keines dieser Herzen schlägt mehr ängstlich und besorgt, und ihre ehemaligen Besitzer befinden sich wohl dabei, daß sie den unruhigen Gast aus dem Hause haben.»

«Aber was tragen sie denn jetzt dafür in der Brust?» fragte Peter, den dies alles, was er gesehen, beinahe schwindeln machte.

«Dies», antwortete jener und reichte ihm aus einem Schubfach – ein steinernes Herz.

«So?» erwiderte er und konnte sich eines Schauers, der ihm über die Haut ging, nicht erwehren. «Ein Herz von Marmelstein? Aber, horch einmal, Herr Holländer-Michel, das muß doch gar kalt sein in der Brust.»

«Freilich, aber ganz angenehm kühl; warum soll denn ein Herz warm sein? Im Winter nützt dir die Wärme nichts, da hilft ein guter Kirschgeist mehr als ein warmes Herz, und im Sommer, wenn alles schwül und heiß ist – du glaubst nicht, wie dann solch ein Herz abkühlt; und wie gesagt, weder Angst noch Schrecken, weder törichtes Mitleiden noch anderer Jammer pocht an solch ein Herz.»

«Und das ist alles, was Ihr mir geben könnet?» fragte Peter unmutig. «Ich hoff auf Geld, und Ihr wollet mir einen Stein geben!»

«Nu, ich denke, an hunderttausend Gulden hättest du fürs erste genug; wenn du es geschickt umtreibst, kannst du bald ein Millionär werden.»

«Hunderttausend?» rief der arme Köhler freudig. «Nun, so poche doch nicht so ungestüm in meiner Brust, wir werden bald fertig sein miteinander. Gut, Michel, gebt mir den Stein und das Geld, und die Unruh könnet Ihr aus dem Gehäuse nehmen.»

«Ich dachte es doch, daß du ein vernünftiger Bursche seist», antwortete der Holländer freundlich lächelnd, «komm, laß uns noch eins trinken, und dann will ich das Geld auszahlen.»

So setzten sie sich wieder in die Stube zum Wein, tranken und tranken wieder, bis Peter in einen tiefen Schlaf verfiel.

Kohlenmunk-Peter erwachte beim fröhlichen Schmettern eines Posthorns, und siehe da, er saß in einem schönen Wagen, fuhr auf einer breiten Straße dahin, und als er sich aus dem Wagen bog, sah er in blauer Ferne hinter sich den Schwarzwald liegen. Anfänglich wollte er gar nicht glauben, daß er es selbst sei, der in diesem Wagen sitze, denn auch seine Kleider waren gar nicht mehr dieselben, die er gestern getragen, aber er erinnerte sich doch an alles so deutlich, daß er endlich sein Nachsinnen aufgab und rief: «Der Kohlenmunk-Peter bin ich, das ist ausgemacht, und kein anderer.»

Er wunderte sich über sich selbst, daß er gar nicht wehmütig werden konnte, als er jetzt zum erstenmal aus der stillen Heimat, aus den Wäldern, wo er so lange gelebt, auszog; selbst nicht, als er an seine Mutter dachte, die jetzt wohl hilflos und im Elend saß, konnte er eine Träne aus dem Auge pressen oder nur seufzen, denn es war ihm alles so gleichgültig. «Ach freilich», sagte er dann, «Tränen und Seufzer, Heimweh und Wehmut kommen ja aus dem Herzen, und Dank dem Holländer-Michel – das meine ist kalt und von Stein.»

Er legte seine Hand auf die Brust, und es war ganz ruhig dort und rührte sich nichts. «Wenn er mit den Hunderttausenden so gut Wort hielt wie mit dem Herz, so soll es mich freuen», sprach er und fing an, seinen Wagen zu untersuchen. Er fand Kleidungsstücke von aller Art, wie er sie nur wünschen konnte, aber kein Geld; endlich stieß er auf eine Tasche und fand viele tausend Taler in Gold und Scheinen auf Handlungshäuser in allen großen Städten. Jetzt hab ich's, wie ich's wollte, dachte er, setzte sich bequem in die Ecke des Wagens und fuhr in die weite Welt.

Er fuhr zwei Jahre in der Welt umher und schaute aus seinem Wagen links und rechts an den Häusern hinauf, schaute, wenn er anhielt, nichts als das Schild seines Wirtshauses an, lief dann in der Stadt umher und ließ sich die schönsten Merkwürdigkeiten zeigen; aber es freute ihn nichts, kein Bild, kein Haus, keine Musik, kein Tanz, sein Herz von Stein nahm an nichts Anteil, und seine Augen, seine Ohren waren abgestumpft für alles Schöne. Nichts war ihm mehr geblieben als die Freude an Essen und Trinken und der Schlaf, und so lebte er, indem er ohne Zweck durch die Welt reiste, zu seiner Unterhaltung speiste und aus langer Weile schlief. Hie und da erinnerte er sich zwar, daß er fröhlicher, glücklicher gewesen sei, als er noch arm war und arbeiten mußte, um sein Leben zu fristen. Da hatte ihn jede schöne Aussicht ins Tal, Musik und Gesang hatten ihn ergötzt, da hatte er sich stundenlang auf die einfache Kost, die ihm die Mutter zu dem Meiler bringen sollte, gefreut; wenn er so über die Vergangenheit nachdachte, so kam es ihm ganz sonderbar vor, daß er jetzt nicht einmal lachen konnte, und sonst hatte er über den kleinsten Scherz gelacht; wenn andere lachten, so verzog er nur aus Höflichkeit den Mund, aber sein Herz – lächelte nicht mit. Er fühlte dann, daß er zwar überaus ruhig sei – aber zufrieden fühlte er sich doch nicht. Es war nicht Heimweh oder Wehmut, sondern Öde, Überdruß, freudenloses Leben, was ihn endlich wieder zur Heimat trieb.

Als er von Straßburg herüberfuhr und den dunklen Wald seiner Heimat erblickte, als er zum erstenmal wieder jene kräftigen Gestalten, jene freundlichen, treuen Gesichter der Schwarzwälder sah, als sein Ohr die heimatlichen Klänge stark, tief, aber wohltönend vernahm, da fühlte er schnell an sein Herz, denn sein Blut wallte stärker, und er glaubte, er müsse sich freuen und müsse weinen zugleich, aber – wie konnte er nur so töricht sein, er hatte ja ein Herz von Stein, und Steine sind tot und lächeln und weinen nicht.

Sein erster Gang war zum Holländer-Michel, der ihn mit alter Freundlichkeit aufnahm.

«Michel», sagte er zu ihm, «gereist bin ich nun und habe alles gesehen, ist aber alles dummes Zeug, und ich hatte nur Langeweile. Überhaupt, Euer steinernes Ding, das ich in der Brust trage, schützt mich zwar vor manchem, ich erzürne mich nie, bin nie traurig, aber ich freue mich auch nie, und es ist mir, als wenn ich nur halb lebte. Könnet Ihr das Steinherz nicht ein wenig beweglicher machen, oder – gebt mir lieber mein altes Herz; ich hatte mich in fünfundzwanzig Jahren daran gewöhnt, und wenn es zuweilen auch einen dummen Streich machte, so war es doch munter und ein fröhliches Herz.»

Der Waldgeist lachte grimmig und bitter.

«Wenn du einmal tot bist, Peter Munk», antwortete er, «dann soll es dir nicht fehlen, dann sollst du dein weiches, rührbares Herz wieder haben, und du kannst dann fühlen, was kommt, Freud oder Leid; aber hier oben kann es nicht mehr dein werden! Doch, Peter, gereist bist du wohl, aber, so wie du lebtest, konnte es dir nichts nützen. Setze dich jetzt hier irgendwo im Wald, bau ein Haus, heirate, treibe dein Vermögen um, es hat dir nur an Arbeit gefehlt; weil du müßig warst, hattest du Langeweile und schiebst jetzt alles auf dieses unschuldige Herz.»

Peter sah ein, daß Michel recht habe, was den Müßiggang beträfe, und er nahm sich vor, reich und immer reicher zu werden; Michel schenkte ihm noch einmal hunderttausend Gulden und entließ ihn als seinen guten Freund.

Bald vernahm man im Schwarzwald die Märe, der Kohlenmunk-Peter oder Spielpeter sei wieder da, und noch viel reicher als zuvor. Es ging auch jetzt wie immer; als er am Bettelstab war, wurde er in der «Sonne» zur Türe hinausgeworfen, und als er jetzt an einem Sonntagnachmittag seinen ersten Einzug dort hielt, schüttelten sie ihm die Hand, lobten sein Pferd, fragten nach seiner Reise, und als er wieder mit dem dicken Ezechiel um harte Taler spielte, stand er in der Achtung so hoch als je. Er trieb jetzt aber nicht mehr das Glashandwerk, sondern den Holzhandel, aber nur zum Schein. Sein Hauptgeschäft war, mit Korn und Geld zu handeln. Der halbe Schwarzwald wurde ihm nach und nach schuldig, aber er lieh Geld nur auf zehn Prozente aus oder verkaufte Korn an die Armen, die nicht gleich zahlen konnten, um den dreifachen Wert.

Mit dem Amtmann stand er jetzt in enger Freundschaft, und wenn einer Herrn Peter Munk nicht auf den Tag bezahlte, so ritt der Amtmann mit seinen Schergen heraus, schätzte Haus und Hof, verkaufte es flugs und trieb Vater, Mutter und Kind in den Wald. Anfangs machte dies dem reichen Peter einige Unlust, denn die armen Ausgepfändeten belagerten dann haufenweise seine Türe, die Männer flehten um Nachsicht, die Weiber suchten das steinerne Herz zu erweichen, und die Kinder winselten um ein Stücklein Brot; aber als er sich ein paar tüchtige Fleischerhunde angeschafft hatte, hörte diese Katzenmusik, wie er es nannte, bald auf; er pfiff und hetzte, und die Bettelleute flogen schreiend auseinander.

Am meisten Beschwerde machte ihm das «alte Weib». Das war aber niemand anders als Frau Munkin, Peters Mutter. Sie war in Not und Elend geraten, als man ihr Haus und Hof verkauft hatte, und ihr Sohn, als er reich zurückgekehrt war, hatte sich nicht mehr nach ihr umgesehen; da kam sie nun zuweilen, alt, schwach und gebrechlich, an einem Stock vor das Haus; hinein wagte sie sich nimmer, denn er hatte sie einmal weggejagt, aber es tat ihr wehe, von den Guttaten anderer Menschen leben zu müssen, da der eigene Sohn ihr ein sorgenloses Alter hätte bereiten können. Aber das kalte Herz wurde nimmer gerührt von dem Anblicke der bleichen, wohlbekannten Züge, von den bittenden Blicken, von der welken, ausgestreckten Hand, von der hinfälligen Gestalt; mürrisch zog er, wenn sie sonnabends an die Türe pochte, einen Sechsbätzner hervor, schlug ihn in ein Papier und ließ ihn hinausreichen durch einen Knecht. Er vernahm ihre zitternde Stimme, wenn sie dankte und wünschte, es möge ihm wohlgehen auf Erden, er hörte sie hüstelnd von der Türe schleichen, aber er dachte weiter nicht mehr daran, als daß er wieder sechs Batzen umsonst ausgegeben.

Endlich kam Peter auch auf den Gedanken, zu heiraten. Er wußte, daß im ganzen Schwarzwald jeder Vater ihm gerne seine Tochter geben werde; aber er war schwierig in seiner Wahl, denn er wollte, daß man auch hierin sein Glück und seinen Verstand preisen sollte; daher ritt er umher im ganzen Wald, schaute hier, schaute dort, und keine der schönen Schwarzwälderinnen deuchte ihm schön genug.

Endlich, nachdem er auf allen Tanzböden umsonst nach der Schönsten ausgeschaut hatte, hörte er eines Tages, die

Schönste und Tugendsamste im ganzen Wald sei eines armen Holzhauers Tochter. Sie lebe still und für sich, besorge geschickt und emsig ihres Vaters Haus und lasse sich nie auf dem Tanzboden sehen, nicht einmal zu Pfingsten oder Kirmes. Als Peter von diesem Wunder des Schwarzwaldes hörte, beschloß er, um sie zu werben, und ritt nach der Hütte, die man ihm bezeichnet hatte. Der Vater der schönen Lisbeth empfing den vornehmen Herrn mit Staunen, und er staunte noch mehr, als er hörte, es sei dies der reiche Herr Peter und er wolle sein Schwiegersohn werden. Er besann sich auch nicht lange, denn er meinte, all seine Sorge und Armut werde nun ein Ende haben, sagte zu, ohne die schöne Lisbeth zu fragen, und das gute Kind war so folgsam, daß sie ohne Widerrede Frau Peter Munkin wurde.

Aber es wurde der Armen nicht so gut, als sie sich geträumt hatte. Sie glaubte ihr Hauswesen wohl zu verstehen, aber sie konnte Herrn Peter nichts zu Dank machen, sie hatte Mitleiden mit armen Leuten, und da ihr Eheherr reich war, dachte sie, es sei keine Sünde, einem armen Bettelweib einen Pfennig oder einem alten Mann einen Schnaps zu reichen; aber als Herr Peter dies eines Tages merkte, sprach er mit zürnenden Blicken und rauher Stimme: «Warum verschleuderst du mein Vermögen an Lumpen und Straßenläufer? Hast du was mitgebracht ins Haus, das du wegschenken könntest? Mit deines Vaters Bettelstab kann man keine Suppe wärmen, und wirfst das Geld aus wie eine Fürstin? Noch einmal laß dich betreten, so sollst du meine Hand fühlen!»

Die schöne Lisbeth weinte in ihrer Kammer über den harten Sinn ihres Mannes, und sie wünschte oft, lieber heim zu sein, in ihres Vaters ärmlicher Hütte, als bei dem reichen, aber geizigen, hartherzigen Peter zu hausen.

Ach, hätte sie gewußt, daß er ein Herz von Marmor habe und weder sie noch irgendeinen Menschen lieben könne, so hätte sie sich wohl nicht gewundert. Sooft sie aber jetzt unter der Türe saß und es ging ein Bettelmann vorüber und zog den Hut und hub an seinen Spruch, so drückte sie die Augen zu, das Elend nicht zu schauen, sie ballte die Hand fester, damit sie nicht unwillkürlich in die Tasche fahre, ein Kreuzerlein herauszulangen. So kam es, daß die schöne Lisbeth im ganzen Wald verschrien wurde, und es hieß, sie sei noch geiziger als Peter Munk.

Aber eines Tages saß Frau Lisbeth wieder vor dem Haus und spann und murmelte ein Liedchen dazu, denn sie war munter, weil es schön Wetter und Herr Peter ausgeritten war über Feld. Da kömmt ein altes Männlein des Weges daher, der trägt einen großen, schweren Sack, und sie hört ihn schon von weitem keuchen. Teilnehmend sieht ihm Frau Lisbeth zu und denkt, einem so alten kleinen Mann sollte man nicht mehr so schwer aufladen.

Indes keucht und wankt das Männlein heran, und als es gegenüber von Frau Lisbeth war, brach es unter dem Sack beinahe zusammen.

«Ach, habt die Barmherzigkeit, Frau, und reicht mir nur einen Trunk Wasser», sprach das Männlein, «ich kann nicht weiter, muß elend verschmachten.»

«Aber Ihr solltet in Eurem Alter nicht mehr so schwer tragen», sagte Frau Lisbeth.

«Ja, wenn ich nicht Boten gehen müßte der Armut halber und um mein Leben zu fristen», antwortete er, «ach, so eine reiche Frau wie Ihr weiß nicht, wie wehe Armut tut und wie wohl ein frischer Trunk bei solcher Hitze.»

Als sie dies hörte, eilte sie ins Haus, nahm einen Krug vom Gesims und füllte ihn mit Wasser; doch als sie zurückkehrte und nur noch wenige Schritte von ihm war und das Männlein sah, wie es so elend und verkümmert auf dem Sack saß, da fühlte sie inniges Mitleid, bedachte, daß ja ihr Mann nicht zu Hause sei, und so stellte sie den Wasserkrug beiseite, nahm einen Becher füllte ihn mit Wein, legte ein gutes Roggenbrot darauf und brachte es dem Alten.

«So, und ein Schluck Wein mag Euch besser frommen als

Wasser, da Ihr schon so gar alt seid», sprach sie, «aber trinket nicht zu hastig, und esset auch Brot dazu.»

Das Männlein sah sie staunend an, bis große Tränen in seinen alten Augen standen, er trank und sprach dann: «Ich bin alt geworden, aber ich hab wenige Menschen gesehen, die so mitleidig wären und ihre Gaben so schön und herzig zu spenden wußten wie Ihr, Frau Lisbeth. Aber es wird Euch dafür auch recht wohl gehen auf Erden; solch ein Herz bleibt nicht unbelohnt.»

«Nein, und den Lohn soll sie zur Stelle haben», schrie eine schreckliche Stimme, und als sie sich umsahen, war es Herr Peter mit blutrotem Gesicht.

«Und sogar meinen Ehrenwein gießest du aus an Bettelleute, und meinen Mundbecher gibst du an die Lippen der Straßenläufer? Da, nimm deinen Lohn!»

Frau Lisbeth stürzte zu seinen Füßen und bat um Verzeihung, aber das steinerne Herz kannte kein Mitleid, er drehte die Peitsche um, die er in der Hand hielt, und schlug sie mit dem Handgriff von Ebenholz so heftig vor die schöne Stirne, daß sie leblos dem alten Mann in die Arme sank. Als er dies sah, war es doch, als reuete ihn die Tat auf der Stelle; er bückte sich herab, zu schauen, ob noch Leben in ihr sei, aber das Männlein sprach mit wohlbekannter Stimme: «Gib dir keine Mühe, Kohlen-Peter; es war die schönste und lieblichste Blume im Schwarzwald, aber du hast sie zertreten, und nie mehr wird sie wieder blühen.»

Da wich alles Blut aus Peters Wangen, und er sprach: «Also Ihr seid es, Herr Schatzhauser? Nun, was geschehen ist, ist geschehen, und es hat wohl so kommen müssen. Ich hoffe aber, Ihr werdet mich nicht bei dem Gericht anzeigen als Mörder.»

«Elender!» erwiderte das Glasmännlein. «Was würde es mir frommen, wenn ich deine sterbliche Hülle an den Galgen brächte? Nicht irdische Gerichte sind es, die du zu fürchten hast, sondern andere und strengere, denn du hast deine Seele an den Bösen verkauft.»

«Und hab ich mein Herz verkauft», schrie Peter, «so ist niemand daran schuld als du und deine betrügerischen Schätze; du tückischer Geist hast mich ins Verderben geführt, mich getrieben, daß ich bei einem andern Hilfe suchte, und auf dir liegt die ganze Verantwortung.»

Aber kaum hatte er dies gesagt, so wuchs und schwoll das Glasmännlein und wurde hoch und breit, und seine Augen sollen so groß gewesen sein wie Suppenteller, und sein Mund war wie ein geheizter Backofen, und Flammen blitzten daraus hervor. Peter warf sich auf die Knie, und sein steinernes Herz schützte ihn nicht, daß nicht seine Glieder zitterten wie eine Espe. Mit Geierskrallen packte ihn der Waldgeist im Nacken, drehte ihn um, wie ein Wirbelwind dürres Laub, und warf ihn dann zu Boden, daß ihm alle Rippen knackten.

«Erdenwurm!» rief er mit einer Stimme, die wie der Donner rollte, «ich könnte dich zerschmettern, wenn ich wollte, denn du hast gegen den Herrn des Waldes gefrevelt. Aber um dieses toten Weibes willen, die mich gespeist und getränkt hat, gebe ich dir acht Tage Frist; bekehrst du dich nicht zum Guten, so komme ich und zermalme dein Gebein, und du fährst hin in deinen Sünden.»

Es war schon Abend, als einige Männer, die vorbeigingen, den reichen Peter Munk an der Erde liegen sahen. Sie wandten ihn hin und her und suchten, ob noch Atem in ihm sei, aber lange war ihr Suchen vergebens. Endlich ging einer in das Haus und brachte Wasser herbei und besprengte ihn. Da holte Peter tief Atem, stöhnte und schlug die Augen auf, schaute lange um sich her und fragte dann nach Frau Lisbeth, aber keiner hatte sie gesehen. Er dankte den Männern für ihre Hilfe, schlich in sein Haus und schaute sich um, aber Frau Lisbeth war weder im Keller noch auf dem Boden, und das, was er für einen schrecklichen Traum gehalten, war bittere Wahrheit.

Wie er nun so ganz allein war, da kamen ihm sonderbare Gedanken; er fürchtete sich vor nichts, denn sein Herz war ja kalt; aber wenn er an den Tod seiner Frau dachte, kam ihm sein eigenes Hinscheiden in den Sinn, und wie belastet er dahinfahren werde, schwer belastet mit Tränen der Armen, mit tausend ihrer Flüche, die sein Herz nicht erweichen konnten, mit dem Jammer der Elenden, auf die er seinen Hund gehetzt, belastet mit der stillen Verzweiflung seiner Mutter, mit dem Blut der schönen, guten Lisbeth; und konnte er doch nicht einmal dem alten Mann, ihrem Vater, Rechenschaft geben, wenn er käme und fragte: «Wo ist meine Tochter, dein Weib?» Wie wollte er einem andern Frage stehen, dem alle Wälder, alle Seen, alle Berge gehören und – die Leben der Menschen?

Es quälte ihn auch nachts im Traume, und alle Augenblicke wachte er auf an einer süßen Stimme, die ihm zurief: «Peter, schaff dir ein wärmeres Herz!», und wenn er erwacht war, schloß er doch schnell wieder die Augen, denn der Stimme nach mußte es Frau Lisbeth sein, die ihm diese Warnung zurief. Den andern Tag ging er ins Wirtshaus, um seine Gedanken zu zerstreuen, und dort traf er den dicken Ezechiel. Er setzte sich zu ihm, sie sprachen dies und jenes, vom schönen Wetter, vom Krieg, von den Steuern und endlich auch vom Tod und wie da und dort einer so schnell gestorben sei.

Da fragte Peter den Dicken, was er denn vom Tod halte und wie es nachher sein werde.

Ezechiel antwortete ihm, daß man den Leib begrabe, die Seele aber fahre entweder auf zum Himmel oder hinab in die Hölle.

«Also begräbt man das Herz auch?» fragte Peter gespannt.

«Ei freilich, das wird auch begraben.»

«Wenn aber einer sein Herz nicht mehr hat?» fuhr Peter fort.

Ezechiel sah ihn bei diesen Worten schrecklich an.

«Was willst du damit sagen? Willst du mich foppen? Meinst du, ich habe kein Herz?»

«Oh, Herz genug, so fest wie Stein», erwiderte Peter.

Ezechiel sah ihn verwundert an, schaute sich um, ob es niemand gehört habe, und sprach dann: «Woher weißt du es? Oder pocht vielleicht das deinige auch nicht mehr?»

«Pocht nicht mehr, wenigstens nicht hier in meiner Brust!» antwortete Peter Munk. «Aber sag mir, da du jetzt weißt, was ich meine, wie wird es gehen mit unseren Herzen?»

«Was kümmert dich dies, Gesell!?» fragte Ezechiel lachend. «Hast ja auf Erden vollauf zu leben und damit genug. Das ist ja gerade das Bequeme in unsern kalten Herzen, daß uns keine Furcht befällt vor solchen Gedanken.»

«Wohl wahr, aber man denkt doch daran, und wenn ich auch jetzt keine Furcht mehr kenne, so weiß ich doch wohl noch, wie sehr ich mich vor der Hölle gefürchtet, als ich noch ein kleiner unschuldiger Knabe war.»

«Nun – gut wird es uns gerade nicht gehen», sagte Ezechiel.«Habe mal einen Schulmeister darüber befragt, der sagte mir, daß nach dem Tod die Herzen gewogen werden, wie schwer sie sich versündigt hätten. Die leichten steigen auf, die schweren sinken hinab, und ich denke, unsere Steine werden ein gutes Gewicht haben.»

«Ach freilich», erwiderte Peter, «und es ist mir oft selbst unbequem, daß mein Herz so teilnahmslos und ganz gleichgültig ist, wenn ich an solche Dinge denke.»

So sprachen sie; aber in der nächsten Nacht hörte er fünf- oder sechsmal die bekannte Stimme in sein Ohr lispeln: «Peter, schaff dir ein wärmeres Herz!»

Er empfand keine Reue, daß er sie getötet, aber wenn er dem Gesinde sagte, seine Frau sei verreist, so dachte er immer dabei: Wohin mag sie wohl gereist sein? Sechs Tage hatte er es so getrieben, und immer hörte er nachts diese Stimme, und immer dachte er an den Waldgeist und seine schreckliche Drohung; aber am siebenten Morgen sprang er auf von seinem Lager und rief: «Nun ja, will sehen, ob ich mir ein wärmeres schaffen kann, denn der gleichgültige Stein in meiner Brust macht mir das Leben nur langweilig und öde.»

Er zog schnell seinen Sonntagsstaat an und setzte sich auf sein Pferd und ritt dem Tannenbühl zu.

Im Tannenbühl, wo die Bäume dichter standen, saß er ab, band sein Pferd an und ging schnellen Schrittes dem Gipfel des Hügels zu, und als er vor der dicken Tanne stand, hub er seinen Spruch an:

«Schatzhauser im grünen Tannenwald,
Bist viele hundert Jahre alt,
Dein ist all Land, wo Tannen stehen,
Läßt dich nur Sonntagskindern sehen.»

Da kam das Glasmännlein hervor, aber nicht freundlich und traulich wie sonst, sondern düster und traurig; es hatte ein Röcklein an von schwarzem Glas, und ein langer Trauerflor flatterte herab vom Hut, und Peter wußte wohl, um wen es traure.

«Was willst du von mir, Peter Munk?» fragte es mit dumpfer Stimme.

«Ich hab noch einen Wunsch, Herr Schatzhauser», antwortete Peter mit niedergeschlagenen Augen.

«Können Steinherzen noch wünschen?» sagte jener. «Du hast alles, was du für deinen schlechten Sinn bedarfst, und ich werde schwerlich deinen Wunsch erfüllen.»

«Aber Ihr habt mir doch drei Wünsche zugesagt; einen hab ich immer noch übrig.»

«Doch kann ich ihn versagen, wenn er töricht ist», fuhr der Waldgeist fort, «aber wohlan, ich will hören, was du willst!»

«So nehmet mir den toten Stein heraus und gebet mir mein lebendiges Herz», sprach Peter.

«Hab ich den Handel mit dir gemacht?» fragte das Glasmännlein. «Bin ich der Holländer-Michel, der Reichtum und kalte Herzen schenkt? Dort, bei ihm mußt du dein Herz suchen.»

«Ach, er gibt es nimmer zurück», antwortete Peter.

«Du dauerst mich, so schlecht du auch bist», sprach das Männlein nach einigem Nachdenken. «Aber weil dein Wunsch nicht töricht ist, so kann ich dir wenigstens meine

Hilfe nicht abschlagen. So höre. Dein Herz kannst du mit keiner Gewalt mehr bekommen, wohl aber durch List, und es wird vielleicht nicht schwerhalten, denn Michel bleibt doch nur der dumme Michel, obgleich er sich ungemein klug dünkt. So gehe denn geraden Weges zu ihm hin und tue, wie ich dir heiße.» Und nun unterrichtete er ihn in allem und gab ihm ein Kreuzlein aus reinem Glas: «Am Leben kann er dir nicht schaden, und er wird dich freilassen, wenn du ihm dies vorhalten und dazu beten wirst. Und hast du dann, was du verlangt hast, erhalten, so komm wieder zu mir an diesen Ort.»

Peter Munk nahm das Kreuzlein, prägte sich alle Worte ins Gedächtnis und ging weiter nach Holländer-Michels Behausung. Er rief dreimal seinen Namen, und alsobald stand der Riese vor ihm.

«Du hast dein Weib erschlagen?» fragte er ihn mit schrecklichem Lachen. «Hätt es auch so gemacht, sie hat dein Vermögen an das Bettelvolk gebracht. Aber du wirst auf einige Zeit außer Landes gehen müssen, denn es wird Lärm machen, wenn man sie nicht findet; und du brauchst wohl Geld und kommst, um es zu holen?»

«Du hast's erraten», erwiderte Peter, «und nur recht viel diesmal, denn nach Amerika ist's weit.»

Michel ging voran und brachte ihn in seine Hütte, dort schloß er eine Truhe auf, worin viel Geld lag, und langte ganze Rollen Gold heraus.

Während er es so auf den Tisch hinzählte, sprach Peter: «Du bist doch ein loser Vogel, Michel, daß du mich belogen hast, ich hätte einen Stein in der Brust und du habest mein Herz!»

«Und ist es denn nicht so?» fragte Michel staunend. «Fühlst du denn dein Herz? Ist es nicht kalt wie Eis? Hast du Furcht oder Gram, kann dich etwas reuen?»

«Du hast mein Herz nur stillestehen lassen, aber ich hab es noch wie sonst in meiner Brust und Ezechiel auch, der hat es mir gesagt, daß du uns angelogen hast; du bist nicht der

Mann dazu, der einem das Herz so unbemerkt und ohne Gefahr aus der Brust reißen könnte! Da müßtest du zaubern können.»

«Aber ich versichere dich», rief Michel unmutig, «du und Ezechiel und alle reichen Leute, die es mit mir gehalten, haben solche kalte Herzen wie du, und ihre rechten Herzen habe ich hier in meiner Kammer.»

«Ei, wie dir das Lügen von der Zunge geht!» lachte Peter. «Das mach du einem andern weis. Meinst du, ich hab auf meinen Reisen nicht solche Kunststücke zu Dutzenden gesehen? Aus Wachs nachgeahmt sind deine Herzen hier in der Kammer. Du bist ein reicher Kerl, das geb ich zu; aber zaubern kannst du nicht.»

Da ergrimmte der Riese und riß die Kammertüre auf.

«Komm herein und lies die Zettel alle, und jenes dort, schau, das ist Peter Munks Herz; siehst du, wie es zuckt? Kann man das auch aus Wachs machen?»

«Und doch ist es aus Wachs», antwortete Peter. «So schlägt ein rechtes Herz nicht, ich habe das meinige noch in der Brust. Nein, zaubern kannst du nicht!»

«Aber ich will es dir beweisen!» rief jener ärgerlich. «Du sollst es selbst fühlen, daß dies dein Herz ist.»

Er nahm es, riß Peters Wams auf und nahm einen Stein aus seiner Brust und zeigte ihn vor. Dann nahm er das Herz, hauchte es an und setzte es behutsam an seine Stelle, und alsobald fühlte Peter, wie es pochte, und er konnte sich wieder darüber freuen.

«Wie ist es dir jetzt?» fragte Michel lächelnd.

«Wahrhaftig, du hast doch recht gehabt», antwortete Peter, indem er behutsam sein Kreuzlein aus der Tasche zog. «Hätt ich doch nicht geglaubt, daß man dergleichen tun könne!»

«Nicht wahr? Und zaubern kann ich, das siehst du; aber komm, jetzt will ich dir den Stein wieder hineinsetzen.»

«Gemach, Herr Michel!» rief Peter, trat einen Schritt zurück und hielt ihm das Kreuzlein entgegen. «Mit Speck fängt man Mäuse, und diesmal bist du der Betrogene.» Und zugleich fing er an zu beten, was ihm nur beifiel.

Da wurde Michel kleiner und immer kleiner, fiel nieder und wand sich hin und her wie ein Wurm und ächzte und stöhnte, und alle Herzen umher fingen an zu zucken und zu pochen, daß es tönte wie in der Werkstatt eines Uhrenmachers. Peter aber fürchtete sich, es wurde ihm ganz unheimlich zumut, er rannte zur Kammer und zum Haus hinaus und klimmte, von Angst getrieben, die Felsenwand hinan, denn er hörte, daß Michel sich aufraffte, stampfte und tobte und ihm schreckliche Flüche nachschickte. Als er oben war, lief er dem Tannenbühl zu; ein schreckliches Gewitter zog auf, Blitze fielen links und rechts an ihm nieder und zerschmetterten die Bäume, aber er kam wohlbehalten in dem Revier des Glasmännleins an.

Sein Herz pochte freudig, und nur darum, *weil es pochte.* Dann aber sah er mit Entsetzen auf sein Leben zurück, wie auf das Gewitter, das hinter ihm rechts und links den schönen Wald zersplitterte.

Er dachte an Frau Lisbeth, sein schönes, gutes Weib, das er aus Geiz gemordet, er kam sich selbst wie der Auswurf der Menschen vor, und er weinte heftig, als er an Glasmännleins Hügel kam.

Schatzhauser saß schon unter dem Tannenbaum und rauchte aus seiner kleinen Pfeife, doch sah er munterer aus als zuvor.

«Warum weinst du, Kohlen-Peter?» fragte er. «Hast du dein Herz nicht erhalten? Liegt noch das kalte in deiner Brust?»

«Ach Herr», seufzte Peter, «als ich noch das kalte Steinherz trug, da weinte ich nie, meine Augen waren so trocken als das Land im Juli; jetzt aber will es mir beinahe das alte Herz zerbrechen, was ich getan! Meine Schuldner hab ich ins Elend gejagt, auf Arme und Kranke die Hunde gehetzt und, Ihr wißt es ja selbst – wie meine Peitsche auf ihre schöne Stirne fiel!»

«Peter, du warst ein großer Sünder!» sprach das Männlein. «Das Geld und der Müßiggang haben dich verderbt, bis dein Herz zu Stein wurde, nicht Freud, nicht Leid, keine Reue, kein Mitleid mehr kannte. Aber Reue versöhnt, und wenn ich nur wüßte, daß dir dein Leben recht leid tut, so könnte ich schon noch was für dich tun.»

«Will nichts mehr», antwortete Peter und ließ traurig sein Haupt sinken. «Mit mir ist es aus, kann mich mein Lebtag nicht mehr freuen; was soll ich so allein auf der Welt tun? Meine Mutter verzeiht mir nimmer, was ich ihr getan, und vielleicht hab ich sie unter den Boden gebracht, ich Ungeheuer! Und Lisbeth, meine Frau! Schlaget mich lieber auch tot, Herr Schatzhauser, dann hat mein elend Leben mit einmal ein Ende.»

«Gut», erwiderte das Männlein, «wenn du nicht anders willst, so kannst du es haben; meine Axt hab ich bei der Hand.» Er nahm ganz ruhig sein Pfeiflein aus dem Mund, klopfte es aus und steckte es ein. Dann stand er langsam auf und ging hinter die Tannen. Peter aber setzte sich weinend ins Gras, sein Leben war ihm nichts mehr, und er erwartete geduldig den Todesstreich. Nach einiger Zeit hörte er leise Tritte hinter sich und dachte: Jetzt wird er kommen.

«Schau dich noch einmal um, Peter Munk!» rief das Männlein. Er wischte sich die Tränen aus den Augen und schaute sich um und sah – seine Mutter und Lisbeth, seine Frau, die ihn freundlich anblickten. Da sprang er freudig auf: «So bist du nicht tot, Lisbeth, und auch Ihr seid da, Mutter, und habt mir vergeben?»

«Sie wollen dir verzeihen», sprach das Glasmännlein, «weil du wahre Reue fühlst, und alles soll vergessen sein. Zieh jetzt heim in deines Vaters Hütte und sei ein Köhler wie zuvor; bist du brav und bieder, so wirst du dein Handwerk ehren, und deine Nachbarn werden dich mehr lieben und achten, als wenn du zehn Tonnen Goldes hättest.» So sprach das Glasmännlein und nahm Abschied von ihnen.

Die drei lobten und segneten ihn und gingen heim.

Das prachtvolle Haus des reichen Peters stand nicht mehr; der Blitz hatte es angezündet und mit all seinen Schätzen niedergebrannt; aber nach der väterlichen Hütte war es nicht weit; dorthin ging jetzt ihr Weg, und der große Verlust bekümmerte sie nicht.

Aber wie staunten sie, als sie an die Hütte kamen! Sie war zu einem schönen Bauernhaus geworden, und alles darin war einfach, aber gut und reinlich.

«Das hat das gute Glasmännlein getan!» rief Peter.

«Wie schön», sagte Frau Lisbeth, «und hier ist mir viel heimlicher als in dem großen Haus mit dem vielen Gesinde.»

Von jetzt an wurde Peter Munk ein fleißiger und wackerer Mann. Er war zufrieden mit dem, was er hatte, trieb sein Handwerk unverdrossen, und so kam es, daß er durch eigene Kraft wohlhabend wurde und angesehen und beliebt im ganzen Wald. Er zankte nie mehr mit Frau Lisbeth, ehrte seine Mutter und gab den Armen, die an seine Türe pochten. Als nach Jahr und Tag Frau Lisbeth von einem schönen Knaben genas, ging Peter nach dem Tannenbühl und sagte sein Sprüchlein. Aber das Glasmännlein zeigte sich nicht.

«Herr Schatzhauser», rief er laut, «hört mich doch; ich will ja nichts anders als Euch zu Gevatter bitten bei meinem Söhnlein!»

Aber er gab keine Antwort; nur ein kurzer Windstoß sauste durch die Tannen und warf einige Tannzapfen herab ins Gras.

«So will ich dies zum Andenken mitnehmen, weil Ihr Euch doch nicht sehen lassen wollet», rief Peter, steckte die Zapfen in die Tasche und ging nach Hause; aber als er zu Hause das Sonntagswams auszog und seine Mutter die Taschen umwandte und das Wams in den Kasten legen wollte, da fielen vier stattliche Geldrollen heraus, und als man sie öffnete, waren es lauter gute, neue badische Taler, und kein einziger falscher darunter. Und das war das Patengeschenk des Männleins im Tannenwald für den kleinen Peter.

So lebten sie still und unverdrossen fort, und noch oft nachher, als Peter Munk schon graue Haare hatte, sagte er: «Es ist doch besser zufrieden sein mit wenigem als Gold und Güter haben und ein kaltes Herz.»

Worterklärungen

Aga (türk.) Haupt; Titel für höhere Beamte
Ähni Großvater
Allah Name Gottes in der islamischen Religion
Bader oberdeutsches Dialektwort für Barbier
Bankett Festmahl
Barett schirmlose flache Kappe
Barre, Barren die Form, in der Metalle gehandelt werden
Beinglas Milchglas; es wurde unter Zusatz von Knochenasche hergestellt, daher die Bezeichnung Beinglas.
Bete Verkleinerungsform von Elisabeth
Billet (franz.) Briefchen, Zettel
Bot Angebot
Bühl kleiner Hügel
Cercles (franz.) Kreise; hier: gesellige Veranstaltungen, Kränzchen
Damaszenerdolch In Damaskus wurde ein besonders fester Stahl für Waffen hergestellt, die kunstreich bearbeitet wurden.
Derwisch Mitglied eines islamischen Bettelordens
Diamantental des berühmten Reisenden Sindbad Gemeint ist Sindbad der Seefahrer aus den Märchen aus Tausendundeiner Nacht.
Dukaten alte Goldmünze von unterschiedlichem Wert
Durchlaucht Anrede für Fürsten
Ekossaise (franz.) lebhafter Reihen- und Kolonnentanz, mit dem um 1800 fast jeder Ball eröffnet wurde
Elle altes Längenmaß, das der durchschnittlichen Länge des Unterarms entspricht (etwa 50 cm)
Entrechats (franz.) Kreuzsprünge im Ballett
Evangelium hier allgemein gebraucht im Sinne von etwas, an das man unbedingt glaubt
Française französischer Tanz im Sechsachteltakt
Franken Franzosen; auch als allgemeine Bezeichnung für Europäer benutzt
Frankistan Gemeint ist Frankreich.
Fuß altes Längenmaß, von der Fußlänge abgeleitet
Genien Geister
glacierte Handschuhe Glacéhandschuhe, das sind Handschuhe aus Glanzleder.

Glaich Glieder, Teile eines Floßes
Glorie Herrlichkeit, Glanz; Ruhm
gravitätisch gemessen, feierlich (meist im komischen Sinne)
G'stair Floßteil aus miteinander verbundenen Stämmen
Gulden alte Gold- oder Silbermünze
Halbmond Wahrzeichen der türkischen Herrschaft
Homo Troglodytes Linnaei scherzhafte Nachformung einer lateinischen Bezeichnung, wie sie der schwedische Naturforscher Karl von Linné verwendete; soll soviel heißen wie Urmensch, Höhlenmensch
honett ehrbar, anständig, rechtschaffen
Islam von Mohammed begründete Religion, deren einziger Gott Allah ist
Kadi Richter gemäß der islamischen Gesetzgebung
Kalif (arab.) Nachfolger, Stellvertreter; mohammedanischer Herrscher, der für sich in Anspruch nahm, Nachfolger Mohammeds zu sein
Kapellan, Kaplan katholischer Geistlicher, in manchen Fällen auch als Hauslehrer tätig
Karawanserei orientalisches Rasthaus für Menschen und Tiere
Kartätschen mit Kugeln und gehacktem Blei gefüllte Geschosse für Kanonen
Klausner frommer Einsiedler
knöcheln würfeln
köllnische Pfeife eine Tonpfeife
Kommissär Beauftragter, Bevollmächtigter
Konterbaß Kontrabaß; das größte Streichinstrument, auf dem zugleich die tiefsten Töne hervorgebracht werden
Koran die „Heilige Schrift" des Islam, die in 114 Kapiteln (Suren) religiöse Vorschriften, Gesetze, Betrachtungen und hygienische Anweisungen enthält
körperliche Zufälle Gemeint sind krampfartige Anfälle.
Kreuzer alte süddeutsche und österreichische Münze von geringem Wert
Kunkel Spinnrocken
Livree uniformähnliche Bedientenkleidung
Medina Wallfahrtsort in Saudi-Arabien; in Medina befindet sich die Grabstätte Mohammeds.
Mekka Wallfahrtsort in Saudi-Arabien; Geburtsstadt Mohammeds
Mohammed Begründer der arabischen Religion des Islams; in den Märchen auch als der große Prophet bezeichnet

Moschee islamisches Gotteshaus
Mosjöh Monsieur; (franz.) Herr
Mufti islamischer Rechtsgelehrter
mutabor (lat.) ich werde verwandelt werden
Mynheer Mijnheer; (niederländ.) mein Herr; Anrede, auch scherzhafte Bezeichnung für Holländer
Pasch gleiche Augenzahl auf mehreren Würfeln beim Würfelspiel
Paternoster „Vaterunser", ein Gebet
Perspektiv Fernrohr
Phantom Trugbild
Philidor berühmter Schachspieler, der im 18. Jahrhundert lebte
Piktenaltar Opferstein der Pikten, der frühesten bekannten Bewohner Schottlands
der große Prophet siehe Mohammed
Psalm frommes Lied
Register soviel wie Verzeichnis
Saffian Gemeint ist Saffianleder, ein feines Ziegenleder.
Scharlachkleid Scharlach ist hier ein lebhafter Rotton.
scharmant charmant; (franz.) anziehend, reizend
Schuh altes Längenmaß, soviel wie Fuß
Sechsbätzner alte süddeutsche Münze im Wert von 24 Kreuzern
Seelenverkäufer Aus der Sprache der Seeleute stammende Bezeichnung für Matrosenwerber, die im Auftrage vor allem englischer und holländischer Kapitäne junge Männer auf gewaltsame und betrügerische Weise für den Schiffsdienst anheuerten;
auch Bezeichnung des Schiffs, das mit solchen Matrosen bemannt war.
Der Matrosenfang, bei dem die jungen Leute – Seeleute anderer Schiffe, Handwerker, Hafenarbeiter, Soldaten – betäubt und auf das Schiff verschleppt wurden, war bis zum Ende des 19. Jahrhunderts verbreitet.
Separatist im 18. Jahrhundert verächtliche Bezeichnung für die Angehörigen einer religiösen Sekte (Gruppe)
Sonett Streng gegliederte Gedichtform; Hauff spielt hier auf das Verfassen von Sonetten als Modeerscheinung an.
wir werden bald spielen müssen . . ., siehe Seite 161 Es wurde ausgelost, wer zum Militärdienst einberufen wurde.
Sultan (arab.) Herrscher
Taler alte deutsche Silbermünze
Tranchiermesser Messer zum Zerlegen von Braten
vergantet versteigert

verschließen, siehe Seite 178 Gemeint ist verkaufen.
visiert mit einem Visum versehen; beglaubigt
Visite (franz.) Besuch
Weberbaum ein Baumstamm als Steuerstange zum Einhalten der Fahrtrichtung und zur Überwindung von Untiefen
Weihrauch körniges Harz baumartiger Sträucher aus Südarabien und Indien, das beim Erhitzen würzig-balsamische Dämpfe abgibt
Wesir Titel höchster Würdenträger, etwa der Minister in den islamischen Staaten
Zante griechische Insel westlich des Peloponnes
Zisterne Behälter zum Sammeln von Regenwasser

ISBN 3-358-00512-7

2. Auflage 1986

Lizenz-Nr. 304-270/269/86-(70)
Lichtsatz: Karl-Marx-Werk Pößneck V 15/30
Repro, Druck und buchbinderische Verarbeitung:
Grafischer Großbetrieb Sachsendruck Plauen
LSV 7618
Für Leser von 12 Jahren an
Bestell-Nr. 632 049 9
01880